U0443275

蒋勋说文学

从唐代散文到现代文学

蒋勋 著

中信出版社·CHINA CITIC PRESS ·北京·

目 录

第一讲　韩愈与柳宗元

002　重建古文的传统
005　《祭十二郎文》：言有穷而情不可终
022　《送李愿归盘谷序》：隐士的生命空间
028　《柳子厚墓志铭》：一个典型的知识分子
036　《送孟东野序》：不平则鸣
040　《钴𬭁潭记》：清淡山水后的激情
042　《捕蛇者说》：民间的声音

第二讲　元曲与关汉卿

050　散曲与杂剧
053　《天净沙·秋思》：生命的落寞与流浪
057　《天净沙·秋》：岁月时序，永远如此
059　留白创造伟大的时刻
063　关汉卿：响珰珰一粒铜豌豆
068　《单刀会》：二十年流不尽的英雄血

071 《窦娥冤》：感天动地的力量

第三讲 《水浒传》：小说与历史

076 说书人在讲故事
079 "定稿"之前
086 说唱文学的传统
090 生命的美学形态
093 不断丰富的口传文学
096 来自民间的叛逆
099 用小说讲真话

第四讲 游园惊梦

104 写情
106 生命中的温暖和知己
109 不到园林，怎知春色如许
112 锦屏人忒看的这韶光贱
116 青春的渴望与闲愁

第五讲 唐寅、徐渭与张岱

122 唐寅：不损胸前一片天
126 徐渭：笔底明珠无处卖
129 生命的不同形状
135 张岱："真气"与"深情"
150 文学的性情

第六讲 《红楼梦》：青春王国

158 文学史的期末考

160　此系身前身后事
170　"青春"是《红楼梦》的美学基础
173　如果有一首诗，写出了生命的结局
184　大观园：写实与象征之间的世界
188　宝玉是一个最善良的人
190　生命中爆发的力量
194　刘姥姥的"颠覆"
198　晚清小说的社会意识

第七讲　民国文学

204　重逢"海上花"
205　"呐喊"与"彷徨"
220　"边城"来的人
228　按住时代脉搏的文学

第八讲　台湾文学

232　书写最熟悉的地方
236　文学使人靠近

第一讲

韩愈与柳宗元

重建古文的传统

此前,我们在"中国文学史"这样一个笼统的题目之下,抓住的其实是《诗经》《楚辞》一线的韵文传统——或者更精确地讲,是和诗歌密切相关的文学传统。很明显,我们并没有把散文系统和诗做对等的讲解,其中很重要的原因在于我觉得诗歌非常有助于大家亲近文学。诗歌的文字通常比较精简,而且有押韵、节奏这些优势,是最好的文学入门路径。

当然,很多朋友的看法可能不是这样,在此我需要做一个解释。诗是最容易接近的,可是诗也可能是最不容易了解的。它容易接近是因为它精简,而且有一种歌曲般的阅读的愉快感。可是诗又是文字极度精炼后的一种状态,背后有很大的解读空间,每个人都可以对同一个句子做出不同的诠释。

下面我们会碰到很多戏曲、小说一类的作品。宋代以后,小说扮演了非常重要的角色,《水浒传》《三国演义》等作品对民间戏曲或小说产生了很大影响,这里面有很多原因需要了解。

佛教传入中国以后,其宣讲故事的方法对中国的文学叙述产生了非常大的影响,我特别希望大家能够了解一下。可能有人觉得佛教传入与文学的发展并没有那么直接的关系,可是佛教故事讲究叙述细节,具有史诗性展开的特征,这些手法都渗透到了中国后来的文学作品中。

汉语本来已经发展到非常精简的程度,比如《诗经》里面的"昔我往矣,杨柳依依。今我来思,雨雪霏霏"。汉语非常适合写诗,因为它很容易实现对仗、押韵等形式美。但这是它的优点,也是它的缺点,因为不容易描述细节,也常常不够精确、很暧昧,解读的可能性非常大。这样的语言也不适合用来打官司,而法语则正相反。今天在国际法庭上仍然使用法语,因为它的名词、动词时态等非常精准,人称代词绝对不会被误解,可是汉字里"他"的指代却可能并不清楚。后来我们造出了"她"字,这种情况算是得到了一些改善。但在古代的时候,主词往往是模糊的,"松下问童子"——谁在问?你根本不知道,因为主词已经被拿掉了。

唐朝的时候,中国文学的形式美已经基本固定,而且从天子到文人,再到庶民百姓,都多少受过诗歌方面的训练。大家可以想想看,即便是在一般的民间戏曲里,演员讲话的时候真的可以说是出口成章。任何一个歌仔戏演员一出场,一定有两句定场诗,从中你可以看到文字的押韵和对仗,这在西方文学里是很少见的。在莎士比亚的剧本里,罗密欧和朱丽叶这种上层阶级的贵族谈恋爱,在情感最炽烈的时候,才会有几句诗出来;他不会把诗句交给一个平民百姓来讲。可是在我们的戏曲里,民间的人物也是可以出口成章的,我想这和文字的结构有很大关系。

到了唐代,我们遇到一个情况:中国古代诗歌文学形式的完美到达了黄金时代,代表性的作家就是李白、杜甫等人。文学到了出口成章的时候,其内容本身被思考的可能性会被降低。我的意思是说,某个诗句很优美,读者很容易被它感动,但不太会去思考它的内容是什么。所以,每次看到政治人物讲诗我就很害怕,因为不知道他的意图是什么。在这样的背景下,"古文运动"应运而生。这个运动和韩愈、柳宗元有非常大的关系。

"古文运动"的目的是要把语文重新定位为先表达内容。语文最基础的作用是表达内容，而不是美。如果完全为了美，最后连内容都表达不清楚了，那是有问题的。在这种情形之下，韩愈和柳宗元所倡导的"古文运动"是非常重要的。

苏东坡称赞韩愈"文起八代之衰"，就是说文学在衰落了很久以后，由韩愈重新建立了古文的传统。"八代"指的是从魏晋到唐以前这段时期。那么，我们今天能不能接受苏东坡对韩愈这样的赞美呢？即韩愈是文学衰落了这么长时间以后的一个复兴者。我想这涉及我们对文学的界定到底是什么。苏东坡给韩愈这么高的历史评价的原因在于八代之中都在追求文字形式上的美，即所谓的"骈体文"，整个汉语文学变得非常讲究技巧，非常讲究对仗结构、文字堆砌。我们对"堆砌"的文学可能是持批评态度的，但我不完全采用这样的看法。我也很希望大家能够理解，一个文学家手上"玩"文字的功夫绝对是重要的，他应该懂得押韵，懂得结构的对仗之美。我们读到"关山难越，谁悲失路之人；萍水相逢，尽是他乡之客"时，会觉得文字真是用到极致了，它就是"四六四六"的规格，现在我们都当作成句来用；而且"关山"对"萍水"，当我们讲"关山难越"，讲"萍水相逢"，根本是从这些文字被这个文学家所界定出来的意义来使用的。只要各位还常常用到成语，就会感受到"四六"传统延续下来的力量。有人吵架的时候就会说"楚虽三户，亡秦必楚"，结构很容易记忆，而且形式上很容易有一种力量出来。

这类文学对民间的影响其实非常大，因其结构的精准度和易于记忆的形式而便于掌握，可是其中也存在极大的弊病。"关山难越，谁悲失路之人；萍水相逢，尽是他乡之客"，在大家不知道这个句子是什么意思的时候，可能会觉得它好美，反而将内容忽略了。韩愈认为这种文章大家不见得懂，可是听起来真好听的情况是有问题的，因为形式变得比内容还重要。所以，他们要进行"古文运动"，先把话讲清楚，让大家都可以读得懂，而修饰是其次的事情。韩愈认同李杜文章的价值，也佩服前代文学达到的高度，可是他也希望改变那种重视文章形式超过内容的风气。我们讲内容重要还是形式重要的时候，大部分人会说内容重要，可是我们喜欢读的诗都是形式很美的。所以我们可以修正一下：形式和内容都重要，二者都是文学不可或缺的部分。形式与内容都完美的时候是最好的文学时代，可是如果不能偏重的时候怎么办？韩愈会说："先重内容。"先把内容弄好，形式是其次的问题。"古文运动"从唐代一直延续到宋代，所谓"唐宋八大家"指的就是以韩愈为首的八个带动"古文运动"的人，苏东坡、欧阳修等人都参与其中。

《祭十二郎文》：言有穷而情不可终

我们这一次选读的《祭十二郎文》，你可以感觉到作者几乎不做文辞上的修饰，只是把内容交代得清清楚楚，却那么实在、那么感人。"古文运动"在对抗着另外一个文学系统。为什么会有这样的对抗发生？这是我们今天仍然关心的问题。这涉及一项非常重要的制度建设，即科举制的建立和完善。

"贵游文学"是从魏晋时代的王导、谢安两大家族传衍下来的。世家子弟的作品非常讲究文辞之美，讲究修饰，像《文心雕龙》或者钟嵘《诗品》里面谈到的那么高超。文学因此变成了一种专业活动，甚至可以说是一种垄断。当时的读书人很少，家世好的人可以不事生产，读书就变成这一群人的默契，其他人似乎难以进入这个系统，于是形成了"贵游文学"。而从隋朝开始实行的科举制度，使贵族和农民之间的文人阶层得到壮大。

年、月、日,季父愈闻汝丧之七日,乃能衔哀致诚,使建中远具时羞之奠,告汝十二郎之灵:

呜呼!吾少孤,及长,不省所怙,惟兄嫂是依。中年,兄殁南方,吾与汝俱幼,从嫂归葬河阳。既又与汝就食江南。零丁孤苦,未尝一日相离也。吾上有三兄,皆不幸早世。承先人后者,在孙惟汝,在子惟吾。两世一身,形单影只。嫂尝抚汝指吾而言曰:"韩氏两世,惟此而已!"汝时尤小,当不复记忆。吾时虽能记忆,亦未知其言之悲也。

吾年十九,始来京城。其后四年,而归视汝。又四年,吾往河阳省坟墓,遇汝从嫂丧来葬。又二年,吾佐董丞相于汴州,汝来省吾。止一岁,请归取其孥。明年,丞相薨。吾去汴州,汝不果来。是年,吾佐戎徐州,使取汝者始行,吾又罢去,汝又不果来。吾念汝从于东,东亦客也,不可以久。图久远者,莫如西归,将成家而致汝。呜呼!孰谓汝遽去吾而殁乎!吾与汝俱少年,以为虽暂相别,终当久相与处。故舍汝而旅食京师,以求斗斛之禄。诚知其如此,虽万乘之公相,吾不以一日辍汝而就也。

去年,孟东野往。吾书与汝曰:"吾年未四十,而视茫茫,而发苍苍,而齿牙动摇。念诸父与诸兄,皆康强而早世。如吾之衰者,其能久存乎?吾不可去,汝不肯来,恐旦暮死,而汝抱无涯之戚也!"孰谓少者殁而长者存,强者夭而病者全乎!

呜呼!其信然邪?其梦邪?其传之非其真邪?信也,吾兄之盛德而夭其嗣乎?汝之纯明而不克蒙其泽乎?少者、强者而夭殁,长者、衰者而存全乎?未可以为信也。梦也,传之非其真也,东野之书,耿兰之报,何为而在吾侧也?呜呼!其信然矣!吾兄之盛德而夭其嗣矣！汝之纯明宜业其家者，不克蒙其泽矣！所谓天者诚难测，而神者诚难明矣！所谓理者不可推，而寿者不可知矣！

虽然，吾自今年来，苍苍者或化而为白矣，动摇者或脱而落矣。毛血日益衰，志气日益微，几何不从汝而死也。死而有知，其几何离？其无知，悲不几时，而不悲者无穷期矣。

汝之子始十岁，吾之子始五岁。少而强者不可保，如此孩提者，又可冀其成立邪？呜呼哀哉！呜呼哀哉！

汝去年书云："比得软脚病，往往而剧。"吾曰："是疾也，江南之人，常常有之。"未始以为忧也。呜呼！其竟以此而殒其生乎？抑别有疾而至斯乎？汝之书，六月十七日也。东野云，汝殁以六月二日；耿兰之报无月日。盖东野之使者，不知问家人以月日；如耿兰之报，不知当言月日；东野与吾书，乃问使者，使者妄称以应之耳。其然乎？其不然乎？

今吾使建中祭汝，吊汝之孤与汝之乳母。彼有食，可守以待终丧，则待终丧而取以来；如不能守以终丧，则遂取以来。其余奴婢，并令守汝丧。吾力能改葬，终葬汝于先人之兆，然后惟其所愿。

呜呼！汝病吾不知时，汝殁吾不知日，生不能相养以共居，殁不能抚汝以尽哀，敛不凭其棺，窆不临其穴。吾行负神明，而使汝夭；不孝不慈，而不得与汝相养以生，相守以死。一在天之涯，一在地之角，生而影不与吾形相依，死而魂不与吾梦相接。吾实为之，其又何尤！彼苍者天，曷其有极！自今已往，吾其无意于人世矣！当求数顷之田于伊、颍之上，以待馀年，教吾子与汝子，幸其成；长吾女与汝女，待其嫁，如此而已。

呜呼！言有穷而情不可终，汝其知也邪？其不知也邪？呜呼哀哉！尚飨！

在《祭十二郎文》中，韩愈自述幼年父母双亡，没过多久哥哥也去世了，从此与嫂嫂和侄子十二郎相依为命，家境十分贫寒。但他可以经由科举在政府里担任比较重要的官职，从一个比较低的社会阶层跃升到社会的高层。这一群人明白文学不应该只是被少部分人垄断的专业活动，在形式美之外还应该有其他任务；文学不应该只是文辞的修饰与堆砌，应该有它真正的务实的内容在里面。韩愈主张"文以载道"，也就是说文学要有思想，要有你所期待、你所信仰的理念（即"道"）在其中。直到今天，这个观点对我们的影响都很大，我们看一篇文章，非常在意它是不是具备某种理念或者思想主旨，比如《祭十二郎文》到底要传达什么，《送李愿归盘谷序》又在讲什么，这个部分变得重要了。"文以载道"作为"古文运动"的精神，有可能被误读，使得"道"变成"八股"，使我们的文学陷入另外一种困境。在很多场合，我会提出对"文以载道"的不同看法，因为觉得它后来把我们的文学绑得很死。但是，对于文学和艺术主张，应该放在其产生的时代里去考察。韩愈在唐代中期主张"文以载道"是对的，因为当时的文学呈现出形式超越内容的局面。

我将"古文运动"称为知识分子的自觉运动。知识分子不再扮演过去官僚体系中为帝王传达命令的人，或者为帝王附庸风雅而存在的人，而是自觉扮演了一个批判政治，甚至是点醒百姓所受到的伤害与压迫的控诉者的角色。我认为这是中国知识分子非常重要的一个转折。韩愈、柳宗元等人不断地在政治里受害，被贬到地方，但是他们并不因此而放弃讲话，也让我们听到唐代文学的另外一种声音。李白和月亮喝酒，和影子喝酒，这是非常美的个人完成；但是你在李白的世界里看不见社会。不过，我们通过《祭十二郎文》，可以知道唐代一般的小市民在怎样活着。

在柳宗元的《捕蛇者说》里，主人公是国家规定的捕蛇户，每年要交一定数量的可以入药的毒蛇，以此免掉赋税。他的祖父和父亲都因捕蛇而死，他自己做这个工作也已经十二年了。柳宗元同情他，要替他免掉捕蛇，结果那个人吓坏了，说千万不要这样，他宁可捕蛇，因为交纳赋税的话他就完全没活路了。他家的邻居苦于赋税，绝大多数要么全家死光，要么已经逃走了。

这样的文章在当时是非常惊人的，我们可以看到知识分子不是在为上面的人讲话，而是在为底下的人发声，这是"古文运动"真正的本质。所以我不太赞成只在文学史上讨论"古文运动"，好像大家只是在斤斤计较写文章应该重形式还是重内容，这样其实意义不大；最重要的是作家知不知道老百姓的痛苦在哪里。柳宗元等人深入民间之后，感到愧疚和不安，这种心理一直到苏东坡都有。

我觉得，"古文运动"的这种本质常常被忽略。"唐宋八大家"不仅仅是文学上的八大家，更是知识分子自觉性上的八大家。在唐朝和宋朝，他们真正把知识分子的自觉放置到与宫廷和贵族（包括皇室权威）的对抗中去。"古文运动"对整个中国文学、中国知识分子此后的走向是非常重要的。知识分子在道德良心上忽然找到了自己真正的定位，对自己专心于文字的美感到不安。

我们不要忽略，他们当时是在用很微弱的个人力量对抗巨大的朝廷权威。通过科举入仕的人多多少少沾带着来自较低层民众的意见和看法，表达出对社会改革的愿望。我们感觉到宋代整个贵族阶层的权威性没有唐代那么强，社会的阶级没有那么对立，是文人在中间做了很好的调整，让宋代的帝王保有比较朴素的平民个性。

从整个大的文化史来看，我们今天可能要重新去感受韩愈和柳宗元这些定位的重要性。"古文运动"影响的不只是散文，它最重要的影响其实是在于思想性的自觉与批判。这种情绪也存在于白居易身上。他的"新乐府"诗作，比如《卖炭翁》《新丰折臂翁》等，都直接将社会事件作为题材，因为他觉得作为一名官员，应该更直接地让皇帝知道老百姓在过什么样的日子。这种不安与十九世纪后半叶的列夫·托尔斯泰非常像。当时，托尔斯泰觉得俄国的农民根本没有机会读书，应该写他们可以看的、文字简单、有故事性的东西，后来也真的在做这件事。文学界的朋友批评他，说这个人疯掉了。可这其实是一种情怀，也就是把对文学和艺术的定位恢复到对生命本身的关心与尊重上面去，我想这个部分是我们对于"古文运动"真正应该了解的。

讲到"古文运动"，提到"文以载道"，不少人会觉得反感，可是当你把这些放回那个时代，或许会了解这些人在当时的社会里想要发生的作用。韩愈身边有一群人，他们集合成了一股力量，共同推展知识分子自觉的良心；与民间亲近，去对抗当时越来越稳定的既得利益阶层。这些知识分子来自于民间，用一种非常单纯的方法，试图把个人在当时的体制中几乎没有办法生活下去的辛酸透露出来。《祭十二郎文》是叔叔写给侄子的祭文，可是从中我们可以看到这一家人是如何活下来的，非常辛苦。这篇文章带我们进入一个小市民家庭清寒的生活当中，我觉得它真正的重点反而不在"祭十二郎"，而是借由十二郎的死，把他们的成长、生活用文字宣告出来。我想，在"贵游文学"的传统里，大概真的不知道原来社会里大部分老百姓是用这样的方式活着；在读到这篇文章以前，我们自己或许也不知道。这样的文章并不难懂，没有艰深的文字，也没有生僻的典故；读的时候，有一点儿像在读朱自清的《背影》，通过简单的事实带给人感动，并令人体认到他人真实的生存状态与尊严。

"年、月、日"，某年某月某日；"季父愈闻汝丧之七日，乃能衔哀致诚，使建中远具时羞之奠，告汝十二郎之灵"，韩愈听闻十二郎死讯之后的第七天，才能够怀着悲哀的心情与祭奠的诚意，叫建中准备一些应时的佳肴，以祭奠十二郎之灵。"季父"就是小叔父，韩愈比十二郎要长一辈，可是他们的年龄相差不大，两人是一起长大的。

中国的祭文已经变成了固定的、虚伪的形式，而如果"我"不知道十二郎去世的具体年、月、日，那就不要写——本文一开始就表现出了"古文运动"的精神。今天如果大家有机会去看一些世家的丧礼，还是会听到一篇完全不知所云的祭文，可是非常慎重。这其实就是祭文的传统，一定要歌功颂德，有固定的成语、套语，一定要讲这个人临死的时候家人如何孝顺、都在身边。可是韩愈从开头就打破了祭文的规则，非常朴质。面对死亡这么沉重的事情，为什么还要作假？我们今天的祭文都应该大改革，全部是在套用固定的形式，关于死者到底做过什么事，我们为什么要悼念他，或者他这一生有没有应该反省的地方，我们都很难知道，而西方至少会有一位牧师或者神父来讲讲死者的生平。所以我说《祭十二郎文》是一次革命，韩愈试图在面对死亡的时刻，对生命有所反省和检讨。祭文绝对是一个社会里重要的东西，因为人如果在面对死亡的时候都不诚恳，其他时候就不必提了。死亡是一个大事件，面对死亡时对自己的端正和对死者的敬意，都应该从诚恳开始。

接下来是由这个死亡事件引发的带有很多感慨的回忆。"呜呼！吾少孤"，韩愈很小的时候父母双亡，变成了孤儿。"及长，不省所怙"，长大后也不知道自己的父亲是个什么样子。"惟兄嫂是依"，韩愈跟着哥哥、嫂嫂长大，而十二郎就是哥哥、嫂嫂的儿子，这里也点出了韩愈和十二郎之间亲近的关系。"中年，兄殁南方，吾与汝俱幼，从嫂归葬河阳。"哥哥正当中年时，在南方身故，当时韩愈和十二郎年纪还小，跟着嫂嫂将哥哥的灵柩归葬故乡河阳。才几句话，没有华丽辞藻的堆砌，清寒的家世与生存的坎坷却立刻呈现出来，这样的画面非常动人。这是"古文运动"了不起的部分,用如此精简、朴素的文字,几乎没有任何情绪,就将事情完整地交代出来。这是一种力量,韩愈"古文"真正的本质在这里,"文以载道"的精神也应该如此。现在我们读到《祭十二郎文》的这几句,很容易被感动,因为它是一个可能会发生在很多百姓身上的事实,很多家族或许有着相似的历史。

"既又与汝就食江南。零丁孤苦,未尝一日相离也。"两个人在孤苦伶仃之中建立了亲近、关爱的情感,在贫寒的家境当中彼此依靠。而今,十二郎已经去世,韩愈重新回想起这段生活,对自己所来自的民间进行了再思考。

前面我讲到为什么会有"古文运动",为什么这些人会这么勇敢诚实地站在百姓一边去对抗当时的权贵阶级,就是因为他们来自于民间。"惟歌生民病"的人,自己就出身于"生民病"之中,在经历科举之后依然保有着民间的朴素个性,保有着应该将这个信息传达给权贵的自觉的责任感。韩愈写《祭十二郎文》,不仅是在祭悼十二郎,也是在祭悼许多这样辛酸生存的贫寒的家族。他们生活在社会金字塔的底端,但在过去的文学中,他们的状况却没有被传达出来。汉代的统治者曾有意到民间采集民歌,称为"乐府",从中可以了解民间的辛苦。可是到了三国魏晋,以及后面的宋、齐、梁、陈,文字都变成了美的装饰,而忽略了反映社会的功能。

"吾上有三兄,皆不幸早世",我们看到的都是事实陈述,韩愈的三个哥哥都早早过世了。"承先人后者,在孙惟汝,在子惟吾",在古代讲究家族繁盛的时候,这是很令人心痛、非常凄凉的事情:两代人,在儿子这一辈只剩了韩愈,孙子这一辈当时只有十二郎。"两世一身,形单影只",他和十二郎的感情不仅是由十二郎的死亡引发的,还在于他们都有传承家族香火的重大使命。最好的文字,就是这样精简地描述事实,把所有装饰性的东西都拿掉，但感人的力量绝对要比堆砌辞藻来得大。

接下来这个画面的凄凉是经由对嫂嫂言行的回忆呈现出来的。"嫂尝抚汝指吾"，嫂嫂曾经抚摸着十二郎，指着韩愈说："韩氏两世，惟此而已！"韩家两代，只有你们两个人。韩愈用一个形象生动的画面，点出了可能是这篇文章里最令他感动，或者说感谢的一个人，就是他的嫂嫂。在整个家族没落之后，一个女性靠着什么方法支撑家庭，他没有讲细节，但是你可以看到嫂嫂的承担，以及嫂嫂讲的这句话在两个人身上形成的压力。韩愈在其他地方也曾经提到，自己后来的奋发上进，很大程度上来自于嫂嫂给他的影响。家族正在败落，能不能复兴也就看韩愈和十二郎了，要好好读书，去参加科举。韩愈后来的自负，以及在很多事情上的固执，其实是嫂嫂的精神在他身上发生了延续。他没有正面描写这样一个非常艰辛的女性形象，只用一句话就写出了嫂嫂持家的不易。她应该是能干的、聪明的，同时也是务实的。嫂嫂的形象就这样树立起来了。

这句话如果由韩愈来讲，感人的力量不会这么强，但是由一位女性来讲，因为中国传统社会中女性是不能继承香火的，就使得韩愈和十二郎成为被突显的角色，而后面支撑的力量却是这位女性。韩愈接下来的叙述延续了嫂嫂话中的悲哀："汝时尤小，当不复记忆。吾时虽能记忆，亦未知其言之悲也。"十二郎当时年纪还很小，应该不记得这件事了，韩愈虽然已经有记忆了，其实也不能体味嫂嫂讲这句话的悲哀。这里的力量很深沉，可是里面完全没有情绪，这是散文的高手，将要表达的内容完全一清如水地写出来。我在自己的散文集《萍水相逢》的序中提到，我一直觉得后来继承韩愈重要精神的是鲁迅和他的散文。很多朋友可能会不赞成，因为觉得鲁迅的文字很犀利，批判性很强。但我可以举两点来说明。一是鲁迅本身与文学及社会的关系，和韩愈是一样的。虽然表面看起来,你会觉得鲁迅反对"文以载道",但那是因为"道"已经被利用、被扭曲了,而他要恢复的正是韩愈所倡导的"古文"的本质精神。鲁迅的杂文直接切入社会弊病,学生运动的时候,劳工被剥削的时候,他的文章立刻就出来,很明显继承了韩愈的精神。二是鲁迅使用的文字往往非常朴素,只是将事实铺叙开来,进行冷静而理性的推论,因为没有比事实更感人的东西。我常常说这一类文字很像纪录片,而最好的纪录片是不应该有作者出来讲话的。

上面这一段,一方面交代了韩愈和十二郎的关系,另一方面也交代了两人成长中的辛酸。这样相依相靠着长大,很亲密,应该一直在一起,不要分离,可是后面却一直在离开。韩愈在做官,这阻碍了他和这个从小一起长大的人继续在一起。后面那一段似乎有些琐碎,你为什么不来,我为什么不去,讲了半天,却让我想到了鲁迅的散文《父亲的病》。鲁迅的家族当时已经败落,他的父亲生了重病,那种江湖术士一样的中医跟他讲一定要找到一对原配的蟋蟀做药引,他的父亲才会康复。这件事后来导致了鲁迅对中医的痛恨。父亲去世后,他非常痛苦,就离开家乡去日本学医,甚至不愿意回绍兴,因为他觉得家乡对他来讲就意味着愚昧、迷信、堕落与颓废,意味着整个中国的文化已经无可救药了。他东渡日本去学西医,就是希望改变这种状况,后来进而想要救治人的精神。鲁迅的小说《故乡》是以自己的经历为原型的。主人公回乡去处理不多的家产,所有八竿子打不着的亲戚都来分一杯羹,他觉得自己又掉进了中国的"酱缸文化"里,面对的还是那个自私贪婪的家族。这时,他忽然想起了自己儿时的玩伴闰土。闰土是他家佃农的孩子,和他是不同阶级的,可是闰土是他小时候的英雄,常常拿着自己做的叉带他去刺小兽。当他要永远离开故乡的时候,闰土来了。他没有想到闰土显得那么苍老、那么卑微、那么拘谨,本是要好的玩伴，此时已被阶级隔开。他对故乡唯一的希望就在闰土身上，可是闰土也"不见"了，然后他就告别了家乡。我们看到鲁迅在描述一个社会的政治或者说某一种阶级意识，连原来最单纯的少年的美好都会被消解。韩愈的"来不来""去不去"其实也是在讲他纠缠于政治当中，辅佐这个，辅佐那个，而无法与十二郎相见。

"吾与汝俱少年，以为虽暂相别，终当久相与处。故舍汝而旅食京师，以求斗斛之禄。"两个人当时都年纪很轻，觉得暂时分别了，最后还是能够长时间在一起，毕竟感情是这么好。于是韩愈就为了那一点点公家的薪水，与十二郎别离，上京为官。"诚知其如此，虽万乘之公相，吾不以一日辍汝而就也。"这里有深深的后悔。韩愈去做官，觉得自己好像肩负着很大的使命，可以改革一个社会，可是也有沮丧在其中：可以改革又怎样？是不是真的可以改革？韩愈是非常相信知识分子可以改革社会的，但这里却透露出了对自己的怀疑。

他连皇帝要迎佛骨入宫都可以进行一通洋洋洒洒的辩论，因为他觉得皇帝代表了社会中的理性力量，而将从印度来的佛骨迎到宫殿里面去拜，是和理性信仰相悖的，也违反了儒家的道统。这件事对韩愈的影响是最大的，他之前也由于为老百姓讲话、发表切中时弊的言论而遭到贬官，但都没有这次厉害。他被贬到潮州，路上差点儿死掉。我们可以看到他对抗的其实不仅是政治，而且是整个社会里面巨大的不可破解的力量，作为一名知识分子，他非常诚实也非常勇敢地给了自己一个定位。可是在这一段的叙述中，我们第一次感受到了韩愈的沮丧："万乘之公相"又有什么大不了，自己为什么不去和十二郎好好地过小市民的简单生活呢？我认为这一段的重要性在于它和韩愈内心对政治是否可以改革的怀疑发生了关联。

韩愈和柳宗元的身上后来都发生了这样的问题。韩愈到了潮州，在那里办学，整个广东文风的兴盛，大概就是从韩文公开始的，他对整个岭南地区影响很大。柳宗元到了柳州，也改变了当地落后的文化局面。这是文化史上另外的一个部分，这些人虽然被贬官了，却为边陲地区的文化带来了发展，使老百姓得到比较公平的对待，促进了理性思考。他们也为知识分子树立了一种进退之间的风范：在朝堂上的时候要敢于讲话，被外放的时候也要尽力做事。读到这里，其实有一点点哀伤，韩愈和十二郎的情谊，是他私人感情上非常重要的部分，却因为他一直抱持的改革社会的使命感而被耽误了。这一长段其实都是遗憾。

大家可以回头看一下，韩愈说："吾年十九，始来京城。其后四年，而归视汝。又四年，吾往河阳省坟墓，遇汝从嫂丧来葬。"韩愈十九岁来到京城，四年后和十二郎见过面；又过了四年，他去为父母扫墓，当时嫂嫂也已经去世，由十二郎归葬家乡。还是表面上不动情绪的事实交代，前面那个一边抚摸十二郎，一边指着他讲话的嫂嫂已经不在，这么长的岁月只有几句话，可是那种淡淡的哀伤一直融在里面。一个人在激动的时候很难写出这样的句子，必须是在非常平静的状况下，将情绪完全收敛了，才能有这样的文字。朱自清的《背影》也是这样，底下有汹涌澎湃的情感，可是表面上十分平静。"又二年，吾佐董丞相于汴州，汝来省吾……"隔了两年，又见了一次面。这一长段都在讲能不能见面，可是因为政治上的牵绊，见面变得越来越难。"图久远者，莫如西归"，这样才能够真正在一起，可是"呜呼！孰谓汝遽去吾而殁乎！"，这里面有人对生命的感伤和虚无感，没有想到生命如此短暂。

死亡好像与我们无关，但我们也不知道它何时来临，所以韩愈才会有一点儿反省地说"吾与汝俱少年"。韩愈很真实地将自己的情感传达出来，早知永别来得如此之快，"万乘之公相"大概也可以不做了，就好好地两个人一起过日子。

就在前一年，孟郊到十二郎那里去，韩愈请他捎一封信，信中写道："我还不到四十岁，已经视物不清、白发苍苍、牙齿松动。想起父亲、兄长身体本来也非常好，可是都很早就去世了；我身体这么不好，恐怕比他们还要早逝。但我不能擅离职守，你又不肯来，大概我死了以后，你会悲伤不已的。"信里有一点儿"威胁"十二郎的意思，可是现在想到那封信，韩愈心里更哀伤了。写信的时候，他已经感觉到死亡事件的逼近，可是没有想到竟然是发生在比他年轻，而且比他身体好的十二郎身上。"少者殁而长者存，强者夭而病者全"，在韩愈看来这是不合理的，他通过对事件的"怀疑"，流露出自己对死者最深的真情。

韩愈有一个自己的理性世界，认为一切东西都应该"合理"；同时他也是一个实证主义者，有些科学家的精神。可是这个时候，他的信念好像忽然有一点儿动摇：不是身体好的人应该活着吗？不是年少的人应该活着吗？为什么是长者、衰者活着，强者、少者反而死掉了？我认为《祭十二郎文》的重要性在于它展现了韩愈的多面性。韩愈给我们的印象通常是有一点儿僵硬的，是坚持理性信仰的，是重视道统的，是主张"文以载道"的；可是在面对十二郎的死亡时，因为动了真情，他刹那之间产生了一种反常的态度——他宁可在这个时候放弃自己的理性，相信十二郎的死是一个梦，或者传来的消息不确。这个地方非常感人——韩愈这样的理性的信仰者，此时却希望自己的理性可以崩溃。他继续讲自己的哥哥是多么好的人，而十二郎心地单纯善良，本来应该继承家业的，却没有得到护佑，"所谓天者诚难测，而神者诚难明矣！所谓理者不可推，而寿者不可知矣！"他是非常相信一切都可以在道理当中建立规则的人，可是这几句话充满了感伤。面对十二郎的死亡，他突然感受到了生命中不可知的部分。当年颜渊去世的时候，孔子也难过地说："噫！天丧予！天丧予！"表达的同样是理性信仰者的感伤。这些人不愿随便动情，总是谈规矩的东西，但这种理性信仰者流露的真情正是特别值得注意的。

接下来，作者回到对自身的描写：从今年以来，本来灰白的头发要全白了，已经松动的牙齿大概会脱落了；肉体会越来越衰败，而更严重的可能是平时的那种盛气也在衰微。韩愈通过十二郎的死亡感受到自身的悲哀：身体不够牢固了，意志也不够坚定了。这里不仅在写他的心情，也透露出他在社会改革上、在政治上遇到了挫折，比死亡更大的悲哀是自己的心力交瘁。韩愈随即提到了一些对死亡比较抽象的意见："死而有知，其几何离？其无知，悲不几时，而不悲者无穷期矣。"作为一个理性信仰者，他还是很希望能通过死亡事件去谈谈死亡到底是什么，死亡以后到底有没有知觉。如果死亡以后有知觉，那以后还会在一起，只是形式的转换；如果死亡以后没有知觉，那悲哀就不会太久（因为悲哀是一种知觉），而死后不悲哀的时间却没有尽头。

他其实还是在用理性思想推论死亡，对不可知的东西抱持着怀疑的态度，而不愿意随便相信死亡是什么。他对死亡只有推测，没有结论，这是绝对理性的。我们常常会不小心透露自己对某件事情的看法，但韩愈没有。我希望大家能够了解，"古文运动"一个很重要的精神就是理性，而在韩愈本人，无论是在人世间厘清是非、寻找正义，还是探讨生命的死亡现象，或者面对权贵阶层和百姓的对立时，他都是这个态度，即必须合理，不合理他就不能接受。

死亡是一个不容易用合理与否来讨论的问题。达·芬奇是最早发现右心室的人，也是最早发现动脉和静脉循环不同的人，这些都建立在解剖的基础之上，是科学的、可以证明的。可是他在解剖完之后忽然在纸上写了一句话："我找不到灵魂。"我在整理他的作品时，觉得这句话非常动人。那个时代宗教的影响很大，但达·芬奇表达了自己的怀疑：奇怪，我为什么找不到灵魂？他并没有说灵魂存在或不存在，只是存疑，存疑的精神其实是理性信仰者很重要的一个特征。上面那几句话，我觉得是韩愈理性精神很明显的展现。后来的胡适之也主张怀疑是理性的基础，不要轻信。

十二郎的儿子刚刚十岁，韩愈的儿子也只有五岁，现在身体强壮的十二郎已经去世了，韩愈不禁担忧这两个年幼的孩子能否长大成人，感到十分悲痛。他去年收到十二郎的来信，十二郎说自己得了软脚病，经常痛得厉害。他安慰对方说这是江南地区的常见病，并不认为值得担忧。现在，他想：十二郎难道是因为这个病死掉的吗？还是因为别的病死掉？所有不了解的事情他都要存疑，理性主义的精神一直贯穿在这篇文章中。

十二郎给韩愈的信是六月十七日写的，但孟郊说他是六月二日死的，耿兰报丧的时候则没有讲明具体时间——这里面显然存在矛盾，如果六月二日就死了，不可能六月十七日还在写信，从这里你也可以看到韩愈的理性精神，他对这种细节非常注意，这篇文章在大事、小事上的理性推测都非常完整。是孟郊的使者没有向十二郎的家人问明他的去世日期，还是耿兰报丧的时候居然不晓得该说明日期呢？又或者是孟郊写信的时候去询问使者，使者随便应付了一个，可是没想到韩愈又收到了一封写于六月十七日的信？追踪这件小事，只是为印证信首年、月、日不明的问题。悼祭一个人，连他死在哪一天都不知道，其中当然有一种心情上的悲哀，同时也体现了一种严格追踪的态度。

下面一段是给十二郎的交代："我让建中去祭悼你，安慰你的孤儿和你的奶妈。他们如果日子还过得下去，可以等到三年之丧结束，那么到时候我就会把他们接过来；如果日子很难过下去，不能守满丧期，那么我就立刻把他们接来，叫家里其余的用人一起守丧。如果我的能力允许，最后一定把你归葬祖坟，才能了却我的心愿。"在古代，归葬于祖先的坟墓是一件非常困难的事，路途遥远，要搬运整个棺木，不是一般人能够做到的。韩愈希望能够将十二郎归葬，里面有伦理上的考虑；后面的"惟其所愿"，则有自我检讨的意思——你病的时候我不知道，你死的日子我也不知道，活着的时候没能住在一起彼此照顾，死的时候也没能在你身边为你痛哭，入殓、下葬的时候我都不在现场。这些让韩愈非常自责："吾行负神明，而使汝夭；不孝不慈，而不能与汝相养以生，相守以死。"其他祭文里很少有这么大的自责，韩愈认为自己"不孝不慈"，认为自己违反了人的常道：对于一个从小一起长大、这么亲近的人，没有办法和他相处在一起。"一在天之涯，一在地之角，生而影不与吾形相依，死而魂不与吾梦相接。"十二郎活着的时候，两人不能形影不离；十二郎死了以后，韩愈大概也有一阵子没有梦到他了。这样的句子中还能看到骈体文的美，具有音韵上的节奏感。韩愈反对堆砌，但并没有说自己反对骈体文，他只是不要先有形式再有内容，而是应该在有了内容之后、情绪来了之后，让"一在天之涯，一在地之角"这样的句子自然出现。

"吾实为之，其又何尤！"这一切其实是我自己造成的，我也不应该有什么抱怨。"彼苍者天，曷其有极！"——直接把《诗经》的句子用出来了："天啊！我的悲伤真是无限无极！""自今已往，吾其无意于人世矣！"这是韩愈最后的交代，也说明他对于改革社会、在政治上有所作为的想法大概是越来越没有心思了。"当求数顷之田于伊、颍之上，以待馀年，教吾子与汝子，幸其成；长吾女与汝女，待其嫁，如此而已。"他打算在家乡河阳置一点儿田产，度过余生。把十二郎的儿子和自己的儿子教养长大，希望他们能够成才；把十二郎的女儿和自己的女儿抚养长大，送她们出嫁——韩愈好像回到了小市民最基本的愿望，觉得人应该这样去完成生命里最本质、很朴素的心愿。十二郎一生好像没有什么大志，可是他能够给母亲（韩愈的嫂嫂）送终，韩愈则会觉得有所亏欠，会觉得政治或者社会的改革会不会变成一种空谈，反而没有办法真正照顾身边最具体的人。这里其实有一种反省，是经由科举出来的知识分子心中对"生民病"的牵挂，有了这样的牵挂以后，他的为官理想，他要进行的政治改革，才不会变得空洞。科举制度和"古文运动"要结合在一起考量。

在一个作家一生的创作当中，像《祭十二郎文》这样动人的文章其实不会有很多。就像画家会因为被生命里很重大的事件感动而去画一幅画，但这种画不会是常有的，文学也是一样。我父亲去世后，我一直没有写关于他的文章，我知道那篇文章大概会是我一生里面最重要的一篇，会讨论很多细节。但是不到心情非常平静的时候，我不会去触碰它；只有在很沉静的状况下，我才会对一生中和我发生最深切关系的生命去做反省和检讨，在行文的过程中会非常谨慎——"谨慎"的意思是你不敢把这样的东西仅仅当成文章来写，它是一个很慎重的生命的仪式。《祭十二郎文》其实就是这样的产物。

十二郎背后隐约存在着一个更大的生命力量，即韩愈的嫂嫂。我们在其他地方也看到过韩愈对嫂嫂的敬重，感受到这位寡嫂把他养大的辛苦与严厉，这些也在他身上发生了作用，直接影响了他的个性。宋代的欧阳修、苏东坡，甚至是王安石，都有一种潇洒；可是韩愈身上没有，他一点儿都不允许自己放松，对自己在社会中的定位也很严格。我们在大学办读书会的时候，大家都不喜欢韩愈，因为那个年龄想去追求某一种浪漫，可是韩愈身上是不太容易看到浪漫的——不一定没有，而是成长环境造就了他极大的谨慎和刻苦，让他对自己的定位非常清楚。

《送李愿归盘谷序》：隐士的生命空间

在《祭十二郎文》中，韩愈稍微离开了他作为自觉的、有批判的责任感的知识分子的形象，而在接下来的《送李愿归盘谷序》和《送孟东野序》中，你会看到韩愈恢复了"文以载道"的学者定位。韩愈当时是一群自觉的知识分子的领袖，所以他必须在日常行为上有所检点，这个状态其实很复杂。《送李愿归盘谷序》里透露出知识分子对自己在社会中定位的看法。李愿为什么要归盘谷？很明显，如果他相信自己在这个社会中能有所作为，相信自己可以介入政治改革、社会改革，就不会有归隐的问题。

唐宋时期，"归隐"行为并没有在知识分子中间形成主流，大部分知识分子都是在朝的。比如苏东坡，我们觉得他总是在游山玩水，可他还是在做官，还是"公务员"，黄州团练副使之类的。这和元朝的隐士是不一样的。黄公望人称"大痴先生"，称"先生"是因为他真的没有官位了，可是在唐宋时几乎没有这种现象。韩愈被贬到潮州，也是潮州刺史，是当地的地方官，还是在政治上可以有所作为的人。在《送李愿归盘谷序》中，你会看到韩愈很尊重当时社会里游离于朝堂之外的知识分子。唐代世族门阀的力量仍然很大，世家子弟很容易进入政治系统为官，他有这个渊源。而像韩愈这样的出身，一个寡嫂养大的孩子，通过科举踏上仕途，在面对那么大的政治派系的时候，不仅是言论对不对的问题，更是言论背后有没有支持者的问题。争论到最后，已经不是个人和理论的问题，而是成为派系之争。唐代有名的牛李党争（两派为首的分别是牛僧孺和李德裕），其实是科举派和世族之间的斗争。

韩愈等人站在科举出身的读书人的立场，在面对贵族权威的时候，想要努力争取一点儿民间的发言权，这是特别可贵的。到了宋朝，政治形态比较缓和，知识分子虽然也受到打击，但是大多是理念的不同，而不是权贵和平民的斗争。在唐代的政治斗争中，韩愈等人是失败者，会有刹那之间的怀疑和沮丧，觉得不如回家置一点儿地，养大儿女算了。李愿明显代表了疏远政治的知识分子的形象，但韩愈一直觉得儒家就是要有"知其不可而为之"的固执，这才是一个儒者的气度。所以即便被贬到了潮州，心情沮丧得不得了，他还是没过多久就开始办学校，又写《祭鳄鱼文》，是一个热情的、积极的、入世的知识分子的典范。

在《送李愿归盘谷序》中，韩愈将对知识分子的见解经由李愿的话阐述了出来。韩愈很有意思，写了一篇送李愿的序，可是里面三分之二都是李愿讲的话。李愿分析了三种知识分子的活法，但他显然没有选择第一种和第三种，而是选择了走到大自然当中去完成自我。从儒家的系统来讲，"独善其身"是一个理想，和"兼济天下"的理想并不冲突，当"兼济天下"的理想不能完成的时候，退下来"独善其身"，也是很可贵的。

　　太行之阳有盘谷。盘谷之间，泉甘而土肥，草木丛茂，居民鲜少。或曰："谓其环两山之间，故曰盘。"或曰："是谷也，宅幽而势阻，隐者之所盘旋。"友人李愿居之。

　　愿之言曰："人之称大丈夫者，我知之矣。利泽施于人，名声昭于时。坐于庙朝，进退百官，而佐天子出令。其在外，则树旗旄，罗弓矢，武夫前呵，从者塞途，供给之人，各执其物，夹道而疾驰。喜有赏，怒有刑，才俊满前，道古今而誉盛德，入耳而不烦。曲眉丰颊，清声而便体，秀外而惠中，飘轻裾，翳长袖，粉白黛绿者，列屋而闲居，妒宠而负恃，争妍而取怜。大丈夫之遇知于天子、用力于当世者之所为也。吾非恶此而逃之，是有命焉，不可幸而致也。

　　"穷居而野处，升高而望远，坐茂树以终日，濯清泉以自洁。采于山，美可茹；钓于水，鲜可食。起居无时，惟适之安。与其有誉于前，孰若无毁于其后；与其有乐于身，孰若无忧于其心。车服不维，刀锯不加，理乱不知，黜陟不闻。大丈夫不遇于时者之所为也，我则行之。

"伺候于公卿之门，奔走于形势之途，足将进而趑趄，口将言而嗫嚅，处污秽而不羞，触刑辟而诛戮，侥幸于万一，老死而后止者，其于为人贤不肖何如也？"

昌黎韩愈，闻其言而壮之，与之酒而为之歌曰："盘之中，维子之宫。盘之土，可以稼。盘之泉，可濯可沿。盘之阻，谁争子所？窈而深，廓其有容。缭而曲，如往而复。嗟盘之乐兮，乐且无央。虎豹远迹兮，蛟龙遁藏。鬼神守护兮，呵禁不祥。饮且食兮寿而康，无不足兮奚所望？膏吾车兮秣吾马，从子于盘兮，终吾生以徜徉！"

一开始，韩愈介绍了一下盘谷这个地方："泉甘而土肥，草木丛茂，居民鲜少。"这个知识分子退隐的空间，泉水非常好，土地很肥沃，可以自己耕读传家了；植被茂盛，人口不多，有些像山水画中描绘的环境。唐代隐者的典范王维就是彻底离开了政治社会，来到辋川，去经营他的辋川别墅。韩愈借着送李愿的机会，讲到知识分子在现实里受伤最严重的时候，也可以到这样的地方去。他提供了一个画面，简单介绍了"盘谷"，接下来就换李愿来讲述一个知识分子回归山林时的心境。

人们一般所讲的知识分子，所谓的"大丈夫"，大概就是"利泽施于人，名声昭于时"的那类人，这其实是儒家认为一个人活在世间的生命价值，即必须对别人有所影响，德泽可以普及到民间。这样的人通常是"坐于庙朝"的人，相信经由政治可以改革社会，"进退百官，而佐天子出令"，能够帮助天子施行政令。"其在外，则树旗旄，罗弓矢，武夫前呵，从者塞途，供给之人，各执其物，夹道而疾驰。喜有赏，怒有刑……"这里讲的是一个做官的人出行时的盛况：竖起旌旗，弓箭就位，护卫队前呼后拥，路上堵得水泄不通，负责供给的用人们手持物品在道旁飞奔，赏赐、刑罚全凭自己喜怒。李愿并没有反对做官，可是他谈到了两个问题，即做官的原始动机和实际表现。做官本来是要"利泽施于人"，但是最后可能做不到，只是讲这一套排场。他对于这样所谓的"知识分子"走向官场产生了怀疑。

这一整段都在描述唐代一些官吏的情况。"大丈夫之遇知于天子、用力于当世者之所为也。吾非恶此而逃之，是有命焉，不可幸而致也。"很重要的一点，李愿说自己并不是因为不喜欢这些才要归隐到盘谷去。他并没有反对在朝为官，也没有反对积极入世，只是说自己大概没有这个命。他有自己的背景，而唐代的世家集团是非常强大的。几个大家族（如裴氏、独孤氏、尉迟氏等）在北周的时候就是做大官的，世家的力量已经发展了好几世，他们对整个政治的操控难以动摇，通过科举制度出身的官吏其实不太能够制衡当时盘根错节的官僚体系。唐太宗在位的时候，曾修《氏族志》，最开始列在第一的并不是李家，而是崔氏，可见当时世家之显赫。

接着，李愿讲出了自己的理想："穷居而野处，升高而望远，坐茂树以终日，濯清泉以自洁……"这些事我们大概也做得到，比如去柴山走一走，或者看一看西子湾的海之类。李愿回到山林当中，觉得自己可以拥有另外一片净土，其中有另外一种生命追求。这里显然将中国知识分子分为了在朝、在野两种生命形态，也是在展示李愿的个性。他把生活过得非常简单，在山里面采一点儿野菜、野菇，就可以拿来吃素了；在水边垂钓，也可以吃到很鲜美的鱼；早上高兴几点起来就几点起来，因为不必朝九晚五。可是下面讲的和前面有些不一样，看到前面你会觉得这隐约是一个潇洒的文人，走在山林当中不受拘束，可是读了后面你会发现，李愿认为重要的不是个人的退隐，而是怎样自主定位自己的忧乐。他继续说道："车服不维，刀锯不加，理乱不知，黜陟不闻。大丈夫不遇于时者之所为也，我则行之。"李愿逃离了官场中的派系斗争，他觉得那些事情是无所谓的，而他的隐居也是对当时政治状况的批判。

前面讲的那些被前呼后拥的人，看起来光鲜亮丽，可是他背后其实有一个大的集团，这个集团一旦在斗争中失败，当事人就可能"刀锯加身"，或者被别人操控，你所拥有的财富、官位，以及会不会受到刑罚，其实都看你和派系的关系。李愿在政治里获得了负面的领悟，觉得与其这样活着，还不如隐居山林。这是有别于在朝为官的另一种生命形态。

韩愈借李愿之言讲完在朝者和在野者的区别还不够，继续讲了第三种人。第三种人应该归在第一种当中，因为他们是趋附第一种人的那类。他们不是高层，可是又能够整人，韩愈他们大概深受其害。韩愈在《送孟东野序》中说"大凡物不得其平则鸣"，即感到不公平的时候就要叫出来。这些知识分子在政治斗争里累积的怨气，在这里爆发了。他们在政治上是非常明显的受伤者。

我们在任何时代都会看到这"第三种人"，即"伺候于公卿之门，奔走于形势之途，足将进而趑趄，口将言而嗫嚅，处污秽而不羞，触刑辟而诛戮，侥幸于万一，老死而后止者"。读到这里，你大概可以想象出那个人脚要往前，可是又不敢往前的样子，因为官长走在他前面。韩愈这类知识分子最痛恨的大概就是这种趋附集团、派系的人，觉得他们一点儿"格"都没有了。第一种人至少还在庙堂之上，有一种堂堂的气度，而"第三种人"永远不清不楚，既没有立场，也没有理念，可是又表现得貌似谦卑，进也不敢进，退又不敢退，要讲话却只是动动嘴唇不出声，怕一讲错就不得了。这几句将官场中可怜又可鄙的一类人写得实在太鲜活了。韩愈觉得知识分子要有担当，如果整个社会都变得脚要往前走却不敢走，嘴巴要讲话又收回去，看别人怎么走、怎么讲的时候，那么知识分子就已经失去了自觉，失去了自己独立的思考和判断，已经没有"格"了。

这一段大概也是李愿这一批知识分子最心痛的部分——文化沦落到这种程度，无论一个人是出身于世家，还是出身于科举，都可能成为"第三种人"。即使他在考试时写的东西非常有主张，可是他真正做官的时候就没有主张了，这真是非常大的嘲讽。"处污秽而不羞，触刑辟而诛戮，侥幸于万一，老死而后止者，其于为人贤不肖何如也？"这种人其实最难定位，他没有做大坏事，也没有做大好事，就在夹缝里面活着。你永远不知道他赞成什么，或者不赞成什么，在知识分子中这个队伍似乎真的在壮大。

"第三种人"会产生，部分原因在于社会没有给予知识分子一个合理的位置，政治上存在着不合理或者说是非混淆的现象。为什么要走路那么小心，讲话那么小心？因为一不小心你就完了。李愿所讲的"第三种人"游移于科举出身、追求理想的知识分子和世家出身、追求权力的知识分子之间，产生了社会上最大的问题。李愿不可能是第一种人，他也很明显不要做第三种人，所以他只有一条路可走，就是做第二种人，选择退隐。

"昌黎韩愈，闻其言而壮之，与之酒而为之歌曰：'盘之中，维子之宫。盘之土，可以稼。盘之泉，可濯可沿。盘之阻，谁争子所？窈而深，廓其有容。缭而曲，如往而复……'"韩愈听了李愿的话，觉得很过瘾，就唱了一首歌。当一个人隐居到山林里面之后，可以发现更大的生命空间，胜于将自己局促在政治的肮脏当中永远脱不了身。这篇文章树立了一个中国传统社会中远离朝堂、走向山林的知识分子典型。

启蒙运动以后，西方精英分子不断走向政治；中国古代的知识精英则总是向往着山林，并不时付诸行动。政治被才能一般的人所操控，进而变质，我想这是非常值得反省和深思的。我们在阅读《送李愿归盘谷序》的时候，其实有很大的感伤：一千年前李愿的出走，变成了此后历史上一群知识精英的出走，到现在恐怕都不容易回来。所谓的"清流"为保持个人绝对的品性，和实际的政治与社会的关系越拖越远。当然我们不能说这些人就此失去了影响力，他们开书院、讲学、教育百姓，在民间发挥了良性作用。

可是，问题是这些人没有办法在权力结构中真正发生重大的影响。我们必须承认权力结构对社会的影响还是最大的，这些人退隐了，除非某一天有个英明之主三顾茅庐把他请出来做一些改革，可这是消极的行为。李愿既有道德使命感，又有才能，但最后竟然要退居盘谷。元代以后，政治上的污秽越来越严重，知识精英大量离开朝堂，不少有名的画家、作家都是在野的人物。

《柳子厚墓志铭》：一个典型的知识分子

柳宗元出身官宦世家，通过科举入仕。对于神秘主义，他感到不应该只用儒家的想法去探究，曾以《天对》去回应一千多年前屈原的《天问》。《天问》中问到了人间天上一百多个神秘问题，之后一直没有人回答，直到柳宗元写了《天对》。柳宗元对天文、宇宙论很有兴趣，但在儒家系统里这些属于玄学，韩愈就不太谈论天、道、死等问题，两人在这些方面的意见并不一致。

文人之间的理念之争与官场上的集团之争是非常不同的。但有的时候，知识分子争着争着，就把朋友变成了敌人，这大概也是他们很容易被那些集团收拾的原因。可是韩愈和柳宗元不是这样。柳宗元过世的时候,韩愈为他写了非常感人的墓志铭。在韩愈的立场上,柳宗元是一个典型的知识分子,是非常值得歌颂的:他在政治上的有所不为,以及他对政治的意见和看法,使得他被贬到荒远的广西;他身上有可贵的人情厚道。这些都在《柳子厚墓志铭》里讲得非常好。

子厚,讳宗元。七世祖庆,为拓跋魏侍中,封济阴公。曾伯祖奭,为唐宰相,与褚遂良、韩瑗俱得罪武后,死高宗朝。皇考讳镇,以事母弃太常博士,求为县令江南。其后以不能媚权贵,失御史。权贵人死,乃复拜侍御史。号为刚直,所与游皆当世名人。

子厚少精敏,无不通达。逮其父时,虽少年,已自成人,能取进士第,崭然见头角。众谓柳氏有子矣。其后以博学宏词,授集贤殿正字。俊杰廉悍,议论证据今古,出入经史百子,踔厉风发,率常屈其座人,名声大振,一时皆慕与之交。诸公要人,争欲令出我门下,交口荐誉之。

贞元十九年,由蓝田尉拜监察御史。顺宗即位,拜礼部员外郎。遇用事者得罪,例出为刺史。未至,又例贬永州司马。居闲,益自刻苦,务记览,为词章,泛滥停蓄,为深博无涯涘。而自肆于山水间。

元和中,尝例召至京师;又偕出为刺史,而子厚得柳州。既至,叹曰:"是岂不足为政邪?"因其土俗,为设教禁,州人顺赖。其俗以男女质钱,约不时赎,子本相侔,则没为奴婢。子厚与设方计,悉令赎归。其尤贫力不能者,令书其佣,足相当,则使归其质。观察使下其法于他州,比一岁,免而归者且千人。衡湘以南为进士者,皆以子厚为师,其经承子厚口讲指画为文词者,悉有法度可观。

其召至京师而复为刺史也,中山刘梦得禹锡亦在遣中,当诣播州。子厚泣曰:"播州非人所居,而梦得亲在堂,吾不忍梦得之穷,无辞以白其大人,且万无母子俱往理。"请于朝,将拜疏,愿以柳易播,虽重得罪,死不恨。遇有以梦得事白上者,梦得于是改刺连州。呜呼!士穷乃见节义。今夫平居里巷相慕悦,酒食游戏相征逐,诩诩强笑语以相取下,握手出肺肝相示,指天日涕泣,誓生死不相背负,真若可信;一旦临小利害,仅如毛发比,反眼若不相识。落陷阱,不一引手救,反挤之,又下石焉者,皆是也。此宜禽兽夷狄所不忍为,而其人自视以为得计。闻子厚之风,亦可以少愧矣。

子厚前时少年,勇于为人,不自贵重顾藉,谓功业可立就,故坐废退。既退,又无相知有气力得位者推挽,故卒死于穷裔。材不为世用,道不行于时也。使子厚在台省时,自持其身,已能如司马、刺史时,亦自不斥;斥时,有人力能举之,且必复用不穷。然子厚斥不久,穷不极,虽有出于人,其文学辞章,必不能自力,以致必传于后如今,无疑也。虽使子厚得所愿,为将相于一时,以彼易此,孰得孰失,必有能辨之者。

子厚以元和十四年十一月八日卒,年四十七。以十五年七月十日,归葬万年先人墓侧。子厚有子男二人,长曰周六,始四岁;季曰周七,子厚卒乃生。女子二人,皆幼。其得归葬也,费皆出观察使河东裴君行立。行立有节概,重然诺,与子厚结交,子厚亦为之尽,竟赖其力。葬子厚于万年之墓者,舅弟卢遵。遵,涿人,性谨慎,学问不厌。自子厚之斥,遵从而家焉,逮其死不去。既往葬子厚,又将经纪其家,庶几有始终者。

铭曰:"是惟子厚之室,既固既安,以利其嗣人。"

文章开头说:"子厚,讳宗元。七世祖庆,为拓跋魏侍中,封济阴公。"

从这里我们可以看到唐代世家的影响。柳宗元是经由科举入仕的，但人们还是会提及他的七世祖柳庆担任过北魏（拓跋氏）的侍中、封济阴公，这是唐朝人写墓志铭的习惯。

我过去读唐代的墓志铭，读了好长一篇，还没有出现逝者的身份，前面都在讲他的先人怎样怎样，做过什么大官，这些就是在讲世家，讲人的出身。柳宗元出身于世家，但世家子弟当中也有非常开明的，比如柳宗元。所以，韩愈虽然提到了柳宗元的出身，但他实际上看重的是这个知识分子自己的生命行为。

"曾伯祖奭，为唐宰相……"到柳宗元的曾祖父这一代，家族里还有人出任宰相，但后来被武则天处死。武则天是一个改革者，她发展了科举制，但在打击世家大族时，又有残酷的一面。"皇考讳镇，以事母弃太常博士，求为县令江南。"柳宗元的父亲名柳镇，因为要奉养母亲而辞官不做，要到江南去当县官。这个家族虽然是世家，却不只是重视权力，而是有自己的信念和道德。"其后以不能媚权贵，失御史。"柳镇后来迁任御史，因为不愿意谄媚权贵而被去职。权贵往往也是出身世家的，跟在皇帝身边，你得罪了他，可能就没有官做了。韩愈在这里透露出了当时知识分子的艰难处境，比如柳镇要到"权贵人死，乃复拜侍御史"。"号为刚直"，"刚直"是知识分子身上很重要的东西：你不为权贵的压力所屈服，才叫作"刚"；你还敢真正讲话，才叫作"直"。这里特别赞扬了柳宗元的父亲，也带出柳宗元被柳镇影响的部分。"所与游皆当世名人"，这句话也很重要。清者清流，浊者浊流，什么样的人身旁通常是什么样的人，而柳镇交往的大概就是在韩愈眼中称得起"刚直"二字的一群知识分子。

接着才开始介绍柳宗元："子厚少精敏，无不通达。逮其父时，虽少年，已自成人，能取进士第，崭然见头角。"这里透露了柳宗元并没有依靠家世出来做官,而是在很年轻的时候就可以完成自己,并考取了进士——这点对韩愈来说太重要了。唐朝有官位世袭制度,使得进士出身变成一个很大的自负——我是读书出来的,我是经过考试的,与那些世袭的世家子弟不同。

韩愈在这里点出了很关键的东西:他轻视所谓世族集团里靠祖父、父亲获得某种身份,不必努力,也不必特别竞争的人,对这样的情形有很严厉的批判,所以他赞美柳宗元这样"已自成人,能取进士第,崭然见头角"的人。"众谓柳氏有子矣",很多人都说柳家有很好的后代——韩愈前面赞美了柳宗元的七世祖,又赞美了宰相,又赞美了他的父亲,好像在赞美家世,好像是一种非常形式化的写法,但在这里笔锋一转:如果你是靠祖父、父亲做官,那就不值得一提了;可是你是自己考试出来的,自立自强,不靠家庭的荫封,是世家子弟中的人才。

"其后以博学宏词,授集贤殿正字。俊杰廉悍,议论证据今古,出入经史百子,踔厉风发,率常屈其座人。"韩愈用非常精简的文字来描述柳宗元的廉洁、聪慧、博学,以及他敢于直言的个性。柳宗元因为这些个人特质而名声大振,当时的人都很愿意和他做朋友,而"诸公要人"则很希望他能做自己的门生,纷纷称赞他。

下面继续介绍柳宗元的生平:"贞元十九年,由蓝田尉拜监察御史。顺宗即位,拜礼部员外郎。遇用事者得罪,例出为刺史。"注意这里转了。柳宗元的仕途一直还算顺利,可是一经碰到集团之间的问题,就得罪了人,发生了利益冲突,并因此被贬官,外放为刺史。"未至,又例贬永州司马。"刺史还未到任,又被贬到更远的地方做更小的官。"居闲,益自刻苦",作为一个世家子弟,柳宗元虽然落难,但没有因此改变自己的志节,这里很隐讳地表明知识分子能够这样是非常不容易的。"务记览,为词章,泛滥停蓄,为深博无涯涘。而自肆于山水间。"知识分子在不可为的时候，用心读书，继续做学问，往来于山水间，因此柳宗元写出了非常清灵的关于柳州的小品，以及反映当地民生的作品。

我读大学的时候，有一段时间很不喜欢韩愈，但喜欢柳宗元，因为前者总要"文以载道"，给人很大的社会使命感的压力，而后者则非常空灵。柳宗元写自己沿着河流一路走，然后爬到小山上，看到树，又看到河流的流踪，不讲其他的。那时我自己有一种标榜，觉得知识分子就应该去追求这种空灵、宁静的世界，却不知道柳宗元正处在被外放的悲剧当中。他在独善其身的处境里去完成自己，心里其实非常压抑，这种压抑甚至可能不下于韩愈。他写这样空灵的山水，以及倾向于佛教，都是为了平衡自己巨大的悲愤。在我个人看来，韩愈很像鲁迅，就是说鲁迅其实继承了韩愈的精神；而沈从文很像柳宗元，他的作品非常空灵。你常常觉得沈从文笔下的人走在山水当中，好像无所事事，可是继续读下去，就会看到他用最清淡的笔法写出了清末民初那一段时间最败坏的政治，写出了一个时代里最荒谬、最痛苦的东西。柳宗元和沈从文都把个人的悲愤化在了山水当中，不易察觉；但我们在读《柳子厚墓志铭》的时候，就能看到柳宗元的作品和他政治上的遭遇有直接关系。

看到他"自肆于山水间"，你几乎会以为他变成了一个隐士，可是"元和中，尝例召至京师；又偕出为刺史，而子厚得柳州"。柳宗元在政治斗争里起起落落，后来又被贬到柳州，他其实是对政治斗争体悟很深的人。"既至，叹曰：'是岂不足为政邪？'"在这句话之后发生了非常动人的转折，柳宗元接下来做的事情才是真正的政治。我们常常以为政治是那些乌七八糟的事，可是柳宗元在柳州"因其土俗，为设教禁，州人顺赖"，都是正面的作为。之前的柳州是什么样呢？"其俗以男女质钱，约不时赎，子本相侔，则没为奴婢。"当地人借钱的时候，习惯以子女作为抵押，到期无法还钱，等到利息和本钱相等的时候，孩子就被债主收为奴婢。这其实相当于卖身的契约。看到这种情况，柳宗元就开始替这些人想办法。

你会觉得这是了不起的知识分子。为什么一定要在中央做事？柳宗元到了柳州以后，为当地人做了非常多的事情。我们看到，"子厚与设方计，悉令赎归。其尤贫力不能者，令书其佣，足相当，则使归其质"。柳宗元用各种方法，帮助欠债者可以为子女赎身；有些穷得不得了，实在没有赎回能力的，就让债主记下子女作为佣工相应的报酬，待报酬与欠债两相抵消时，就将子女归还其家。"观察使下其法于他州，比一岁，免而归者且千人。衡湘以南为进士者，皆以子厚为师，其经承子厚口讲指画为文词者，悉有法度可观。"观察使在其他州也推行了这个办法，一年之后，得以赎身回家的大概有一千人。韩愈在柳宗元的墓志铭里为他记录了这件伟大的事情，展现出一个知识分子在下放之时对社会最基础的影响。相比自己在政治上受到的诬陷，柳宗元看到了社会中还有更悲哀、更不幸的一群人。

柳宗元后来在柳州刺史任上去世，所以后人也称他为"柳柳州"。柳州刺史不是他做过最大的官，却是他官场生涯中很重要的一个时期。在这里，他重订谕令，合法合理地帮助那些因无钱还账而沦为奴婢的人摆脱了奴婢身份，成为自由人。这个部分韩愈讲得非常精彩，真正肯定了柳宗元在对政治极度失望之后，在被下放的沮丧当中所做的实事。中国有很多知识分子，在相似的心境之下，在偏远的地区，产生了很大的力量，把自己的理想真正实践出来。

接下来这段非常感人。柳宗元被召回京师，复被贬往柳州之时，好友刘禹锡同时被贬往比柳州更偏远、更蛮荒的播州。这时，柳宗元是怎么做的呢？"子厚泣曰：'播州非人所居，而梦得亲在堂，吾不忍梦得之穷，无辞以白其大人；且万无母子俱往理。'请于朝，将拜疏，愿以柳易播，虽重得罪，死不恨。"柳宗元向皇帝哭诉，刘禹锡高堂尚在，没有理由让他的母亲跟着他一起被下放，因此请求用自己要去的柳州和刘禹锡的播州调换，即便因此获罪也死而无憾。这就是知识分子，在关键时刻是有情义和担当的。后来有人把刘禹锡的事告诉了皇帝，使他得以"改刺连州"，免除了和母亲一起被下放播州的命运。

唐代政治集团的斗争牵涉众多，非常残酷，我们通过《柳子厚墓志铭》所了解到的不过是其中一二而已，当然这个时候也考验出一个知识分子的有所为、有所不为。我们也不知道自己在柳宗元的处境里，能不能那么勇敢——"讲话少讲一点儿吧，走路走得后面一点儿，也许就能避过灾祸了"，不少人往往会这么想。如果人变得越来越容易妥协、越来越懦弱、越来越没有主张，那大概是整个文化的巨大悲剧。我在阅读韩愈、柳宗元的文章时，这种感慨特别深。他们并不对文学进行很多形式上的美化，而是会直接透露出文化上真正严重的问题。

韩愈感慨道："呜呼！士穷乃见节义。"要在这种最艰困的时候，才能看出一个知识分子、一个读书人的节操和道义；平常只拿来写文章是没有用的，真正有事件发生时才能知道一个人的人性、品德。"今夫平居里巷相慕悦，酒食游戏相征逐，诩诩强笑语以相取下，握手出肺肝相示，指天日涕泣，誓生死不相背负，真若可信……"没事发生的时候，大家一起喝酒游戏，彼此讲讲笑话，握着手说我支持你、你支持我，说永远不相背弃，就像真的一样——你会发现，这种好文章永远是"现代文"。"一旦临小利害，仅如毛发比，反眼若不相识。落陷阱，不一引手救，反挤之，又下石焉者，皆是也。此宜禽兽夷狄所不忍为，而其人自视以为得计。闻子厚之风，亦可以少愧矣。"但真有事情发生呢？因为一点儿利益，彼此就会反目成仇，甚至陷害对方，自己还颇以为得计。这样的人如果知道柳宗元做过的事，大概会有一点儿惭愧吧。我想这是很重的话，也说明当时有些知识分子的人品已经败坏到一定程度。韩愈所关心的事情，从权力结构逐渐转到了气节、节义，转到了自己所相信的"原道"。有人认为他很多时候是在谈论政治，可是我们也可以说他关心的是人在政治里不受伤害的道德本性；如果道德本性都被伤害了，任何政治都救不回来。你会发现这样一篇一千多年前的文章，用在任何时代都那么切题，当然也说明一些最肮脏的东西并没有得到改善，人在道德性上的坚持很容易动摇。这也让一个时代的人民无所适从，因为他不知道要相信谁，也不知道谁是可以讲出真话的。我们可以体会到韩愈在为柳宗元写墓志铭时的感慨之深：难得还有一个柳宗元这样的人，可以顾忌到别人家有老母，做出有节义的举动。

《送孟东野序》：不平则鸣

我们继续来看《送孟东野序》：

> 大凡物不得其平则鸣。草木之无声，风挠之鸣。水之无声，风荡之鸣。其跃也，或激之；其趋也，或梗之；其沸也，或炙之。金石之无声，或击之鸣。人之于言也亦然，有不得已者而后言。其歌也有思，其哭也有怀，凡出乎口而为声者，其皆有弗平者乎！
>
> 乐也者，郁于中而泄于外者也，择其善鸣者而假之鸣。金、石、丝、竹、匏、土、革、木八者，物之善鸣者也。维天之于时也亦然，择其善鸣者而假之鸣。是故以鸟鸣春，以雷鸣夏，以虫鸣秋，以风鸣冬。四时之相推夺，其必有不得其平者乎？
>
> 其于人也亦然。人声之精者为言，文辞之于言，又其精也，尤

择其善鸣者而假之鸣。其在唐、虞，咎陶、禹，其善鸣者也，而假以鸣；夔弗能以文辞鸣，又自假于《韶》以鸣。夏之时，五子以其歌鸣。伊尹鸣殷，周公鸣周。凡载于《诗》、《书》六艺，皆鸣之善者也。周之衰，孔子之徒鸣之，其声大而远。传曰："天将以夫子为木铎。"其弗信矣乎！其末也，庄周以其荒唐之辞鸣。楚，大国也，其亡也，以屈原鸣。臧孙辰、孟轲、荀卿，以道鸣者也。杨朱、墨翟、管夷吾、晏婴、老聃、申不害、韩非、慎到、田骈、邹衍、尸佼、孙武、张仪、苏秦之属，皆以其术鸣。秦之兴，李斯鸣之。汉之时，司马迁、相如、扬雄，最其善鸣者也。其下魏、晋氏，鸣者不及于古，然亦未尝绝也。就其善者，其声清以浮，其节数以急，其辞淫以哀，其志弛以肆，其为言也，乱杂而无章。将天丑其德莫之顾邪？何为乎不鸣其善鸣者也！

　　唐之有天下，陈子昂、苏源明、元结、李白、杜甫、李观，皆以其所能鸣。其存而在下者，孟郊东野始以其诗鸣。其高出魏、晋，不懈而及于古，其他浸淫乎汉氏矣。从吾游者，李翱、张籍其尤也。三子者之鸣信善矣。抑不知天将和其声而使鸣国家之盛邪？抑将穷饿其身、思愁其心肠而使自鸣其不幸邪？三子者之命，则悬乎天矣。其在上也，奚以喜？其在下也，奚以悲？东野之役于江南也，有若不释然者，故吾道其命于天者以解之。

这篇序常常被引用。它比较抽象，不像《柳子厚墓志铭》有具体的事件，给人一种很沉重的压力。孟东野即孟郊，四十多岁才中了进士，在官场上一直不太得志，但也没有遭受过严重的政治迫害。韩愈借他来写另外一种对文人的理想。《送孟东野序》和《送李愿归盘谷序》中的形象后来都成为很重要的文人典范。

开篇便是一句"大凡物不得其平则鸣",接下来从自然界谈到人,举出种种例子。通常来讲,万事万物在不平静的时候就会发出声音:草木本身是没有声音的,可是风过时就会发出声音;水是没有声音的,可是风荡过水面,便会发出声音;你击打金石,它也会发出声音。同样,人的歌声中有思绪,哭声中有感怀,凡是出自口中而成为声音的,大体都是因为不平。鲁迅有一本小说集《呐喊》——我前面已经比较过韩愈和鲁迅,他们大概都感受到了文学是一个时代当中被压抑部分的反弹。韩愈好像一个科学家在讨论某种东西会怎样发出声音,但是他真正关心的是人为什么会发出声音。文学是人的声音,他认为真正好的文学是在时代中被压抑而叫喊出来的声音。我们今天还常常说"物不平则鸣",而人出于正义,也会用各种方法呐喊出来。

韩愈接下来讲到音乐,说音乐是人"郁于中而泄于外者也,择其善鸣者而假之鸣"。你心中有压抑,有郁闷,就要借助善于发声的器物发出声音。他所列举的"金、石、丝、竹、匏、土、革、木",在中国古代被称为"八音",实际上是用制作的材质来指代乐器,比如竹子可以制成笛子,牛皮可以做成鼓面等等。韩愈认为八音只是人假借来发声的,所谓"择其善鸣者而假之鸣",真正要鸣的是一个人内在的东西。然后他又观察大自然中的各种现象——春天鸟的叫声、夏天雷的声音、秋天虫的鸣叫、冬天风的声音,四季更替变化,也必然有其不能平静的原因吧?

韩愈从音乐讲到大自然,最后引到人的发声:"其于人也亦然。人声之精者为言,文辞之于言,又其精也,尤择其善鸣者而假之鸣。"这篇文章其实也是在阐述韩愈的文学理论。他从远古谈起:唐、虞之时,咎陶、禹是最善于表达的人,所以就借由他们来表达;夔不能以文辞来表达自己,就借由《韶乐》来表达;夏、商、周三代,分别有太康昆弟五人、伊尹和周公来表达；周代衰落以后，孔子的声音影响极大；孔子之后，庄周、孟轲、荀卿、墨翟等人纷纷各申主张；秦朝有李斯在表达；到了汉朝，司马迁、司马相如、扬雄是最善于表达的。魏晋以后，"鸣者不及于古"，从这里可以看出韩愈对魏晋以后的文风是有批判的。但当时的表达者虽然比不上前人，却也并未断绝。

很明显，韩愈认为文风的正统是不平则鸣的力量，可是魏晋以后就没有这个力量了。文风变成修饰，变成堆砌，变成对于形式美的追求，而忽略了不平则鸣，忽略了对压抑的释放。韩愈很明显有一种自负，他觉得自己要承接这个传统，而他也确实是文风自魏晋衰落之后重新振兴的关键人物之一。这也是为什么韩愈去世后二百多年，苏东坡会赞其"文起八代之衰"，肯定他在中国文学史上的位置。韩愈对此似乎也有所自知，《送孟东野序》其实也是在给自己定位。孟郊本人的创作也深受韩愈影响。韩愈既是"古文运动"的领袖，也是"韩孟诗派"的核心人物，"韩孟"中的"孟"就是孟郊。

前面说到他批评魏晋文风，说"鸣者不及于古"，好在"亦未尝绝也"。"就其善者，其声清以浮，其节数以急，其辞淫以哀，其志弛以肆，其为言也，杂乱而无章。将天丑其德莫之顾邪？"他认为魏晋以来的文风是松弛的、颓废的，是不够诚实也不够勇敢的，而诚实和勇敢却是韩愈所认为的文学艺术的重中之重——诚实就是像《祭十二郎文》那样去直接表述事件，勇敢就是在面对压力的时候不畏不缩、正面迎击。而魏晋把这样的文风误导到了对比较轻浮的表层美的追求，有很多辞藻的夸张、情感的夸张，失去了正统的力量。

最后韩愈讲到了唐朝。"唐之有天下，陈子昂、苏源明、元结、李白、杜甫、李观，皆以其所能鸣。其存而在下者，孟郊东野始以其诗鸣。其高出魏、晋，不懈而及于古，其他浸淫乎汉氏矣。"他认为唐代文风已经与魏晋不同，开始有了两汉古文复兴的迹象，回到了文学正统当中。除了孟郊之外，与他交往的李翱、张籍也是其中的健将。这三人都长于表达，但他们的命运却要交给上天了。在高位并不值得欢喜，在低位也没什么好忧愁的。孟郊要到江南上任，所以韩愈写了这番关于"天命"的话来开解他。

《钴鉧潭记》：清淡山水后的激情

关于柳宗元和韩愈的不同，我想大家可以先读一下《钴鉧潭记》。

> 钴鉧潭在西山西。其始盖冉水自南奔注，抵山石，屈折东流；其颠委势峻，荡击益暴，啮其涯，故旁广而中深，毕至石乃止。流沫成轮，然后徐行，其清而平者且十亩余，有树环焉，有泉悬焉。
>
> 其上有居者，以予之亟游也，一旦款门来告曰："不胜官租、私券之委积，既芟山而更居，愿以潭上田贸财以缓祸。"
>
> 予乐而如其言。则崇其台，延其槛，行其泉，于高者而坠之潭，有声潨然。尤与中秋观月为宜，于以见天之高，气之迥。孰使予乐居夷而忘故土者？非兹潭也欤？

我读大学的时候很喜欢这篇文章，一直在读它，也尝试用这样的方法去写散文（比如去兰阳平原的太平山的时候）。柳宗元的散文有一个非常大的好处，就是可以一清如水到几乎不介入主观。他看到水，就观察水怎么往南流，到什么时候碰到了石头，就必须要往东走，呈现的完全是自然原本的面貌。就好像一个人在现实当中受到很大的挫折以后，突然去观察天道，觉得这些东西应该受到尊重。柳宗元身上有一种冷静和清淡，在心情受伤时也没有讲自己的哀伤或者悲怨，而是去看水，看到自己生命的多种状态。这是我当初很喜欢柳宗元的原因。也许你不知道石头本来在那个地方，但水是柔软的，水碰到石头以后会转，那水和石头又是什么关系？他通过观察自然，看到了人世间很多结构和规则，也看到了自己心情的状况。你可能觉得自己是水，希望向哪里流，却忽略了水在流动的过程当中还有一些与它相互关联的存在。这些要怎样去观察？他采用了客观视角。柳宗元会让我想到沈从文，两个人都是在一个规则有点儿荒谬的乱世当中，回到自然，但不是以文人坐在树下静听松风的方式，而是去真正地观察，观察物理的现象，进而将自己的心情与人世万物结合在一起，把它扩大。

第一段全是对山水的描述，讲水流如何湍急，怎样构成旋涡，再缓缓流去，从上游到下游细细观察，没有一个字涉及人世。作者想把来自政治的压力释放在其中，可接下来所见民生的艰辛却提醒他现实无可逃避。

山上住着一户人家，因为柳宗元多次前去游玩，有一天早上就敲门对他说："不胜官租、私券之委积，既芟山而更居，愿以潭上田贸财以缓祸。"官租是政府的租税，私券是向地方豪门世家借的私债，这些欠账日积月累，这户人家已无力负担，因此想去山上开荒，把钴鉧潭上的田地卖给柳宗元，以缓解债务。柳宗元永远会在平静的山水之后突然让人看到非常痛心的东西，而这其实也是后来文人画容易被大家忘掉的内容——中国画的山水主题最早其实是在讲知识分子在现世受伤（如被下放）以后，转到山水中去观察生命的状态。我们会觉得对山水的描绘也是对现实的逃避，可是柳宗元的文章却提醒我们，无论逃到哪里，都逃不开"官租、私券"的压力。第一段中还是好美的山水，可是第二段就吓人一大跳——原来背后有这么惨痛的生活。住在山林当中的老百姓，似乎已经是天高皇帝远，可以好好过日子，但官租、私券一来，他还是没有办法，必须要"更居"。这也是对柳宗元逃避政治心理的点醒。

其实这里有很多矛盾。柳宗元买下了这个地方，修整一番，中秋节还可以在那里看月亮。但是第三段中的山水已经和第一段里的不一样，因为中间经过了一个复杂的人世。钴鉧潭所在的永州是大唐帝国的边远地区，作者"乐居夷而忘故土"；可是这里面其实非常讽刺，因为我们刚刚讲过，曾经"乐居夷"的人已经因为受不了"官租、私券"而搬走了。柳宗元在讲山水的时候，讲到了我们通常看不到的部分。我读大学的时候虽然喜欢他的文字，但只是喜欢那种清淡，那种干净到好像没有任何热情的感觉，并不了解背后的种种。可是后来我发现不对，柳宗元比韩愈还要有激情，再激情就会活不下去，所以他开始修炼自己。大家可以再看看柳宗元其他小品，其实暗藏着激动，但他能够尽量平静地进行描述。

我们对韩愈、柳宗元所带动的"古文运动"，大概做了一个背景上的介绍。希望大家在了解整个文学史的过程中，对于影响巨大的"古文运动"，能够不仅仅是从文学上去看待，而是可以了解当时知识分子在社会中的定位，以及它和唐代整个社会结构的一些关系。

《捕蛇者说》：民间的声音

对于这些作家，当我们把他放回对应的时代中去的时候，可能会有比较全面的理解。我们从《柳子厚墓志铭》中，已经看到柳宗元身上错综复杂的社会结构的线：首先他是世家子弟，前面好几代都是做大官的；同时他经过自己的苦读，通过科举考试，成为一时非常优秀的精英知识分子；后来，又因为自己的刚直，被贬到最荒远、最偏僻的地方。家世背景、仕途起伏，以及其他种种人生际遇，都影响着柳宗元对事情的看法与立场。

他在永州时所接触到的世界，可能是他在京城为官时，或者说在文人世界里完全接触不到的。当大家读到《捕蛇者说》这篇文章的时候，会非常明显地感受到这一点。

永州之野产异蛇，黑质而白章，触草木尽死；以啮人，无御之者。然得而腊之以为饵，可以已大风、挛踠、瘘、疠，去死肌，杀三虫。其始太医以王命聚之，岁赋其二。募有能捕之者，当其租入。永之人争奔走焉。

有蒋氏者，专其利三世矣。问之，则曰："吾祖死于是，吾父死于是，今吾嗣为之十二年，几死者数矣。"言之貌若甚戚者。余悲之，且曰："若毒之乎？余将告于莅事者，更若役，复若赋，则如何？"蒋氏大戚，汪然出涕，曰："君将哀而生之乎？则吾斯役之不幸，未若复吾赋不幸之甚也。向吾不为斯役，则久已病矣。自吾氏三世居是乡，积于今六十岁矣。而乡邻之生日蹙，殚其地之出，竭其庐之入。号呼而转徙，饥渴而顿踣。触风雨，犯寒暑，呼嘘毒疠，往往而死者，相藉也。曩与吾祖居者，今其室十无一焉。与吾父居者，今其室十无二三焉。与吾居十二年者，今其室十无四五焉。非死即徙尔，而吾以捕蛇独存。悍吏之来吾乡，叫嚣乎东西，隳突乎南北；哗然而骇者，虽鸡狗不得宁焉。吾恂恂而起，视其缶，而吾蛇尚存，则弛然而卧。谨食之，时而献焉。退而甘食其土之有，以尽吾齿。盖一岁之犯死者二焉，其余则熙熙而乐，岂若吾乡邻之旦旦有是哉。今虽死乎此，比吾乡邻之死则已后矣，又安敢毒耶？"

余闻而愈悲，孔子曰："苛政猛于虎也！"吾尝疑乎是，今以蒋氏观之,犹信。呜呼!孰知赋敛之毒,有甚于是蛇者乎!故为之说,以俟夫观人风者得焉。

如果不是到了永州这么偏僻的山野之间,他大概没有机会去认识这种依靠捕蛇为生的民间人物。我自己很看重这类文字,因为我觉得其中包含着知识分子一种非常重要的自觉运动。这些知识分子被下放了,可能会觉得自己命运不济,自怨自艾,但也因此见识了比他生活得更不幸的普通百姓。这种自觉和"古文运动"是有所联系的。韩愈、柳宗元反对堆砌辞藻、无病呻吟的文学,正是因为他们看到了真正的"病痛"。我们在《捕蛇者说》中可以非常明显地看到柳宗元的意图和思想,同时这篇文章也体现出他身上的矛盾性和复杂性。

文章开头的写法有点儿像传奇。永州产一种黑底白条纹的毒蛇,触碰草木之后,草木就会死掉;咬了人,人也毫无办法。但就是这种对人有这么大伤害的毒蛇,却可以制药,用于治疗中风、手足屈曲不展,或者是身上的烂疮等,因此就变成了"太医以王命聚之"的药材。人们可以用这种蛇来免除赋税,因此大家争先恐后地去捕蛇。

柳宗元在当地认识了一个姓蒋的捕蛇人,蒋家已经连续三代专享捕蛇带来的"好处"了。这个人的祖父死于捕蛇,父亲死于捕蛇,而他自己已经捕蛇十二年,也有好几次险些丧命。说起这些的时候,这个人的表情非常难过,大概他自己将来也难以幸免。作为一个地方的父母官,柳宗元出于对捕蛇人的关心,表示"将告于莅事者",想用官员的身份去疏通一下关节,使他恢复原来的赋税和劳役,不要再从事这危险的营生。但这恰恰体现出柳宗元作为一个世家出身的官僚,当时并不了解民间的疾苦,所以才会有这样的建议。捕蛇人原来只是难过,现在却大哭出来了,他告诉柳宗元:"如果你这样做,就是断送了我们的生路。如果说捕蛇已经是不幸的事情，那恢复我要缴纳的赋税则是更大的不幸。"他接着解释道，在这六十年当中，乡邻们因为赋税而难以维持生计，几乎破产后只得迁徙、逃亡，不少人就在恶劣的环境中死去。他祖父那一代的人，十户大概只剩下不到一户；他父亲那一代的人，十户只剩下不到两三户；和他一起居住了十二年的，十户只剩下不到四五户了，都是非死即逃。捕蛇这项工作虽然很危险，但就是因为赋税对百姓的侵扰和伤害如此之深，捕蛇人才宁愿继续捕蛇，并说"吾蛇尚存，则弛然而卧"，因为他还有一口饭吃，不用面对赋税的压力，还可以活下来。

当柳宗元有机会了解到老百姓这样的状况以后，他会对自己的思想、文学做比较彻底的反省。作为科举出身或者世家出身的官僚，究竟应该代表皇室权威去压迫百姓，还是代表百姓去让皇帝知道民间痛苦，这种对于自身角色的选择，我想是影响"古文运动"的一个关键。

柳宗元在被下放的过程中，体察到真正的民间疾苦，所以在文章结尾的地方他才会"闻而愈悲"。他身为知识分子的自觉已经不能够开解他内心的矛盾了。他发现自己更大的痛苦，是作为一个官吏在面对国家赋税制度带给百姓的巨大压迫时的无能为力；他真正明白了孔子所说的"苛政猛于虎"。当我们读完《捕蛇者说》时，会感到"古文运动"所带来的不仅是文学形式上的改变，更重要的是这些人在试图用文学去触碰最本质的生命问题。用今天的话来说，《捕蛇者说》应该属于"报告文学"，它真正讲述了一个在上位者所不知道的民间事件。

另外，大家可能也发现了，《捕蛇者说》和我们传统散文的结构很不一样，它完整地交代了一个事件，有些像短篇小说。这或许是"古文运动"更大的影响，即促进了小说的创作。比如，传统的散文比较注重论述、说理，而《捕蛇者说》中有很多对人的描述，捕蛇者的形貌随之鲜活起来。

正因为柳宗元深入观察了民间,他的文学才活泼起来。这在某种意义上是个意外,但是这个意外对整个社会结构的改换是非常重要的。

我们看到的绝大部分唐宋古文中的好文章,正是作者被贬官下放期间所写的。创作这些作品需要非常鲜活的民间资料,如果他们一直在京城做官,即便对时政有所不满,大概也就是发发牢骚,而无力做出改变。从另外一个角度来看,我觉得贬官制度其实造就了一代精英知识分子,催生了优秀的文学创作。正是因为下到地方、深入民间,柳宗元才结识了捕蛇者蒋氏,而这样的人也开始成为他笔下的主角。这在我们的文学当中是一件重要的事情,而我们也会在后世的文学创作中看到它的影响。

真正的文学其实很难产生于上层知识分子当中,这不在于他们文笔的好坏,而是因为他们的生活经验不足。比如你可能常常看到经过文学训练的文字,但如果只懂得经营辞藻或者形式,而没有来自生活实际的第一手内容的话,其实没有用。黄春明年轻的时候,从兰阳平原的师范学院,到屏东师院,一直被退学,最后是"教育部长"朱汇森出面做保,他才能够毕业。但是他一直在广泛地接触民间生活,接触社会底层。如果没有对兰阳平原妓院生活和渔民生活的了解,只是乖乖地待在学校,他就写不出《看海的日子》那样好的小说,因为连世上还有这样的人都不知道。

无论是唐代的柳宗元,还是今天的黄春明这一类作家,他们都有很丰富的生活经验,这使得他们的作品不空洞,里面有真正的人。《看海的日子》的主人公白梅是一个妓女,如果你对以这样的职业维生的人根本不了解,你要怎样去描述她呢?我们读到白梅生平的时候,会突然被感动,而我们很少会被一个妓女的生命感动。她在兰阳平原用身体换得金钱、养活全家的情形,真正被作家所观察并描述。她的形象很真实,这种真实让人觉得空泛的"妓女"概念其实是没有意义的。

我每次读《捕蛇者说》,都觉得捕蛇者的形象呼之欲出。大概只有文学真正在民间的时候,才有鲜活的力量;而当它脱离了民间,往往就会枯萎。

第二讲

元曲与关汉卿

散曲与杂剧

从整个中国文学发展的韵文系统来讲，大家习惯以唐诗、宋词、元曲作为不同时期的代表形式。在不同的时代里，会有不同的音乐性去配合相应的文学形式。同时，这些文学形式之间又是连贯的，演变过程中很关键的因素其实是音乐。

我们今天最麻烦的一点，在于我们不知道大部分唐诗、宋词、元曲的音乐性，不知道该怎么唱，所以把音乐的部分抽掉，只剩下歌词，这个部分变成我们的文学史。大家可以想象一下，江蕙或者张惠妹的歌，大家都不会唱了，只剩下歌词的时候，会是什么形态。用这样的方法，或许可以帮助大家阅读宋词、元曲。元曲的文学形式部分与音乐以及歌舞表演的关系更密切，我会分两部分来谈。

元曲本身是唱的，而且是表演出来的，有一些经过学术研究，现在已经被考证出来，比如《窦娥冤》是怎么演的，《单刀会》中的关羽是什么形象，他有哪些唱念做打。所谓唱念做打，有道白的部分，有戏曲唱词的部分，同时还有做功和武术，是一个很复杂的综合体。我也希望大家能够通过舞台这种形式，重新去了解元代文学形式的发展。

我们从《诗经》开始一路讲下来，谈中国文学之美，谈韵文的美，大体上与歌舞历史、戏剧历史难以完全分开。而现代诗或者说新诗呈现的则是纯粹视觉与思维的部分，歌舞的部分被拿掉了，这是非常新的经验，但这个新的经验也使得我们过去长久的格律传统与诗发生了断裂。

一直到二十世纪三十年代，大家都在争论新诗到底要不要有格律。胡适认为押韵、平仄、对仗、典故这些限制了创作的自由度，所以他主张一定要拿掉。可是在同一时期，闻一多就强调诗的写作必须要有格律。他的意思不是一定要恢复唱的部分，或者押韵、对仗这些形式，而是说在朗诵的过程当中要有音乐性。听觉的诗和视觉的诗是不同的，有些诗在看的时候觉得感动，可是念出来却没有办法听懂。从《诗经》以下，我们诗的传统基本上是听觉的系统，但今天我们在文字的革命上面临着一个很大的问题，就是我们把听觉性的东西转成了视觉。我喜欢马勒的音乐，曾和一些舞台的工作人员尝试着把他的音乐与某一首诗放在一起，一次一次地试，最长的一次在录音室里待了七个小时没有出来。写诗的时候，我是在看的，它要转变成听觉性的东西，怎样才能成立？不然，仅仅变成一张 CD，是没有意义的。你要完全跟着听觉走，试图使自己朗诵的声音与音乐合在一起，变成音乐性的节奏。我们当时也有一个共识：如果拿到这张 CD 的人不懂汉语，听不懂内容，但是可以当成音乐欣赏，那才是成功的尝试。同样，在今天，我们不一定能完全懂得元曲的内容和意思，但是它的音乐性本身有很大的感染力，我很希望把它恢复成一种歌舞，甚至是动作的艺术。

一些著名的元杂剧作品，比如《窦娥冤》《单刀会》，我们知道是关汉卿的作品；还有一些剧目的作者已经湮没不闻了。元杂剧是一种多样性的组合，其中的关键角色不止是剧作家，还有演员，演员非常重要。宋代的时候，柳永的词写好后，要交给一位歌者去唱，歌者其实就是演员的角色，柳永和歌者之间是创作者和诠释者的关系。到了元杂剧这里，这种关系更复杂了，关汉卿不可能一个人在舞台上又演蔡婆婆，又演窦娥，又演法官，又演解差，他必须要通过一个戏班，将《窦娥冤》的复杂性在舞台上表达出来。这时，我们看到剧作家、导演和演员出现了，类似于近代的完整的表演艺术规格大致形成。

我希望大家可以分两部分来认识元代的艺术形式，即散曲和杂剧。什么是散曲？散曲其实就是元代的唱词作者创作的流行歌曲，通常比较短小，在茶楼酒肆，或是大家酒足饭饱之后，配合着乐器来唱。"天净沙"是曲牌名，"黄钟尾"也是曲牌名，还有我们在杂剧里看到的"端正好""滚绣球""新水令""驻马听"等，都是曲牌名。

早在宋代，就出现了名为"诸宫调"的说唱艺术，对中国戏曲传统的形成有重要影响。元杂剧的作者可以对前人已有的内容进行丰富、重新组合，形成新的创作。在元曲四大家（关汉卿、马致远、白朴、郑光祖）的作品里，我们可以看到不少是和前代有关的，比如关汉卿的《单刀会》。民间一直在讲三国的故事，添油加醋，慢慢形成了有别于三国历史的新系统，并为宋代的说唱文学和后来的《三国演义》小说打下基础。

关汉卿的《单刀会》讲的是鲁肃邀请关羽去进行一次政治协商，别人劝关羽说这显然是个阴谋，让他不要去，但关羽执意前往，并凭借勇气与智慧安全返回的故事。途中，年迈苍苍的关羽经过当年的赤壁战场，手持单刀立于船上，望着滔滔江水有感而发：自己已不复年轻，而又有多少人曾在这条河里死去，河水全是二十年来流不完的英雄血，因为三国的战争一直没有停止。这是他对战争的感慨。

农民的休闲生活和娱乐生活比较少，通常在节庆时才会有。而都市人群的休闲生活是比较丰富的，宋代的首都就有很多瓦子，进行曲艺演出。金代，说唱文学创作也在发展，《西厢记诸宫调》就是由当时的董解元创作的。崔莺莺违抗母命，张生夜跳粉墙（封建的象征），红娘穿针引线，老夫人拷打红娘，故事生动展现了渴求自由恋爱的年轻人对封建伦理的抵抗，表现出了个人主义的萌芽，不仅在文化上有非常重要的意义，同时也是社会史的重要资料。在此基础之上，元代的王实甫创作了《西厢记》杂剧。此外，白朴的《梧桐雨》和马致远的《汉宫秋》则分别来源于唐明皇与杨贵妃和汉元帝与王昭君的故事。

元曲名家大体上可以分为两派。王实甫、白朴、马致远是一派，我们可以称之为"文人派"。他们的文辞非常优雅，喜欢讲历史，喜欢讲贵族宫廷或者才子佳人的故事。而关汉卿是完全不同的一派，他是非常贴近民间的。我特别选了马致远、白朴和关汉卿的作品，各位比较一下，马上就可以看出其中的分别。

《天净沙·秋思》：生命的落寞与流浪

白朴和马致远的文字完全是文人的感觉，比如大家很熟悉的马致远的《天净沙·秋思》：

> 枯藤老树昏鸦，小桥流水人家。古道西风瘦马，夕阳西下，断肠人在天涯。

与宋词相比，元曲与白话更为接近，里面典故很少，"枯藤老树昏鸦"其实就是一种白描。它和元代的绘画非常像，把所有对内在情感的描述转成对外景的描述。枯藤、老树、昏鸦看起来是没有情感的，其实是寄情于景，但不是由作者主观来讲自己心里多么悲哀，而是借由客观景象使人了解到他内心的感受。南宋亡国之后，汉族处于异族统治之下，朝代兴亡的悲凉、沧桑之感特别明显，尤其体现在汉族文人身上。词和曲最大的不同在于，词是一种文人之间非常精致的专业文学，可是曲必须要能够放大到民间去。民间是不大能接受佶屈聱牙的行文的,这就要求作者必须用白描的方法去叙述一个比较容易引导人的情感的画面。我们可以和南宋末年词人蒋捷的《虞美人·听雨》比较一下。

南宋亡国之后,蒋捷隐居不仕,这首词便是他以"雨"作为贯串,对自己一生所做的回顾。先是"少年听雨歌楼上,红烛昏罗帐",他年轻的时候在歌楼酒肆中听雨,有点燃的红烛,有繁华的罗帐,南宋还没有亡国,而自己也正拥有青春的华丽。接着是"壮年听雨客舟中,江阔云低断雁叫西风",到了壮年,已经历了人世的沧桑,他在一艘客船当中听到雨声,江面这么开阔,云这么低,落单的孤雁在西风中发出凄厉悲哀的鸣音。最后是"而今听雨僧庐下,鬓已星星也",现在年纪大了,又在寺庙里听到了雨声,自己的鬓角都已经花白。

这样将人生三个阶段的对比铺陈出来,我们看到的是宋词到元曲非常明显的转变。《虞美人·听雨》虽然还是一首词,但是它已经把主观的感情转成客观的描述,比如"红烛昏罗帐",比如"江阔云低断雁叫西风",比如"鬓已星星也"。作者并没有说自己悲哀还是不悲哀,只是描述了听雨时不同的情境,以三个场景来展现不同的生命状态——繁华的青春、悲壮的壮年,以及苍凉的老年。如果直接说我少年时听雨觉得很繁华,壮年时听雨觉得很悲壮,老年时听雨觉得很苍凉,那这种文学就太直接了。到元曲的时候,创作者越来越倾向于不直接讲出内心情感,而将其带入自然当中,有点儿像元代的绘画,比如黄公望的《富春山居图》,其实里面笔笔都是心情,将全部心情寄托于山水当中,寄托于外在的客观世界。

创作者的眼睛有如摄像机的镜头,带我们看到枯掉的藤蔓,看到老去的树木,看到黄昏时归巢的乌鸦,三个事物都没有作者主观的参与,没有涉及作者快乐与否,可是就像电影中的蒙太奇手法,我们已经看到了画面，同时也在引发心情。接下来的小桥、流水、人家、古道、西风、瘦马，依然是蒙太奇手法。元曲是高度善用剪接的一种文学形式，比如这首《天净沙·秋思》，全部是画面，连缀起来就像电影一样。其实戏剧的舞台空间已经存在于散曲当中，作者将意境结合在一起，那个踽踽独行的人仿佛就在我们面前。

枯藤、老树、昏鸦等各自是单独的视点，作者引导我们的视觉将九个视点连接起来，此时我们的心境大概已经逃不开他要我们掉进去的"陷阱"了。其实，所有的艺术在某种意义上都是"陷阱"，比如画家的色彩、音乐家的声音、文学家的文字、电影导演的画面等等。创作者铺排到一个程度，就是要让受众掉进来，如果实现了，那他就成功了；如果没有掉进来，那他就失败了。创作上的成功或失败，就在于你能不能让阅读者、看画的人、听音乐的人，或者看电影的人，掉进你的"陷阱"当中去，亦即实现你预设的效果。如果我们读到"枯藤老树昏鸦"，觉得好开心，那马致远就失败了；可是我们读完这首散曲，已经能够体会到天涯游子的伤感，能够体会到他要讲的主题，即生命的落寞与生命的流浪。

当时的汉族知识分子觉得生命是没有依靠的，这不仅仅是因为他们受到异族的统治，更关键的原因在于他们在心理上有被侮辱的感觉。元朝将人的职业分为十等，其中第八等是娼妓，第九等是读书人，第十等是乞丐，这种等级制度使汉族知识分子受到了巨大的伤害。但这种打击也有值得"庆幸"之处，比如对整个文化的创造力来讲就是有好处的。知识阶层被打击，其实也是知识分子转型的开始，如果没有这种打击，关汉卿大概不会去写杂剧，不会和倡优等社会地位很低的人混在一起。中国的民间文学由此得到了很好的发展机会，优秀的文人在感伤之后想办法调整自己在社会里的角色，我认为这其实是一个好现象。

元朝建立后，一度废除了科举考试，原先"十年寒窗，一举成名"

的路没有了,这是当时知识分子转向民间的很重要的现实原因。"断肠人在天涯"传达的就是这种没有机会发展、生命无依无靠的感受。如果你懂《易经》,那可以去街上摆个摊,"元四家"中的黄公望、吴镇都是以算命卖卜为生的;文笔好的呢,可以帮人家写文稿,做代书,或者是混在戏班子里当编剧。我前面讲的"庆幸",其实不是幸灾乐祸的意思,而是就文化出现转机而言——知识分子不见得只有做官一条路,他有很多路可以走,他可以和民间有很多来往。所谓"隐居"只是一个笼统的说法,不做官之后,人要怎么活,其实是一个很大的考验。打柴也好,卖卜也好,都拓宽了中国读书人的生命体验。

如果没有这种境况的转变,我想关汉卿可能永远也不会知道社会里还有像窦娥那样悲惨的女子。宋代文人中,我们觉得苏东坡还是比较关心民间的,也只是写了欠租者身上被催租者打出的瘢痕,大部分的事情他看不到,因为他不属于那个阶级。元代打破了原来的社会阶级界限,使得颇具自我优越感的汉族文人降下来,与民间混杂,我想这和杂剧的兴起、流行有很大关系。

另外,我推荐大家读一读刘大杰先生撰写的《中国文学发展史》,他有一个很重要的观点,即散曲的兴起与当时引进了很多外族音乐关系很大。马可·波罗笔下的大都城里有很多杂剧演员,他们的表演中有不少来源于当时波斯、印度等地的歌曲及演出形式,内容和音乐性非常丰富。这可能有点儿像后来国外的交响曲,以及爵士乐、摇滚乐等进入中国之后的情形,先是冲乱了我们原有的格律结构,接着又和它融合在一起。比如我们听陈建年的歌,你会觉得那是属于卑南人的吗?其实不一定。他虽然穿着传统服装,但他抱着吉他,词曲当中有非常明显是从爵士或者摇滚吸收过来的东西。但这种不纯粹对于创作来讲是好事,因为创作本来就是大融合的过程。所以我才推荐大家去读刘大杰的书,他讲到的元代戏曲发展与外来音乐的关系非常重要。汉族的文化中心意识非常强，很多人常常不太愿意承认受到外来事物的影响，但是我们从整个历史的发展来看，这种影响不见得是坏事。唐代的丰富其实在很大程度上是由于受到外来文化的影响，在元代这种影响更加明显。但当时的汉族民众心里还是有着对朝代兴亡的感触，这或许也是造成《天净沙·秋思》中孤独、苍凉之感的心理基础——没有明确的事件，呈现的只是一个人独自面对自然时挥之不去的感伤。

《天净沙·秋》：岁月时序，永远如此

白朴的《天净沙·秋》不仅和马致远的《天净沙·秋思》的曲牌相同，而且内容、结构和情感也非常类似。

> 孤村落日残霞，轻烟老树寒鸦，一点飞鸿影下。青山绿水，白草红叶黄花。

这首散曲同样是讲秋天的黄昏。如果大家了解元代美术史的话，可能会注意到吴镇《渔父图》、黄公望《富春山居图》的背景都是秋天，都是苍凉的；而倪瓒的画里从来没有人，他认为人在画里是多余的。这些都说明在元代形成了一种孤独美学，这种寂寞和孤独与汉族国破家亡的遭遇有关，也和读书人因对命运不能自主而产生的自我放逐的情感有关。

"孤村落日残霞，轻烟老树寒鸦"，大家可以看到两首《天净沙》的意境是多么相似，也和"元四家"画作中的几棵枯树、远远的一艘小船异曲同工。这些元素都是元代美学的体现。知识分子离开了繁华的都市，带着一点儿无奈、一点儿心境上的荒凉，将自己放逐到山水之中，找到

自己新的定位。"一点飞鸿影下",全句都在讲同一个事物,与《天净沙·秋思》继续铺排出三个单独的事物不同。我个人觉得白朴这首《天净沙·秋》没有马致远的《天净沙·秋思》写得好。前两句他明显在使用和后者类似的元素,可是到了"一点飞鸿影下"这句,他没有继续铺排。同样是十八个字,白朴的作品里出现了六个并列的元素,而马致远的作品里出现了九个,显然是后者铺排更为到位,更有力量。九个元素交代完,读者还在等,马致远又加入了第十个元素——"夕阳西下",接着才点出结尾。

白描高手要忍得住,不要太快泄底,而马致远就是这样的高手。无论是绘画上的白描,还是文学中的白描,都要求创作者能够退到"摄像机"背后,而不是跳出来指点别人看这儿看那儿。你只要把元素抓对了,别人自然就会掉到你设定的"陷阱"当中。马致远的《天净沙·秋思》能够传诵这么久,是因为它有很高的"现代性",经得起锤炼,无论是从今天装置艺术的角度,还是从绘画的角度、电影的角度来看,它都是好作品。白朴的《天净沙·秋》可能就做不到。因此,我特意选这两首出来供大家比较,了解一个作品为什么好、好在哪里。

不过,《天净沙·秋》的前半部分虽然显得逊色,但是收尾还不错:"青山绿水,白草红叶黄花。"他又回到了白描。马致远以"断肠人在天涯"点出了整首作品的主题,可是白朴很有趣,他没有这样做,只是继续让你看"白草红叶黄花",好像大自然的岁月时序永远如此而已,生命里面的哀乐喜怒有什么好讲的。你把自己的快乐或不快乐放到大自然里,不过是"白草红叶黄花";所有的兴亡,也不过是"白草红叶黄花"。元代散曲了不起的地方在于,它开放了自然空间,而这个自然空间使人世的哀乐变得很淡。宋代的苏东坡还会"多情应笑我,早生华发。人生如梦,一尊还酹江月",他仍然是热情的。可是到了元代,所有的热情已经转成了苍凉，而热情与苍凉是两种不同的美学。在白朴这里，人世间的爱恨都被化掉，化到"白草红叶黄花"里去了。

大家可以和绘画作品联系一下。北宋范宽的《溪山行旅图》中，大山还是热情的；而元代黄公望的《富春山居图》就是淡淡的，留白的重要性甚至超过画面的重要性。文学里同样需要留白，"白草红叶黄花"其实就是留白，而马致远的《天净沙·秋思》几乎全部是留白，给观赏者留有自己想象和参与的空间。一个不好的作者，常常会迫不及待地把东西堆得满满的，使大家厌烦；而善于留白的作者就懂得退让和放弃，只抓几个必要的元素，留下足够的体会空间。

留白创造伟大的时刻

留白手法也被运用在戏剧舞台上。《荆钗记》是元人柯丹丘的作品，我们就以它为例。贡元钱流行赏识后辈王十朋的聪明勤奋，遂将自己与原配所生的女儿钱玉莲许配给他。王家贫，王母便拔下头上的一支荆钗作为聘礼。钱贡元的继室姚氏嫌贫爱富，想另攀别家，玉莲拒绝，并与十朋结合。后来王十朋进京赶考——当然中国这类戏曲的情节一定是主人公高中状元，因为才貌都好，丞相就要把女儿嫁给他。王十朋说我家里有妻子，决不可背弃她，而且讲出当初以荆钗为盟。丞相很生气，就改调他到边远地区为官。孙汝权拿到了王十朋给家里的书信，竟将其变作"休书"，并欲逼娶玉莲。玉莲投河自尽，被一地方官救起，收为义女。后来，王母寻得十朋，弄明真相。王十朋升任吉安太守，派李成接岳父岳母来同住。钱贡元得悉实情，双眼复明，准备前去投靠女婿。后又经一番曲折，十朋、玉莲夫妇重逢，皆大欢喜。

去吉安的路上，钱贡元、姚氏、李成三人先是乘船，天气很好，便下船沿岸而行。他们看风景的一段，完全就是《天净沙·秋思》的感觉，看到"夕阳"，看到"古树"，看到"暮鸦"，然后感叹人生曾有那么多喜怒哀乐，现在看到江水这么安静，用的是白描的手法。如果大家有机会看一下昆曲团的《荆钗记》演出，就会看到舞台上是空的，需要通过演员的动作和唱词去表现舞台"不空"。

姚氏出来，先念了几句定场诗，形容自己看到的画面，比如"绿杨烟外少人行，红杏枝头春意闹"——化用了宋祁的词。这也是定场诗常用的手法，将民间传唱的诗词、大家常用的句子组合在一起。定场诗是念的部分，属于杂剧中的宾白。现在我们看歌仔戏，也有唱的部分，也有念的部分。念有时候比唱还要难，因为口白没有伴奏，由其本身构成音乐性，你必须使你的声音能够传达出力量。现在我们可以有字幕做参考，但元朝人坐在戏台下面，就完全靠听了，所以演员咬字必须非常清楚，才能够把唱词的美传达出来。这时候听的感觉更重要，和我们现在看字幕的体验完全不同。

随后，钱贡元出来，感叹自己唯一的女儿已经投河自尽了，他不知道其实女儿没有死。中国传统戏剧里这种人是绝对不会死的，结局一定要大团圆。老百姓在看戏的时候，希望满足自己在现实中的遗憾——现实里可能好人被陷害了，可是在戏剧里，他永远要好人的结局是好的。我们可以说这是一种民间的乐观主义，最明显的例子就是《窦娥冤》。《窦娥冤》讲的是一个冤案，可是窦娥临终发下三个愿望，后来全部实现，还是一个变相的大团圆。好人必须能够伸张自己的正义，这是民间戏曲的一个特征。

中国戏曲和西方传来的话剧，或者说新戏，最明显的不同在于诗随时会出现。演员在舞台上一讲"正是"，你就知道他后面要念诗了。诗代表什么？代表角色当时特殊的心情。我们从中可以看到中国文学里面韵文传统的影响非常大，人在心情快乐的时候，或者哀伤的时候，总会用诗的方式去表达。

钱贡元出船，在舞台上要怎样表现呢？我前面提到留白，舞台上没有道具，这是一个挑战演员的空间。百老汇的戏里面，舞台布景一直换一直换，可是中国的舞台经常从头到尾就是空的，演员必须用自己的眼神、动作等去表达旁边有什么。你的身体从船里出来，要到岸上的时候，你怎么去传达？有时候只是很轻微的象征性的动作。比如通过脚的动作来表现"水浪"的摇摆，从"船"上到"岸"上会有身体的摇摆，句子全部是单一的蒙太奇。我们现在看这个戏的时候，你会发现故事已经不重要了——一再地演，大家已经对内容很熟悉——转而欣赏文学性的画面、文学性的白描。比如，"澹烟荒草，夕阳古渡，流水孤村"，"樵歌牧唱，牛眠草径，犬吠柴门"，满目农家风景，三人在舞台上营造出了一种山水长卷的感觉。他们在面对山水的时候，只是好好地看山看水，远远眺望着两三家人，渔家刚刚谱了新的民歌，正在唱歌，还有笛声——这完全是一幅元朝画作中的场面。我们仿佛跟着这三个人在舞台上的动作，经过了枯树，经过了暮鸦，经过了流水，经过了古渡，经过了小桥，一起看到了夕阳西下，一起看到了三两户人家。

舞台上任何空间都没有变，大胆留白，演员可以充分地表现、发挥。舞台上没有牛，也没有狗，演员必须用动作、眼神带出"牛眠草径，犬吠柴门"这个场景。我在前面一直提到白描，美术中的，文学中的，现在也希望大家能够了解舞台上白描的力量。过去我们在读文学史的时候，读到元杂剧，不知道它的舞台形式是什么。现在我们有机会看到各种戏曲，不妨想象一下：元杂剧用这样的形式演出，任何一个阶层的人都很容易懂，也很容易喜欢它。

接下来，"垂杨低映木兰舟，半篙春水滑，一段夕阳愁"，感受一下演员要用什么样跌宕的音韵去传达这个声音。我们常常会很惊讶，有些民间不识字的老先生、老太太，因为看戏看太多了，可以出口就是这样的句子，他在戏曲里面得到的东西可能比我们在大学的文学系里面得到的东西更直接，因为那就是文学史。整个文学史通过传唱文学的方式对民间发生这么大的影响，处处都是诗句。钱贡元一看到风景，诗就出来了。

三人走出船去看风景这部分是《荆钗记》的重要片段——很奇怪，大家反而不太在意钱玉莲如何投江，或者丞相怎么陷害王十朋了，倒是这白描的一段最被大家所赞美，经常拿出来演。联系一下元代的山水画，表现的常常是一个人面对自然时的心境，具体的事件在这个时候会淡化。钱贡元先前失明的眼睛此时已经复明，又可以看到美好的世界，便将"眼前"的风景做了非常精彩的白描。这部分如果不是在舞台现场，大概不太容易感受到演员的力量非常重要。一个演员出来，先是眼神，然后叹气道："好天气。"整个空间全部改变了，其实舞台上什么都没有。如果是百老汇，可能要用灯光，要用一大堆东西，可是中国传统戏曲常常只是依靠演员在舞台上的表演，这个时候演员专注的力量非常强，完全用形体去表达句子中描绘的感觉。

我希望观摩舞台演出的形式会对大家理解元代散曲、杂剧有所帮助。我自己读书的时候，一直没有机会真正了解古典文学与演出形式之间的关系，这些文学作品其实不应该专属于某个专业，由所谓文学科系进行研究，因为它长期以来其实是和老百姓在一起的。

大约民国初年以后，一些从国外留学回来的人要改革戏剧，比如给《拾玉镯》加上门一类的布景。本来演员推门是非常精彩的动作，但因为真的有了门，反而完全没有办法表演了。还有像跨门槛、划船这些，如果舞台上真的搞来一艘船，演员的表演也会大受限制。舞台的留白其实是在挑战所有演员，看你要用什么方法去传达这个空间。西方的"默剧"

很具体，比如说我拿一个杯子，这个杯子多大、多小、多重都要感觉出来，但中国传统戏剧不是这样。那座桥是没有的，演员把拐杖横过来，代表三个人要一起侧身过桥，介于写实和象征之间。过去我们常常因为西方将写实和象征分得很清楚，所以我们也用这个名称，但事实上连这个名称我们都很难用进来。因为它既不写实也不象征，它其实是半写实半象征，让你感受到有流水澹烟、枯树暮鸦，有夕阳，可是那是一个气氛，是一个经由演员的身体和唱腔带出来的"绘画世界"，比真正具体化的风景要好得多。如果真的在后面加上落日，加一些鸟，就可怕了，你会觉得演员很多余，因为他要表演的东西都被落实了，落实以后那种虚幻的美就不见了，即我们刚才讲的想象的空间和留白的空间全部不见了。

留白创造伟大的时刻，将来也一定会在世界美学史上形成一个完全不同于西方的观点。现在的问题是我们常常没有自信，一提到改革大概就要在舞台上加东西，有一天我们的改革会是拿掉东西。据说唐朝的舞台上是有很多摆设的，后来被慢慢拿掉。元朝的时候，文人和民间的戏班混在一起，他们也没有钱，草草地搭一个野台就开始演戏。他们的戏剧就相当于今天实验剧场里演的那些，绝对不是在"国家剧院"演出的那种。关汉卿很爱演戏，每天跟着戏班到处去给老百姓表演。这里出了一个冤狱新闻，他们就演《窦娥冤》，老百姓看了真是感动得不得了。可是舞台上几乎不需要任何陈设，如果有一批好演员的话，很多东西都可以拿掉。

接下来，我们会讲讲关汉卿这个人。

关汉卿：响珰珰一粒铜豌豆

一般会把元代的散曲和杂剧分成两派，各自以王实甫和关汉卿为代表。王实甫、马致远、白朴都是从文人系统出来的,你一读他们的东西,就能感觉到很深的文人气。他们的作品好处是优雅古典,可是也有一些"坏处",仿佛不弄那几个字就不过瘾,总要有"古渡、寒鸦"这些。可是大家读一读关汉卿的文字,就知道这个人完全不是"文人"。他在《南吕一枝花·不伏老》套曲的《黄钟尾》里是这么讲自己的:"我是个蒸不烂、煮不熟、捶不匾、炒不爆、响珰珰一粒铜豌豆。"读到这种语言会觉得很过瘾,因为真正的民间语言出来了。我小时候,在眷村听到一个妈妈骂自己的孩子,骂了一个小时,用词都不重复的,就觉得好过瘾,那个字用得简直像刀子一样,我觉得那是我最早的文学资源。如果我们今天来一场考试,让你形容铜豌豆是什么,就能够挑战一个人是否可以走文学这条路。关汉卿的语言非常活泼,他不太关心杨贵妃怎么样了,王昭君怎么样了,他关心的是民间没有机会受教育、生活困苦不堪、和他一样过日子的那些人。

比如"恁子弟每谁教你钻入他锄不断、斫不下、解不开、顿不脱、慢腾腾千层锦套头",他用的都是这类形容,大家可以感觉到近代白话的基础就在这里。在关汉卿的戏剧作品中,白话已经明显替代了前面我们看到的马致远或者白朴的语言,甚至是《荆钗记》那种一出口就是诗句的形式,变得更为活泼,断句更短,更多的形容词、更多的堆叠、更多铺叙的力量。这也和说书人的传统有关。一个说书人,一个故事一下就讲完了,他还有什么好过日子的,所以他要把武松打虎讲到三个月那个拳头还没有打下去。这种职业说书人最后锻炼出来的语言魅力,其实是今天非常值得我们了解的。我们的中文系、我们的音乐系、我们所谓的传媒系,都应该知道这些东西在民间有它自己的力量;台湾民间本来也有"讲古"的传统,可是在慢慢地没落。事实上野台戏是一个最惊人的舞台空间。小时候我看野台戏,这边在烤鱿鱼,那边在卖天霸王冰激凌,飞机也飞过去，妈妈在打孩子，台上那个人还在唱戏，还要别人听他唱，那他要有多大的力量。那种演员是千锤百炼的，而我们正在慢慢失去这个传统。我常常庆幸自己童年的成长环境，它促使我想到今天要怎么去读关汉卿。这种剧作家不会忸怩作态，他将所有"文人"的东西一扫而空，就剩下"铜豌豆"一样捶不扁、煮不熟的刚硬的生命力，非常活泼、生猛的民间的生命力。高雄是我希望台湾能最后保有这种"铜豌豆"的力量的地方，因为有的地方太优雅、太精致了，而那种民间的粗犷甚至粗俗其实都是好的，因为它有非常强的活力。

中国戏曲有所谓才子佳人的传统，后来很多人对它有所诟病。但在封建伦理严格的时代，才子佳人的故事其实有一定的社会意义。比如王实甫的《西厢记》，里面最具有代表意义的角色不是崔莺莺，而是红娘——一个民间的、不受约束的、敢于追求个性解放的角色。大概从五四运动到二十世纪三十年代，新的文学运动起来，关汉卿被当成一个非常重要的新的偶像，无论是在剧本创作、戏剧参与，还是整个内涵上都非常重要；而才子佳人这个流派就有些被加上贬义色彩，但我认为在文学史上其实大可不必。文学史本身有它自己时代、空间里一定的发展规则，现在我读《西厢记》，还是觉得像红娘一样的女性不见得很多，搞不好她就会变成另外一种很霸道的样子。但红娘不是霸道，她永远合理。她跟一个老夫子讲自己对事情的看法的时候，会让你感觉到一个十几岁的小女孩，没有读过书，地位这么低，可是主张那么有自我个性。这个部分的现代意义应该被重新讨论。

前面我们提到马致远和白朴的作品里能够感觉到文人创作的限制性，我觉得这是一个严重的问题。我并不以才子佳人或者社会剧来区分"关派"和"王派"戏剧，我更关注他们的生活经验。文人的生活经验在唐诗、宋词、元曲这个系统当中受到了局限，他们有一种文人的感伤。可是关汉卿好像把自己文人的部分彻底拿掉了，混在倡优妓女当中，变成一个很民间的角色。关于他的生平，很多人进行过考证，习惯认为他是金亡以后的遗民，有很多感怀故国的情绪。但胡适之也做过考证，关汉卿在金亡时至多只有十三四岁，所以他提出关汉卿并不是金的遗民，十三四岁的小孩子对于所谓的兴亡不会有那么深的感触。

《元曲选·序二》中说关汉卿"躬践排场，面傅粉墨"。"排场"是整个戏剧的排演场景，这意思是说他不仅担任导演，也充当演员。这样的经验和仅仅担当剧作者的力量是绝对不同的。以现代戏剧的观念来讲，他是在戏剧环境当中创作自己的作品，这很像莎士比亚。莎士比亚的所有剧本都是跟着演员在剧场当中一起排演出来的结果，而你在家里写出来的语言、唱词在舞台上不见得是最好的。后面我们会讲到关汉卿的《单刀会》，大家有机会也可以找老一些的演出版本来听，就会发现演员在唱的时候字词上会有出入，他会自己调整一些东西。前面我们讲过，关汉卿喜欢用很长的形容词的堆叠，比如《南吕一枝花·不伏老》里的"蒸不烂、煮不熟、捶不匾、炒不爆"，如果交给一个演员去演，这个演员很可能会再多加两个，看他自己的功力。我的意思是说，在元代的剧场里，其实剧作家没有办法限制演员，演员会依照自己的特性对句子进行变化，语言的魅力会丰富起来。所以我们可以说这里面有一个主导人物是关汉卿，而其中也包含着民间的集体创作。

民间的语言很有趣，它会有一个很奇特的力量去形容各种东西。我们在中学的时候有一点儿文艺青年，喜欢交笔友写信，内容大概就是讲"我爱好文艺，喜欢蓝天白云"之类的东西。我母亲看到后就会笑我们，说："这个真像秀才趴在驴屁股上——连品带闻。"我到现在都记得她这句话，觉得很有趣。秀才是读书人，趴在驴子的屁股上，连品带闻，而"品"和"闻"都是文人觉得自己在欣赏艺术性的东西。她把一个很优雅的东西忽然转变成很荒谬的、民间看文人的角度，关汉卿的作品里也常常有这种角度。

关汉卿还有一部剧作名为"赵盼儿风月救风尘"。"风尘"是指风尘女、妓女。赵盼儿是一个非常大胆的妓女，也很有历练，很有正义感。有一个年轻的妓女叫宋引章，本与秀才安秀实相好，但她嫌他太老实，便要嫁给一个叫周舍的人。赵盼儿阅人无数，就劝她："你因为年轻，看人也看得不多，周舍嘴巴很甜，也聪明漂亮，但恐怕不是一个适合结婚的对象。"宋引章不听，还是嫁了过去，婚后每天都被毒打。赵盼儿知道以后，就去勾引周舍，骗他休掉宋引章，帮自己的姐妹重获自由。这是一部喜剧，完全是以妓女之间的关系在写。这些人有自己的生活，有自己的语言，你让她讲一些很文雅的东西也不可能，于是作家就用很粗俗的文字去写。

这个部分可能是今天我们看来关汉卿最大的成就，因为他把自己从文人的圈子里释放了出来。上面我特别引用了《南吕一枝花·不伏老》中《黄钟尾》的内容，第一，这是他的自传，是他在叙述自己的角色和个性；第二，大家可以很明显地看到他的语言魅力——"蒸不烂、煮不熟、捶不匾、炒不爆、响珰珰"，完全是白话跳脱了古典文学长久以来所谓的文言文的限制写出来的。韩愈、苏东坡一辈子在书房里都写不出来，因为这种语言不在书房里，它就在眷村或者妓院，就在卡拉 OK 里，因为它是民间语言。不是说文人好不好的问题，而是他可能永远碰不到这种语言，这种语言有它自己的发展路径。

同样是在《黄钟尾》里，关汉卿也描述了自己的生活状态："玩的是梁园月，饮的是东京酒，赏的是洛阳花，攀的是章台柳。"继续讲自己会的东西："我也会围棋，会蹴鞠，会打围，会插科，会歌舞，会吹弹，会咽作，会吟诗，会双陆。"他写"自传"的时候，得意的不是自己会四书五经、唐诗宋词，而是民间这一套"乱七八糟"的东西，其实颠覆了旧有的文人的正统价值观。他也很自负地把这些写出来，并且说你觉得不好，那也没办法："你便是落了我牙，歪了我嘴，瘸了我腿，折了我手，天赐与我这几般儿歹症候，尚兀自不肯休！则除是阎王亲自唤，神鬼自来勾。三魂归地府，七魄丧冥幽。天那！那其间才不向烟花路儿上走！"一个这么重要的剧场的领导者，是在这样的环境里成长起来的。他把文人幽静、优雅的世界颠覆掉，也不卖弄文辞的美，而是创造了活泼的、有生命力的新语言。他是少有的从生活里起步的艺术家，难怪会在新文学运动中受到推崇。

《单刀会》：二十年流不尽的英雄血

艺术创作里很重要的一个部分是开拓民间的生活经验。关汉卿的丰富真是不输给莎士比亚。莎士比亚可以写李尔王那种老年的苍凉，可以写罗密欧、朱丽叶这种少年的青春之美，可以写哈姆雷特阴郁的哲学上的探讨，他有各种变化。关汉卿也有各种不同。《救风尘》是他的喜剧作品，而《单刀会》是非常苍凉的，满是兴亡之感，里面刻画了老年关羽途经当年打过胜仗的赤壁时心情的翻腾。关汉卿的兴亡之感和其他元代作家很不同。马致远的《天净沙·秋思》里有兴亡之感——"断肠人在天涯"，有一点儿自我放逐的意思；可是对于《单刀会》里关羽的兴亡之感，我们感受到的却是悲壮和热烈，会去想这么多年这些士兵的死亡到底值不值得。在中国文学里，大部分兴亡之感最后都归于消极与悲观，可是关羽唱出的《新水令》和《驻马听》中却有一种很大的觉悟。

关羽单刀去孙吴赴会，也不知道能不能活着回来，但这是他理想之中该做的事情。"大江东去浪千叠，引着这数十人驾着这小舟一叶"，前半句借用了苏东坡的句子，用很粗豪的声音唱出来。"又不比九重龙凤阙，可正是千丈虎狼穴。""九重龙凤阙"是指西蜀的白帝城，关羽从四川出来，出了三峡，到了湖北一带，看到当年赤壁之战的现场，就要到蜀汉和孙吴（"千丈虎狼穴"）的边界了。现在舞台上的唱词和我们引用的文字不完全相同，因为演员会依据剧本自己做一些调整，有时候和他的发音有关，哪一个韵他的音可以发得更高，或者发得更低，他就可能会调整那个字，所以我们特别强调演员这时候变成了非常重要的角色，他会和剧作者一起进行创作。"大丈夫心别，我觑这单刀会似赛村社。"作者用比较轻松的语言去讲关羽的悲壮——就当是到庙里演演戏，和鲁肃等人玩一玩，没有什么了不起。"好一派江景也呵"之后，便转入了对往事的追忆。

"水涌山叠，年少周郎何处也？"赤壁之战的时候，周瑜那么年轻，可是现在周瑜已经死了，关羽也很老了，有一点儿对历史的感伤：那些风流人物，好像真的被浪淘尽了。"不觉的灰飞烟灭"——苏东坡的词又出来了，"可怜黄盖转伤嗟。破曹的樯橹一时绝，鏖兵的江水犹然热，好教我情惨切！"当初攻打曹军连环船时用的水军早都已经不见了，但两军对垒过的江水好像到今天还是热的。然后他就对周仓说："这也不是江水，二十年流不尽的英雄血！"突然他有一种感触出来了。

在这一段的舞台表演中，演员的很多身段是和船的行进有关的，还有其他人对于关羽的陪衬关系，只看剧本是没有办法了解的。我们今天不妨将关汉卿的文学复现为音乐性，用另外一个形式来看待中国文学。它不应该只是一个阅读性的东西，当初它是在舞台上的，今天我们也可以通过舞台来看它。有人可能会觉得这样不是"文学"，可是剧本唱段文字中关羽的落寞、关羽的兴亡之感，是要经由舞台上的角色塑造来展现的。在正史里，关羽是另外一个样子，曹操是另外一个样子，可是没有人相信，因为这些演员在舞台上创造了一个"新的历史"。不管史学家的历史怎么讲，对于观众来说，舞台上生命本身的热烈、苍凉和悲壮他感受到了，他就会把它作为真正的历史来看待，戏剧在民间的影响力就大到这种程度。

北曲一直有自己的传统，和南曲的委婉细腻非常不同。演员声音的豪壮会逼得观众胸腔都热起来，因为他的音极高，在豪壮中又有悲凉的成分被创造出来。关羽的动作非常少，他旁边要有周仓来配合。大动作是周仓在做，看水、看刀的时候，由他来引导观众的视觉。《单刀会》里扮关羽的演员，不到一定年纪，很难体会到那种悲凉感；但到年纪很大的时候，翻滚又很困难，所以旁边会有一个人帮他将动作的热烈传达出来。周仓从头到尾没讲很多话，可是他身体的动作一直在配合关羽。

如果我们看的是录影带，会发现一个很有趣的情况：关羽唱"大江东去"，镜头就一定会拍划水；讲到单刀的时候，就一定特写单刀。这些是现代电视或电影的所谓分镜。但一个演员在舞台上讲到的"大江东去"，可以是现实中的大江东去，也可以是一种心情，它是双重的，是景，也是情，不见得一定要拍到水。"落实"之后，就会少掉留白。前面提到过，关汉卿在排戏的时候，自己也会粉墨登场，他大概不会演关羽，可能是一个船夫，在这样的唱词当中把声音的感觉全部激发出来。

周仓是一个配角，在整个画面上，我们可以看到他在营造一种雕塑的感觉。演员在舞台上，身体会显得很单薄，传统戏曲中会想办法放大人的形体。比如演员的头发是剃掉的，画脸的时候从头顶中部画起，形成一种脸部放大的视觉效果；肩膀也是架起来的，鞋、靴非常高；有的时候背后要插靠旗，形象又会被放大。但在《单刀会》中，这些还不够。周仓的每一个动作都是配合关羽的，看到他的时候，我会想起罗丹的《加莱市民》，很有雕塑感，来衬托关羽压倒对方众人的孤单气势。

关汉卿最大的特色就在于他抓住了不同身份的人对美的表达。周仓是一个武人，大老粗那种，拿着一柄大刀，赞一声"好水"——他没有那么多语汇，就直接用了"好水"两个字，然后做几个垫步。他对山水的赞美，完全是一个军人的赞美，你会感觉到一个经历了战争的行伍中人的豪迈情感和他对山水的感受叠合在了一起。这也触发了关羽的情绪，才有后面那句："这也不是江水，二十年流不尽的英雄血！"这大概也是《单刀会》里最悲凉的部分。很多元曲作家会将兴亡之感化作悲观、消极的感伤怀旧，可是关汉卿却把它放大为对生命意义和价值的慨叹。有时候兴亡之感其实是文人的借口，因为不得意而感伤自怜，其实不是一个阳刚的状态。可是《单刀会》中的关羽在讲：这些人的生命在战争里灰飞烟灭，它的意义是什么？他的哀悼以另外一个状态扩大出来了。我觉得这是关汉卿美学里最动人的部分，即生命都是放大的形态。

我希望大家可以通过这一段从多角度去了解元杂剧的美学特征。我小时候的月历牌上就有关羽和周仓的形象，我想民间因为一直在看这个画面，一直在看这种戏剧，所以它的美学会来自于这里。拿了一把大刀的周仓站在后面，关羽在读《春秋》，这些已经变成民间挥之不去的美学情感，也塑造出人世间一种真正的生命典范或者说情操。我特别希望大家能够注意到关汉卿在整个文化创造意义上的价值——其实读久了，唐诗、宋词、元曲里那些怀旧的东西会让人有点儿厌烦，但《单刀会》却转向了一个新的开阔地。这大概也是苏东坡词作的意义，不是掉在一个满是自怜的心情底下。因为将自怜拿掉了，关汉卿才会看到他身边有赵盼儿这样的妓女，有窦娥这样的人，他们不怀旧、不感伤，朝代更替了也还要活着。而这些人也变成他真正想表达的人物，促使他在整个戏剧创作中开拓出全新的领域。

《窦娥冤》：感天动地的力量

《窦娥冤》其实是一个蛮大的故事，可能取材于当时的社会事件。蔡婆婆死了丈夫，儿子还小，靠放高利贷为生。窦天章是个穷书生，因为无钱还债，就把女儿窦端云卖给蔡婆婆做童养媳，改名窦娥。后来，蔡婆婆的儿子死掉了，只剩她和窦娥相依为命。有一天，蔡婆婆去向赛卢医收账，对方没钱，就把她骗到偏僻处，要将她勒死，正巧张驴儿父子经过，将其救下。蔡婆婆很感恩，就请他们到家里去。不料，这父子俩其实也是无赖，张驴儿一看窦娥很漂亮，就说要娶，还让张老头娶蔡婆婆。窦娥当然不愿意。张驴儿就在羊肚汤里下毒，打算把蔡婆婆害死后再强娶窦娥。没想到，张老头误吃了羊肚汤，毒发身亡。张驴儿诬赖窦娥毒死自己的父亲，窦娥心疼婆婆，含冤招认。虽然是冤案，但在当时根本没有办法翻案，因为所有官吏都是腐败的。堂上挂着"明镜高悬"，可是楚州太守桃杌一出来，就先给张驴儿跪下，说"但来告状的，就是我的衣食父母"。执法者是靠当事人活着的，所以由丑角来演这个官。

我们前面讲过，一个文人一旦将个人的自怜放掉，脱离了假想的兴亡怀旧，他其实会看到很多东西，比如妓女也要有新的生活，比如窦娥多么想活着而无法活下去。剧本就这样一个一个出来，而且非常动人。我们知道，《窦娥冤》的结局是少有的不是俗套的大团圆。民间对大团圆有很大的期待，希望在舞台上可以让好人得到好报，可是关汉卿却创作了一个极大的悲剧。窦娥在被砍头前一刻发了三个愿。一是"要一领净席，等我窦娥站立；又要丈二白练，挂在旗枪上，若是我窦娥委实冤枉，刀过处头落，一腔热血休半点儿沾在地下，都飞在白练上者"。这其实是民间最无奈时的呐喊。二是"若窦娥委实冤枉，身死之后，天降三尺瑞雪，遮掩了窦娥尸首"。在一年中最热的三伏天，发愿要天为自己飘雪，讲的其实是洁白、清白的意思。三是"我窦娥死的委实冤枉，从今以后，著这楚州亢旱三年"。后来这三桩愿望全部应验，是为"感天动地"。

这部剧很动人，后来被改编为多个剧种，一直在上演，也说明近千年来司法不公的情况时有发生,民间要借由戏剧去喊冤。郭小庄的雅音小集也改编过,一个好美的窦娥在舞台上。我一直觉得,窦娥这么感人,当年的舞台形象绝对不是现在的样子,她应该是一个非常粗犷、非常有民间色彩的角色。关汉卿这么会写曲的人,在发愿部分完全没有安排演唱,而是用直接叫骂的声音,绝对有自己的用意。天和地,是中国人最不敢骂的,但关汉卿就让一个刑场上的女人泼辣地骂起来了:"地也,你不分好歹何为地?天也,你错勘贤愚枉做天!"其实她在骂当时的政治,多么直接,多么刚烈。

我不能确定在今天的舞台上,这部分经过演员的诠释,是不是还能保有关汉卿原本的力量。我在看《窦娥冤》的时候,常常觉得力量不够。如果关汉卿真是一个"蒸不烂、煮不熟、捶不匾"的人,我相信他不会这么软弱。我小时候在庙门口看歌仔戏,会有那种人物出来。有一次在新竹,人们在收割的稻田当中演戏谢神,我远远看着。夕阳西下,舞台上出来一个人,全身发亮,让人觉得真是好奇怪的服装设计。后来——你知道吃台湾鱼丸汤的汤匙吗?挂在他身上的全部是汤匙。民间的创造力真是惊人。我相信关汉卿的戏是这样的"野台戏",它的泼辣、它的野性,会真正构成民间感动的力量。

第三讲

《水浒传》：小说与历史

说书人在讲故事

从宋、金到元，大概是中国戏曲、小说发展最重要的一个阶段。虽然我们的题目是"水浒传"，但我想谈的不止是《水浒传》这部书，更希望以它作为典型的例子来谈一谈整个中国民间文学，包括戏剧和小说的兴起过程。中国的民间文学有一个很大的特性，它是在有了一个动机主题以后，经过很长时间慢慢累积发展的。

宋代社会一度比较安定，经济也比较繁荣，人们在茶余饭后开始对休闲娱乐有所要求。在宋代，特别是南宋后期，临安一带已经有了很多说书人。这些人开始是在讲历史，比如《三国志》，他会去揣摩人物的个性，一会儿演刘备，一会儿演曹操。但讲着讲着，故事里就混进了当时发生的事情。比如《单刀会》，你可以说它表现的是关羽对于赤壁之战的感慨，也可以说是时人对宋亡元代的感慨，它其实是把当时的心情和古代的心情混合在一起来阐述。民间文学有着漫长的发展过程，今天我们说元末明初施耐庵写《水浒传》、罗贯中写《三国演义》，是指这些作品作为小说有了定本，但宋代的时候民间已经在流传水浒和三国的故事。宋代有一个话本叫作"大宋宣和遗事"，它基本上是民间说书人的底本，说书人在此基础上添油加醋，发展成讲给大家听的故事。

《大宋宣和遗事》讲的是宋徽宗宣和年间的故事。宋徽宗任用蔡京，朝政败坏。封印在庙里的三十六天罡被解封，于是下凡投胎，是为梁山泺（即梁山泊）聚义造反的三十六位英雄，李逵、鲁智深等人都在其中。所以我们说，《水浒传》故事起源于宋朝（《大宋宣和遗事》），在元朝高度发展，随后定稿。通过这个例子，我们大概可以了解接下来要提到的小说文学，或者民间的戏剧文学，大都是在类似的状况下产生和发展的。底本只是一个基本结构，虽然大纲是同一个，但说书人才是故事最重要的创造者，每个讲古的人都会重新组织自己的故事，讲出来的东西可能完全不同。

小说的精彩之处在于提供了观察复杂人性的不同角度。《水浒传》提供了武松的角度，而《金瓶梅》提供了潘金莲的角度。我们也可以说小说提供了不同的解读空间，而这样的解读空间在封建伦理道德相当巩固的时代里其实有非常大的启蒙作用。这就是为什么后来梁启超那么看重小说。他认为道统文学已经被诠释得只是为帝王将相说话罢了，可是小说、戏剧却保留了人真正的自己的角度、民间的角度。从梁启超到五四运动，再到二十世纪三十年代，小说和戏剧都得到了很高的评价。在正统文学里，没有人会替窦娥这样的女子申冤，可是在民间戏剧当中，关汉卿这样做了。老百姓爱看这个戏，是因为他们被压抑的委屈在这里得到了一定程度的疏解。

《水浒传》到底是小说还是戏剧？以今天的角度来说，大家会认为它是小说，可是很长的一段时间里，绝大多数中国的老百姓都是在听水浒的故事。一个说书人在讲《水浒传》，故事是经由表演、说唱来展现的，武松打虎的拳头可能三个月都打不下去，因为他说着说着就会扯点儿别的进去。我们要用另外的角度来看待它的形态，因为它不是用来阅读的，不是所谓的"定稿"。这使得它有很多活泼的空间，山东说水浒的人和四川说水浒的人会各自加油添醋，讲自己组织出来的故事，刚发生的事情也可以糅进去——你听了一个晚上，可能根本没有听到他讲武松。因为口传文学的自由度非常高，所以就会出现好多不同版本的水浒故事。

说书人没有故事是否讲完的观念，有人来听，他就一直讲下去。所谓的"完"是说今天暂时完了，欲知后事，且听下回分解。在这样的状况里，每一章、每一回可以不断地发展下去。"章"和"回"是一个虚设的结构，本身可以视作独立的短篇小说。《水浒传》讲一百零八个好汉是天上的星宿，因为人间不太平、政治不上轨道，所以下凡来替天行道。儒家讲"君君，臣臣，父父，子子"，位阶非常清楚，人不可以颠覆伦理，可是《水浒传》鼓励造反——如果君不君，臣就可以不臣，就可以造反。以宋江为首的这些人物，每一个都有各自的故事。

大家可以回想一下自己读过的《水浒传》，看看记得哪些片段。比如，鲁智深打死郑屠后，被赵员外搭救，到五台山出家，可是他"全没些个出家人体面"，偷偷跑下山去买酒吃荤，回来之后，寺庙里的人不敢开门，他便演了一出"鲁智深醉打山门"。又比如，宋江本是一个小官吏，人送外号"及时雨"，说明这个人很爱管"闲事"，人家没有钱他就借钱，人家没有米他就给，老百姓很喜欢这种人物。有一天，宋江路遇一位无钱安葬亡夫的老妇人和她的女儿，就帮助了她们。老妇人为了报答宋江，便把女儿阎婆惜许给他当小妾。宋江半推半就地答应了，买下一座小楼安置母女二人，不时去住个两三天——他如果每天都去，人们会认为他耽溺女色，和他"及时雨"的社会形象不太相符。从这里我们看到宋江的人格非常有趣，他很正直，有正义感，大家都说他是好人，可是他又不太干脆，有点儿摇摆不定。有人认为水浒好汉最后其实是被宋江出卖了，因为他接受了皇帝的"招安"，没有造反到底。阎婆惜很年轻，当然有自己的情欲，或者说对爱情的追求，和宋江的同僚张文远好上了。宋江有所耳闻，遂与阎婆惜疏远起来。某日，他勉强留宿在阎婆惜处，半夜想悄悄溜走，不小心落下了梁山好汉刘唐送来的招文袋，被阎婆惜发现并要挟，于是一怒之下将其杀死。我们读《水浒传》的时候，会发现这部分是可以单独存在的，鲁智深醉打山门也是可以单独存在的，作者依据角色的特性发展了每个人的故事。鲁智深先前杀了人，后来又在庙里待不下去，宋江也杀了人，犯了死罪，两人都是"逼上梁山"。

"豹子头"林冲也是民间很喜欢的一个角色。他本是八十万禁军教头，不料高俅的干儿子高衙内看中了他的太太，强暴未遂，便设计陷害他。高衙内先是使人卖了一把宝刀给林冲，随后称高俅要看宝刀，骗林冲去"军事重地"白虎堂。林冲遵命随身带刀，一进去便被抓住，随后脸上被刺了字，发配沧州。途经野猪林的时候，解差要杀死林冲，幸被鲁智深所救。抵达沧州之后，陆谦放火焚烧由林冲照管的草料场。林冲走投无路，杀死陆谦，终于被"逼上梁山"。故事非常苍凉。这个"逼"字很重要。在正统文化里，他们不能造反，可是被逼到没有办法的时候，《水浒传》里这些有着各自的故事的人，全部上了梁山，因为政治太败坏了。

"定稿"之前

《水浒传》有很深的发展渊源，法律如果没有真正上轨道，民间就会不停地去喜欢"七侠五义"一类的人物。《包公案》《施公案》会产生，也是基于希望有某个人、某位"青天"去解决问题。如果法律很好，干吗还要青天？因为太黑暗了，人们才期待青天。《水浒传》堪称"黑道文学"或者说"帮会文学"的鼻祖。在中国传统社会里，帮会的力量非常大。你观察一下近代政治，很多重要的政治人物都少不了和帮会的联络。你很难界定帮会中人是好是坏。我们将帮会的系统称为"江湖"，听起来很好听，带着一点儿为朋友两肋插刀的义气。我们读《水浒传》小说，或者观看舞台上的水浒故事的时候，对好汉们是怀着同情的，可是不要忘记他们都是土匪，他们的行为从法律上讲是不对的——所谓"替天行道"，等于说"我就是法律"。民间不相信司法，才会相信替天行道的力量，期待有鲁智深或者林冲突然跑出来，帮自己出一口冤气。比如我们前面讲到的《窦娥冤》，一个女子被欺压到那种程度，叫天天不应，叫地地不灵，这时候你会觉得鲁智深出来多好，可以劫法场。所以，整部《水浒传》其实是在讲在司法不彰、政治败坏的时代里，个人将社会改革的理想寄托于侠义、侠客的情形。一直到近代，这个思想都没有终止。比如在台湾民间最受喜爱的人物——廖添丁，就是典型的《水浒传》式的人物，他绝对是不守法律的，在"日治时期"劫富济贫，最后被击毙。现在八里有一座廖添丁庙，老百姓就是喜欢他。

《水浒传》中贯彻着男性观点，几乎看不到女性的重要。孙二娘是一个"女土匪"，可是她简直不像一个女人。她开着一家黑店，把食客杀死剁掉，包成包子再拿出来卖，非常粗野。大多数好汉是武人出身，带着一种民间的粗犷，也带着人性里非常温暖的东西，比如对人的关心、对社会的热情。说书人开始可能只是讲武松打虎等单篇故事，后来角色越来越多，故事越来越丰满，《水浒传》才被"凑"起来。比如，武松打虎可能是一个真实事件，你加一个"三碗不过冈"，我加一个老虎怎样扑过来，哨棒又怎样被打断，细节一点一点出来。

我们由此看到文学创作很有趣，它其实是依据一个假设的起点，逐渐去丰富这个主题。武松打虎一段那么精彩、那么紧张，完全可以当作独立的短篇小说来看。

我特别希望大家能够看到，关汉卿的影响那么大，是因为他把古典文学从帝王将相那里转移到了民间，转移到窦娥这种角色上。民间说书本来也喜欢讲才子佳人的故事，讲名人隐私，比如唐明皇与杨玉环、汉元帝和王昭君，但慢慢地就转到了身边人的事情上，这和城市文化的发展有很大关系。《水浒传》中的好汉大多是市井小民，宋代最重要的造像不是佛，不是菩萨，而是罗汉。罗汉本身就是"小市民"的感觉，从十八罗汉到五百罗汉，发展出各种很活泼的市井小民的形象。有这样一个基础，就为发展、塑造鲜活的人物个性提供了可能。阎婆惜有阎婆惜的个性，宋江有宋江的个性，阎婆有阎婆的个性，张文远有张文远的个性，与我们的主观喜好无关。你可以不喜欢阎婆惜，觉得她很淫荡，既然跟了宋江，就不应该去勾引张文远。这是男人的角度、宋江的角度，对不对？可是她才十六岁，却不能追求自己的爱情——站在阎婆惜的角度，立刻就转过来了。再比如武松是一个角度，潘金莲也是一个角度，如果只有武松的角度那就是父权结构，会觉得女人算什么，杀了也就杀了。但没有人觉得潘金莲也应该控诉些什么吗？她被迫嫁给武大郎，难道没有冤屈吗？这时潘金莲的角度就出来了。从社会的发展过程来看，小说其实非常重要，因为它是可以突破正统文化的单一结构的力量，通过角色的多重性，给所有老百姓提供了观察事物的多元角度。

又比如前面讲到的《西厢记》，过去总会有一个老夫人的角度，认为女儿大了，应该大门不出、二门不迈，婚姻要由父母做主，张生是一个很美的、才华出众的男子，可是你不能够动情。崔莺莺私下写诗要张生来见她，并在红娘的帮助下越墙与他幽会，其实是对礼教的巨大颠覆。老夫人拷打红娘，说都是你勾引小姐做了这样的事，红娘就从自己的角度去反驳她。鲁智深的角度、林冲的角度、阎婆惜的角度、潘金莲的角度、红娘的角度，都代表正统文化之外的另类角度，提供给我们新的思考空间。大家这么爱红娘，因为她活泼得不得了，她开心，她自在，她追求自己要追求的东西。我们可以看到正统文化已经到了形式几乎僵化的状况，所以一定要有东西去冲开它。

我希望前面谈《水浒传》的部分，可以为大家提供一个观察当时民间新的自我发言的力量的角度。《毛诗大序》中说："情动于中，而形于言，言之不足，故嗟叹之，嗟叹之不足，故永歌之，永歌之不足，不知手之舞之，足之蹈之也。""手之舞之，足之蹈之"这部分在元朝得到了极大发展。严格讲起来，我不太希望用西方的分类方法讲这是小说，那是戏剧，因为它们是混杂在一起的。我们必须站在自己文学传统的角度，去了解说唱文学本来就融合了很多不同的部分。所谓的脚本，只有"编剧"和"导演"在看，老百姓是不看的，它在被演出以后才成立，必须借由角色进行诠释。

说唱文学传统和戏剧文学传统结合出来的产物是非常复杂的。元杂剧的传统使得角色成为了诠释文学的一个重要因素。鲁智深是一个粗人，是一个江湖豪杰，他的语言不会是那种文绉绉的、很细腻的，必须要符合他的身份。醉打山门这一出在舞台上表现的时候，我们不要认为鲁智深喝醉了酒，演员就是在毫无章法地颠三倒四，他的所有"醉态"其实都是在有意识的身体控制下做出的高难度动作。演员要呈现出两种不同的动作元素：一边是醉，颠颠倒倒；一边是想赶快回到庙里，快步疾走。这样的做功或者说身段完全是从武术的传统演变而来。民间很多鲁智深的塑像造型就是参考了演员在舞台上的动作。

戏曲片段有无限的组合可能，所谓的唱词、宾白、科范完全是以具有高度弹性的方式在发展，所以导演变成了很重要的角色，要哪些片段，不要哪些片段，就由他来安排。水浒故事是戏剧和小说非常重要的一个来源，里面有俏皮的部分，也有刚烈的部分，各种各样，其实是民间主要围绕着一百零八个角色发展起来的对生活的描绘。我们来看一些和

《水浒传》关系比较紧密的戏剧，比如《借茶》。这是张文远和阎惜姣（即《水浒传》中的阎婆惜）调情的部分。张文远向阎惜姣借一杯茶，先是调戏，后与其私通。宋江发现后，将阎惜姣杀死逃走。这出戏的后续是《活捉》。阎惜姣要追求自己的爱情，反被宋江杀死，变成鬼之后回来抓张文远。她觉得自己一辈子都很倒霉：为了埋葬父亲而卖身给宋江做妾，宋江又不太爱她，好不容易有一个爱情的机会，却又被杀死了。她心有不甘，就来抓张文远，要把他变成鬼，带到阴间去做伴。张文远本来是一个书生，一个小白脸的形象，随着魂魄逐渐被勾走，人慢慢变成鬼，他的脸也慢慢变黑。

这一场在舞台上大部分是动作戏，很讲究身段。阎惜姣的头上挂着纸钱，长长的袖子拖在身后，好像幽魂一般。她的上身基本不动，裙子垂下来，也看不出摆动，但脚在底下慢慢地跑圆场，给人一种飘动的感觉。她穿着黑色的衣服走在冥路上，两条长得夸张的白色袖子在舞台上一直飘，看起来鬼气森森的。当然我们都没有见过鬼，可分明觉得鬼应该就是这样：肉体仿佛不存在了，只剩魂魄在飘来荡去。

最恐怖的是，演员会突然跳一下，我小时候就被吓到过。《贵妃醉酒》的杨玉环用下腰来表现喝醉后的狂态，而这里的阎惜姣却用下腰来表达自己的悲哀，那种身在九泉之下、没有人怜的荒凉与痛苦。戏曲演员的训练和芭蕾舞演员的训练不太一样。戏曲演员有一些典型的基本功，无论鹞子翻身、乌龙绞柱、金鸡独立，还是下腰，都是被拆解开来的动作，演员必须从小练起，才能在表演中将它们适当地组合起来，传达不同的情感。比如我们刚才说到的下腰，可能表现快乐，也可能表现不快乐，全看演员在不同的戏中如何去表现。再比如卧鱼，这是个高难度动作，需要唱腔和身段之间的高度配合，现在台湾很多演员都不敢做。

老百姓看戏的时候，可能会希望看到一些和鬼有关的内容，或者是调情的戏，或者武戏，《借茶·活捉》全部满足了。这种从市民阶层发展出来的艺术形态，通常不是由某个创作者自己想出来的，所以它的组合性非常强。大概在宋代以后，民间特别喜欢鬼的故事或者妖的故事，其实里面有浪漫主义的成分。我常常跟朋友开玩笑，说《聊斋》的故事大概是作者在赶考途中无聊至极的时候想象出来的，因为那些狐仙、树妖总会变成美丽的女子，去陪伴那些辛苦的书生。最好的是，白天与夜晚是截然分开的，这些"人"在白天就不见了，只在晚上出来帮你烧饭做菜，还可以温存，这显然是人的幻想。

宋代的话本非常繁荣，为后来中国的小说创作提供了丰富的养料。元明小说里最重要的作品《水浒传》《三国演义》《西游记》等，其相关故事在宋代其实就已经逐渐发展、逐渐丰富起来，很多当时的现实内容被慢慢加进去。比如，《水浒传》来源于《大宋宣和遗事》，《大唐三藏取经诗话》则是《西游记》的雏形。《大唐三藏取经诗话》里有一位白衣秀士，等在路边，看到唐三藏去取经，就对他说："你前三世取经都死掉了，这一世我一定要帮助你完成。我虽然看起来是一个白衣秀士，其实并不是普通人，我是花果山猕猴王。"到这里相信大家都看出来了，他就是后来《西游记》里的孙悟空。

前面我提到过，《大宋宣和遗事》中的梁山好汉只有三十六个人，后来发展成一百零八个人。而《活捉》则是对《水浒传》中宋江杀惜故事的再创作，大概是人们觉得阎婆惜也很可怜，她在阴间总应该有一个伴侣，就编了这出颇具传奇色彩的戏。它集合了民间很多荒谬的东西，既恐怖，又有趣。大家有机会可以看看梁谷音主演的昆曲《活捉》，对它的动作和戏剧形式多一点儿了解。

《水浒传》里还用了相当篇幅来讲武大郎、潘金莲等人的故事，而这个故事和整部书的大结构其实是无关的。中国古典小说和西方小说很不同，西方小说设定一个主题以后，内容必须围绕这个主题进行，可是中国的小说是从民间说书发展起来的，而说书人可以随时加入一些可能和主题根本不相干的东西，只要台下的观众高兴就好，整个故事就这样今天一段明天一段地接起来。

京剧《义侠记》也讲武松的故事，但内容又比《水浒传》有所发展。在这出戏里，武大郎甚至耍了一套拳脚，演员很认真地用蹲步做旋子，手脚也伸展不开，带着几分滑稽，将一个侏儒的形象塑造得活灵活现。

《水浒传》的定稿是非常晚的事，但这并不意味着水浒故事的"定稿"。只要民间的说书传统没有中断，这部书就还有继续丰富的可能。我们说水浒写完了没有，是不是已经定稿，其实是从今天的文学观念出发，这对于传统的文学形式来讲是不公平的。到了清代，还有很多说书人在讲水浒，他为了吸引观众，可以随时自己编一些新的内容进去。从这个角度来看，近代对于文学形式的讨论其实受到太多西方的影响，重视对于结构完整的要求。这样一来，《三国演义》《水浒传》《西游记》的故事都显得不够完整，而且稿本不定，很多学者就努力地删改、"定稿"，而"定稿"在某种意义上就意味着它的死亡，因为很多东西无法再丰富进去了。而有人看到水浒故事的某些部分，会继续转述，并按照自己的理解做出修改、增补，使得这个故事永远不会定型。所谓"永远不定型"，其实是指民间一直在丰富它的过程，包括小说和戏剧都一样。

我一直觉得小说和戏剧是不可以分开的，你看看舞台上有多少戏是演三国的、演水浒的、演西游的。但是文学的描述和戏剧的描述常常会有所不同，二者若即若离。这些年大陆的演出团体常常被请到台湾表演，我们有很多机会看到昆曲、弹词、川剧等，你会发现它们各具特色。弹词发源于江苏，属于典型的说唱文学，表演者通过口头表达和简单的伴奏乐器就可以讲故事。川剧里的变脸则属于高难度的特技，舞台上演员身段的意义比较大。我在法国看过川剧《白蛇传》，青蛇一开始是个男的，他要追求白蛇，可是被白蛇打败了，他就说："好，我愿一生一世做你的奴婢。"转身就变成了一个女的。青蛇的身段也变了，脸也变了，还将白蛇举了起来，像芭蕾舞里那样跑动，把法国人都吓呆了。再举一个例子。川剧里的二郎神出场时是人，他开天眼的时候，右脚踢起来，脚尖在脑门前一点，第三只眼睛就出现了，还金光闪闪的。这些都是川剧里的特技。民间文学和戏剧的"不定型"是有好处的，这使得它们非常活泼，可以继续发展。

说唱文学的传统

在这里，我想和大家简要谈谈文学史中戏剧和小说发展的渊源。《诗经》里有"风""雅""颂"，但我在讲《诗经》的时候，只选了"风"和"雅"，而没有选"颂"，因为那是在国家仪式当中演唱的歌，内容往往是政治性的，文学性并不高。但是王国维认为"颂"其实是由歌舞配合表演的，巫（"演员"）戴着面具唱念一些东西，祝福国家或族群繁荣昌隆，这是戏剧最早的起源。先秦时，倡优也出现了，可以算是最早的说书人和最早的演员。台湾优剧场的命名，一方面就是追溯了"优"字本来的意思。倡优的表演是最早的说唱。有一类倡优的演出被称为"象人戏"，所谓"象人"是指演员戴着面具，扮成动物、人物等进行表演。在汉代，角抵（有人认为这个词是音译）从西域传入中国，包括吞刀、吐火、走索、弄碗等，并很快与倡优传统相结合。

在实际演出中，说唱和动作戏是若即若离的——动作和说唱时而有所偏重，时而又结合得很紧密。比如在京剧《三岔口》中，任堂惠住进刘利华的店里，两人彼此怀疑对方是敌人。深夜，刘利华摸黑进去，想看看任堂惠在干什么，因为场景是黑天，两人互相看不见，在舞台上各种翻滚跌打，完全靠身体感知对方的位置。大概四十分钟的戏没有一句台词，只有动作，台下的观众紧张得要命。以前我不知道这出戏为什么这么有名，直到后来看了李光的表演，吓了一跳：原来动作这么漂亮！又比如《单刀会》，文字也很漂亮，动作也很好，二者相得益彰，同样会成为名剧。

这些例子也许能帮助我们把中国小说和戏剧的传统联系起来。汉代的倡优已经将说唱和角抵结合在一起，大体构成了戏剧的基本形态。北齐时流行的三种歌舞戏——《大面》《踏摇娘》和《钵头》，对后来小说和戏剧的发展产生了重要影响。《大面》又名《代面》，取材于北齐的兰陵王故事。兰陵王打仗的时候要戴着假面，一次得胜归来后，国人仰慕他的英勇，就模仿他的样子表演舞蹈，并作了一首《兰陵王入阵曲》相配合。现在日本雅乐当中还保留着《兰陵王》这首曲子。日本雅乐保留的基本是唐代的音乐，可能和北朝这个系统有一些关系，大家可以参考。《踏摇娘》是一种当时在民间流行的表演。传说有一个姓苏的人，常常打自己的太太，他太太每次被打了以后，就会跑到街上哭诉丈夫有多坏，边哭边摇动身体。这个太太是由男人扮的，捏着鼻子做很多女性的动作，然后她的丈夫又上来打她，人们当成笑剧来看。现在，《踏摇娘》完全看不到了，我们只能根据文献记载想象一下演出的场景。《钵头》是从西域传来的，讲的是一个胡人杀死食父猛虎、为父报仇的故事。

变文对后来的说唱文学影响也非常大。什么叫作"变文"？我们现在到敦煌的时候，会看到很多壁画，大多在讲《本生经》和其他各种经文的故事。我们在美术史中讲到的"尸毗王割肉喂鹰""萨埵那太子舍身饲虎"等，都叫作"变相图"。变文是一种说唱文学体裁，开演义小说之先河，最早是讲佛经的，配合解说变相图故事。"变文"和"变相图"都可以简称为"变",比如"目连救母"的故事就是"目连变",在民间流传非常广,从中我们可以看到印度佛教文学影响了我们的说唱文学。

傩戏是在民间祭祀仪式的基础上发展起来的,被称为"戏剧活化石",现在贵州等地还有所保留。我到贵州去的时候,一个村子一个村子地去看傩戏演出,英国、法国的学者都在,因为他们要了解这个"活化石"。早期人类的戏剧是戴面具的,傩戏也是戴面具的。所有的傩戏演员都是农民,都不是职业的。相传,朱元璋曾派兵攻打云南,克定之后,怕西南再生变乱,就设重兵驻扎贵州。驻军渐渐变成农民,落土生根,结合当地民俗形成了一批剧目。我们看到贵州的小孩子,大概八九岁,就开始跟着村子里某些人学唱、学动作。

傩戏直接在地上演出,没有舞台,所以它还有个名字叫作"地戏"。观众则在高处观看。过年的时候,当地要演一百零八堂戏,每个村子都要演,是一件很大的事情。演员的戏服破破烂烂,是用烂掉的被子剪一剪做成的。但是面具做得非常漂亮,用丁木雕刻,当地人几乎都会刻这种面具。面具一戴起来,演员就变成樊梨花或者薛丁山,一个演员可以演好几个角色。傩戏演出非常简陋、非常单纯,几乎没有道具和布景,但是就在荒天野地里,突然有高亢、刚烈的声音唱出来,其实是非常动人的演出形式。荒山野岭之中,人的生命会有一种特别的力量,后来这个傩戏班子来台湾,在台东科学馆前面演,感觉就不太对了。

参军戏影响了后来戏剧的发展,唐传奇则影响了后世的小说。宋、金、元大概是小说和戏剧发展最重要的时期,因为准备工作已经逐渐完成,素材也慢慢丰富起来。宋代文化稳定,经济繁荣,人们比较有余地去发展休闲生活。宋代有一种说唱文学形式叫作"诸宫调",是大型套曲。"书会"和"雄辩会"则是职业说书人的组织,可见当时的从业人员已经达到了一定数量。他们彼此观摩,互相竞争,形成民间的公会形态，扮演了新的小说和戏剧的推动者的角色。从前倡优是很被看不起的，但由于元朝一度废除了科举制度，知识分子的地位有所下降，促使他们和民间职业说书人有了比较平等的往来。关汉卿也好，马致远也好，和书会的关系都非常密切，这样的结合也为小说和戏剧的发展提供了很大的助力。

巴尔扎克写小说之前会先设定一个主题，狄更斯写《双城记》也要先有一个结构，然后再去刻画角色、发展情节。但我们的古代小说是在说书人的传统中发展起来的，社会上发生了一个新闻事件，可能立刻就会被说书人拿来讲述，事先并没有文人去规划主题、设定结构，因此是相对散漫、杂乱的。过去人们会认为这使得中国古代小说缺乏严格的规矩，是一种遗憾，但你换一个角度看，它也是有好处的，因为它保留了很多创作空间。对一个创作者而言，比如我自己，喜欢读的会是中国演义小说，为什么？因为其中保有很多素材、很多资料性的东西，还没有完全定型，可以进行再创作。大家在读《水浒传》《西游记》或者《三国演义》的时候，有没有感觉到主观叙述和客观叙述会有交错？这就和说唱文学的传统有关。

从民间的野台戏和书场里发展出来的戏剧、文学形态非常自由，可以不断加入新的部分，所以严格讲起来并没有固定的所谓"编剧家"。"编剧家"需要适应不同的环境，来改编自己的戏。比如，某个演员今天生病了，不能来，你就必须要改戏；今天有一些特殊的人来看戏，你希望他能继续来，恐怕就要编一些东西让他开心。这是民间书场的一些特性，它会和民间有更好、更多的对话，可是这样一来，结构上往往就不够严谨。不过，人们也不那么在意是否严谨，本来就是茶余饭后的消遣。而且观众自己也不严谨，我小时候在保安宫看野台戏，从来没有付过钱，常常跑去烤烤鱿鱼再回来看戏。我回来的时候，虽然错过了一段，但还要能看得懂。我的意思是，我们生活里的空间和舞台上的空间，我们生活里的时间和舞台上的时间，其实都不是严谨的状态，就是一种休闲生活的状态，一种茶余饭后的状态，一种自在的状态。这和我们今天的剧场是决然不同的，所以它才可以发展出这么活泼的东西。现在大家都是看小说，所以可能没有办法想象当初的水浒故事是每天去听的，它不会是一个"看小说"的结构。

生命的美学形态

民间最有兴趣的东西有几点，第一个就是历史，老百姓会通过戏剧、文学去认识历史。比如，三国的历史就是民间了解人性、了解政治关系、了解兴亡的一个重要范本，所以三国戏一直到今天都很受欢迎。其实《三国演义》不止是"历史教育"，它也是"政治教育"，老百姓很单纯，就是通过这样一部小说去大概了解所谓的政治是什么，所谓的官场是什么。大家也会在这个过程中喜欢几个故事里的人，比如刘备，比如关羽，比如张飞，因为他们身上好像还有民间的单纯，就是卖草鞋的，或者卖猪肉的，"桃园三结义"之后就一起去打天下了。曹操就很倒霉——尽管他在历史上并不是《三国演义》里的样子，老百姓最讨厌这种心机很深、总是怀疑别人的人，于是戏台上他的脸就越来越白，变成一个大坏蛋。与之相反，正直、热情的关羽则是民间喜爱的对象。

关于三国的历史和文学是两个决然不同的东西。比如诸葛亮的"空城计"，《三国演义》里讲得非常精彩。他本来想一直在卧龙岗隐居，结果很"倒霉"地碰到知己刘备，便出山去帮助他。刘备本来是最弱的，没有土地，也没有兵权，在诸葛亮的运筹帷幄之下，竟然可以建立蜀汉，与曹魏、孙吴三分天下。刘备死后，他的儿子阿斗是扶不起来的。司马懿大军打来了，蜀汉军队根本无力抗衡。我们看《三国演义》看到这里，真是觉得惊心动魄，但历史上根本没有这个部分。诸葛亮大概是忽然觉得蜀汉结束的时刻就要到了，他一生的功业也到了最后，身上的重担也可以放下了，我想他是松了一口气的感觉。这样一个极度聪明、超越了整个历史的人物，让人拿琴过来，开始在城头上弹奏，然后城门打开，几个老兵在那里扫地。我一直觉得诸葛亮此举未必是计谋，大概真的是事到临头的时候，觉得生命就是这样一清如水。如果在戏台上，演员就要开唱了："我本是卧龙岗散淡的人……"他根本不想去争逐天下，可是被先帝看重，就背负了这样的时代使命，现在三分天下大概就要结束，自己的生命也可以了结了。弹着弹着就说自己面前缺少一个知音的人，好像一生都是孤独的，没有一个人真正了解他的心事是什么。司马懿带着大军来了要打仗，这时城门都开了，打进去把诸葛亮抓住就好了，可是我们看到一清如水的心情是最高的计谋，因为司马懿不相信诸葛亮会把城门打开，会只有这几个老兵，会这样扫街，还这么悠闲地弹琴，而琴声又那么安静。很多人说这个时候诸葛亮手都应该是抖的，因为大军就在面前，可是他没有。这一段故事写得真是精彩，但根本不是历史，而可能是一个民间的说书匠编造的诸葛亮的晚年心事——他曾经叱咤风云，经历过人世最大的沧桑，在面临生命最后一刻的时候，他其实是安安静静、一清如水的。但是司马懿不相信诸葛亮在面对生死时能这么坦荡自在，所以他跑掉了。

"空城计"在历史上是根本没有的事情，可是小说和戏剧有机会去发展一个人内在的世界，也填补了历史的一些空白。这个传统要追溯到哪里呢？我觉得中国小说的鼻祖其实是司马迁。每次我读《史记》，都觉得完全就是小说。楚霸王告别自己最爱的女人，告别他的马，唱出"力拔山兮气盖世，时不利兮骓不逝"这样的悲歌，最后在乌江自刎，我们都不知道是谁看到的，可是司马迁完完全全就当历史在写，今天的戏剧、

第三讲 《水浒传》：小说与历史　091

电影也一直在演霸王别姬的故事。司马迁留给我们一个这样悲壮的英雄形象，可是我们到现在都不能考证它到底是历史还是小说。项羽在乌江自刎可能是历史，但是自刎之前是不是唱出了那样的东西，还舞剑，还要和心爱的女子告别、和马告别？这些关于心事的部分其实是非常戏剧化的。

我自己在大学读历史系的时候，系里是不开《史记》的，那几个老师都认为司马迁不应该算历史学家，而应该算文学家，因为他的描述都很奇怪。比如屈原要跳江自杀，突然来了一个渔父，两个人就唱了一段，然后屈原才跳下去——除非渔父讲出来，否则谁会知道这件事？谁会看见屈原"颜色憔悴，形容枯槁"？可是那一段描写美得不得了。又比如荆轲刺秦王的故事，我们的印象全部来源于《史记》中的描述：从"风萧萧兮易水寒"，所有人穿着白色的衣服来为荆轲唱歌送别，到他图穷匕见、刺秦失败被杀，荆轲变成历史上令大家非常感动的角色。

这些人物的意义在于他们的生命里有一种自我完成，而不见得是完成了伟大的历史。在历史上，荆轲是一个失败者，因为他没能成功地刺杀秦王；可是在生命的意象上，荆轲完成了自己最悲壮的形象。《史记》其实立下了角色的典范，后来的小说和戏剧角色大概都遵循着司马迁的"规则"。我们在舞台上看到林冲，就会想到聂政，想到荆轲，想到英雄被逼到最苍凉地步的状态。你可以开始把角色归类了，楚霸王也是一个苍凉英雄的角色。小说和戏剧在明代发展得更加丰富，但是我们一定要抓到那个很重要的起点，就是《史记》。

在历史上，刘邦是成功者，楚霸王是失败者；可是在戏剧里，刘邦是"失败者"，楚霸王是"胜利者"。没有人会喜欢舞台上的刘邦，而楚霸王的失败却让我们看到了他的人性。在鸿门宴上，项羽可以杀掉刘邦，可是他不忍心；但是他一仁慈，对方就狠起来了，最后把他逼得寸甲不留，逼到死亡。人们从中获得了一种美学上的可能：楚霸王是美学上的英雄，刘邦是政治上的英雄，二者分领不同的领域。在戏剧上，你从来不觉得刘邦是重要的角色，可是楚霸王一直在被传扬。现在连西方人都喜欢这个角色，觉得是一个好悲壮、好美的英雄。这就是所谓的美学形态，它建立了一种美得惊人的力量。

我们回想一下，《单刀会》也好，《窦娥冤》也好，其实都在遵循这个传统。我不太赞成有些人说我们戏剧里的角色都是忠孝节义，这种说法有一点儿道德化了。有一个可以代替的词，就是"信仰"。信仰很难用忠孝节义去概括，因为信仰是你自己相信的动机。荆轲到底信仰什么？他只是要报知己，因为燕太子丹重视他。"报知己"是《史记》中一个非常重要的精神。司马迁基本上喜欢的是侠，他认为侠构成了文化的某一种力量，某一种正义感。可是侠其实是介于江湖和黑道之间的、非常不清楚的一种角色，他常常会触犯法律，所谓"侠以武犯禁"，所以政府并不喜欢侠。可是《史记》写出了游侠最美的一面：可以仗义执言，可以连性命都不要，可以去追求自己信仰的东西。这个部分在美学世界、在小说和戏剧里是非常动人的。唐传奇中的虬髯客帮助唐太宗李世民打完天下就离开了，老百姓喜欢这样不争逐名利的人；祢衡脱光衣服，击鼓骂曹操，观众在底下看了都很过瘾。戏剧、小说很了不起的一个地方是保留了文化里面与正统力量相对抗的民间思想，这是非常可贵的。

不断丰富的口传文学

从《诗经》一路下来，大家在比较系统的文学欣赏过程中，会明显发现文学史和艺术史一样，在不同的时期会有不同的主流：唐代以诗为主体，五代以后从诗转向了词，元朝的时候又从词转为曲。直到今天，我相信在汉语的文学系统当中，还是有人在用唐诗的方法写诗，而大学的中文系也会教填词、填曲。

可是，当代文学一定会有一个主流。什么叫作当代文学？就是能够表现这个时期所有活着的人的共同心声的作品。所以文学有一部分是文学史，我们讲《诗经》，讲《楚辞》，讲汉乐府，又讲到唐诗、宋词、元曲，它们一次一次地成为历史，在不同的时代里实现自己的成就。可是无论它的成就多高，单纯模仿是没有意义的，因为文学中必须要能读到活着的人目前的心声——他的悲哀、他的欢乐、他的渴望，我特别强调这一点，不能够"开倒车"。我们今天可以欣赏唐诗、宋词、元曲，可是它们不能代表我们今天的状况。同样，历史进行到明代的时候，新的问题要发生了。

明朝仍然有人写诗、写词、写曲，可是这些人不是明朝最有代表性的艺术家。明朝有代表性的艺术家是哪些？明朝有代表性的文学家是哪些？是从事戏剧创作和小说创作的人。明朝以后，戏剧和小说成为了文学的主流，因为它们表现了人的丰富生活。

小说（比如《水浒传》《三国演义》）的蓝本其实很早就有。比如《水浒传》的来源可以追溯到宋朝，《大宋宣和遗事》中已经在讲三十六个好汉的故事，后来民间慢慢丰富，从三十六个好汉变成一百零八个好汉。这是中国文学史上小说创作的一个特色，和某位小说家独力创作一本小说的情况不同，它是从民间慢慢累积起来的。民间的小说创作是一种集体创作，一个人听了说书人讲的讲故事，回家转述给别人的时候又增加了自己的看法，产生一些新的东西。这是手写的文学和口传的文学非常大的不同，手写的文学通常会有一个定稿，可是口传的文学会一直发展。

前些年，小孩子们很喜欢讲"面条族"和"馒头族"的故事，你会发现它从一个起点开始，一直在发展，有好多不同的版本出来。借此大家大概可以了解为什么我们的小说是一个不定型的状况，因为口传的人会以其本身的个性对内容作出改变。即便到了今天，严格地讲，除非你去买一本《水浒传》或者《三国演义》，那是定本；而如果你去听说书的话，每个人讲的还是不同的。我们从中可以看到每个人在唱一出戏或者说一段书时变化的可能性，当中的弹性是非常大的。

这和西方的书面文学系统非常不同。比如说，托尔斯泰在写《战争与和平》之前，会有一个计划、一个大纲，然后花若干年将这部小说写完。这是由他一个人在书房里完成的。可是《水浒传》不是这样，它先是被讲给大家听，说书人要想办法吸引听众听他讲故事，所以他会不断地用各种方法造成悬疑，一次又一次地"欲知后事如何，且听下回分解"，吊足胃口。这种文学形式和作家在家里写的东西非常不一样，口头文学以及后来的白话文学，自有其语言上的魅力。前面我们讲到《窦娥冤》，讲到关汉卿，也提到关汉卿的语言就是民间的语言。我现在很担心，如果我们的作家都是很知识分子气的，都在书房里写作，他的语言和我们在街头听到的语言之间是有距离的。我曾经和朋友谈论这个问题，即口头文学将来要怎么去延续。那些讲古的人，或者像吴乐天那种，其实继承了民间的说书传统，可是今天也许我们不把它当作文学了。大学的文学系也不太讨论他们，可是我们不要忘记最初传水浒、传三国、传西游的就是这一类人。在书场里，你喝着酒，喝着茶，他就开始说书了。在没有电视、没有广播的年代，说书人在大众休闲生活里扮演了非常重要的角色。首先，他必须想办法吸引人，琢磨怎样把故事讲得好听，设置很多有趣的情节。其次，他可能需要一些唱腔来帮助推动故事发展，将说、唱结合在一起。说的部分是叙述，唱的部分则是情感到了一个比较高昂的地方。

很可惜，我们现在对这些说书人所知不多。他们当时也只是通过这个职业混一口饭吃，文人也不大看得起他们，所以他们的名字几乎没有流传下来。施耐庵、罗贯中等更可能是整理、修改、勘定说书人的稿本的人，他们是不是故事的创作者，或许要打一个大大的问号。一个故事流传了几十年、数百年，怎么可能是一个人创作的。而且即便是《水浒传》定稿的时候，它也没有结束，停在一个模棱两可的地方。宋江最后有没有被"招安"，到现在还在争论。有些人认为"招安"的情节是后来由官方修改的，因为官方很希望所有的土匪或者帮会最后都能够被"招安"，所以要把《水浒传》这样一部本来是歌颂民间造反的小说改成好汉们最后全部变成官方人员。

梁山泊的一百零八个好汉打出的旗号是"替天行道"——你是天子，却不行天道，那就由我来替天行道。在君权至上的封建时代，敢叫出这样的口号，其实是革命思想的萌芽。老百姓为各种税收、征缴所苦，最后被逼上梁山。西方启蒙运动的时候，有一个重要的观念是"天赋人权"，与"巴洛克运动"中盛行的"君权神授"形成对抗。启蒙思想家们认为人有权争夺自己的权利，这和《水浒传》的思想其实是很接近的。近代以来，中国学者非常看重小说，认为小说是中国民间思想萌芽的重要起点；正统观念里认为造反是大逆不道的，但小说带给了人民一些争取自己权利的可能性——如果皇帝实在太差了，或者贪官污吏已经弄得民不聊生，人民是有权力造反的。《水浒传》里就隐含了这些非常重要的思想。

来自民间的叛逆

《水浒传》中的林冲尽管受到高俅父子的欺侮、陷害，但仍然抱着向皇帝尽忠的念头。直到风雪山神庙的时候，听到人家要害他，才恍然大悟：原来他所谓的尽忠完全是自己在骗自己。底牌揭开，发现整个政治黑暗到这样一个程度，他才被逼上梁山。"逼"这个字点出了官逼民反的现实，当权者逼人太甚，老百姓活不下去的时候，他们有造反的权力。

在近代政治里面，《水浒传》的思想常常被拿来和近代民主思想的萌芽进行比较。你上街头去抗争，在古代就是造反，就是所谓没有王法，那王法是什么呢？民间说书看似只是微不足道的娱乐休闲活动，但人们听着听着，不知不觉中就萌生了自我觉醒，即如果你在现实世界中遭遇了压迫你的权威，你要怎么办，要不要去抗拒他。小说并没有直接让老百姓造反，可是他塑造了一个个英雄形象，大家喜欢的人全部是这类人的时候，民间起义的观念就慢慢起来了。元末群雄大乱的时候，南方的朱元璋等人借着民间的"白莲教"出来，而民间宗教是和我们刚才讲的民间文学的传统有关的。他们受到这些东西的影响，想要颠覆腐败的元朝，后来真的把元顺帝赶走了。从这里我们可以看到，元明之后，在社会里承担最大的教育责任的其实不是知识分子，不是学校教育（学校教育并没有带给知识分子对于自己生命的真正理解），而是大众文学或者说民间文学。

我们现在看明清时期的戏剧、民间文学，会感觉到其中的反抗意识，比如《白蛇传》其实是在讲个人追求爱情的自由性。在爱情的自由受到很大约束的时代，大家这么喜欢白蛇，就在于她对自我爱情的执着与专注，被压到雷峰塔底下仍无怨无悔。这让当时看戏的人开始反省自己的生命，因为他们当中很少有人敢去追求这些。将《白蛇传》放回它产生的年代，我们才能去估量它的影响，可能有人觉得自己还不如一条蛇，一条蛇都在追求自己爱情的自由。这样你才能感觉到它在民间教育里发生的作用是多么大。

我特别希望大家能够了解，明代是中国历史上空前的大独裁时代。明太祖朱元璋撤销了宰相的设置，由皇帝直领六部；杀掉了一大批重臣，消除政权被篡夺的隐患，实行高压统治。这对民主思想萌芽的压抑是非常厉害的。明朝也是迫害知识分子最严重的朝代，"廷杖"就是在明朝被"发扬光大"的，有的大臣当场就被打死了。很多人都不敢讲话，知识分子纷纷藏身于民间，反而使小说和戏剧得到发展，将反抗思想融入作品当中。民间很爱看齐天大圣大闹天宫，梁启超说那场戏根本就是在讲大闹皇宫——天庭象征皇宫，玉皇大帝象征至高无上的权威，可是有个猴子去闹了一番，和天兵天将打得一塌糊涂，最后还被封为"齐天大圣"。"天"是什么？"天"就是君主，因为皇帝自称为天子。五四运动前后的知识分子一直在研究古代小说，发现小说是民间自主思想非常重要的一个开端。可是这里面也有悲剧意味，因为这些话在作者进行创作时是不敢直接讲的，所以要把它变成小说，变成戏剧，变成超现实的隐喻空间。

"哪吒闹东海""孙悟空闹天宫"这类民间喜欢的戏，都是在颠覆封建传统。《封神演义》中的"哪吒"形象包含了对政治的控诉和对父权的对抗——在我们的传统文化中，父亲的地位是至高无上的，父权比君权还要难颠覆，因为父权代表的是爱，你的生命是他给的，你还要反抗什么。可是西方的启蒙运动中很少谈到这个部分，因为西方有比父权更高的神权。在《圣经》里，亚伯拉罕因为神要求他用自己的独生子献祭，就把儿子绑起来带到山上准备杀死。可是在中国文化当中，父权是个人最不敢抵抗，也最难抵抗的，对父亲的忤逆是最大的罪过。《封神演义》中的哪吒是少有的敢于对抗父权的形象，他的父亲就是同时代表了父权与君权的托塔天王李靖。可是，哪吒对抗父亲的办法是一种自我毁灭的办法，即"割肉还父"，以此来切断父子关系。哪吒的行动是正义的，可是父亲却告诉他不要去得罪龙王，尽管龙王很坏，但得罪了他你就要倒霉。可是，哪吒无法容忍要求用童男童女献祭的龙王，就去闹龙宫，把童男童女救出来，这就和他的父亲发生了冲突，面临着真理和父亲之间的选择。

哪吒并没有打他的父亲，作者大概也不敢让他动手，可是他"割肉还父"，把血缘关系断掉了，这是非常令人悲伤的。哪吒的肉体不见了，灵魂被太乙真人寄托在莲花里，变成了莲花托生的人，后来被封神。《封神演义》中被封神的人大都曾在现实当中受伤，最后在精神上成为一个永恒不朽的象征。

明朝很重要的一点是真正出现了叛逆个性：白蛇是叛逆的，孙悟空是叛逆的，哪吒是叛逆的，《金瓶梅》里的潘金莲是叛逆的。他们叛逆社会道德对个体的压抑，叛逆君权对臣子的压抑，叛逆父亲对儿子的压抑，叛逆男性对女性的压抑。如果你仔细阅读的话，就会发现民间喜爱的角色身上大多具有叛逆性。比如我们前面讲到的鲁智深，他在醉打山门的时候，其实是在叛逆教条。老百姓并不喜欢法海这个角色，因为他发动天兵天将去收服白蛇的时候，代表的是道德和君权、权威系统；而白蛇是一个和教条斗争的弱女子的形象。

戏剧和小说非常微妙。你看到白蛇一直被欺负，就觉得很难过，可是你感觉不到其实是自己对自由的渴望在对抗教条。梁启超认为小说真正启发了群众，而且是在不知不觉当中。

用小说讲真话

文学和艺术并不是真理。我们大概不能够说读完一本小说后得到了一个方法，从此就可以依据它来生活。文学唯一的好处就是让我们在生活里可以多一点儿看事情的角度。多一个角度的意义是什么？是使我们在日常生活中不那么武断。任何一件事情、任何一个人都不是轻易可以下判断的，所以可以多一点儿宽容，多一点儿担待。这个部分是西方在近代讲启蒙运动中一直提的。小说的意义是诗、词、曲无法代替的，诗、词、曲很美，小说并不见得很美，甚至会很残酷（如武松杀嫂），可是小说提供的更多是对人性的了解。

我们在看《水浒传》《三国演义》《西游记》的时候，就是在了解自己。你看到猪八戒，会觉得这就是我们啊——我们的贪婪、我们的懒惰、我们欲望的挣扎，他会是别人吗？不会，他是我们自己。孙悟空则永远要去救他，这个组合非常有趣。可是民间会不会不喜欢猪八戒呢？一点儿都没有，其实我们很喜欢猪八戒，因为他很像人：看到美丽的女子就跑去了，看到好吃的东西就跑去了，其实就是在体现人性。师傅怎么劝诫都没有用，他永远要惹一个烂摊子留给师兄去帮他收拾。但是很有趣，你反而会很喜欢这个角色，觉得他很可亲近。猪八戒最有趣的一段故事是盘丝洞那部分，如果身边有朋友说"你真是猪八戒"的时候，大概是盘丝洞的故事又发生了。说"你真是猪八戒"并不是指对方该死，而是说我真的拿你没有办法。你恍然觉得人就是如此，人就是有他的欲望，有他没有办法克制的部分。我看到过一个法国的评论，说取经的这几个人是一个非常有趣的组合：唐三藏代表意志，猪八戒代表欲望，意志和欲望都在我们身上，所以唐三藏是我们，猪八戒也是我们；有时候，我们又会打抱不平，所以孙悟空也是我们。我们自己本身就在"取经"的过程中，所谓的"取经"是求一个生命的真理，我们一方面有意志，一方面也有堕落，并不是那么容易的事。"取经"是一个象征，其实是在讲人走向自己生命的领悟和真理的过程，你身体当中孙悟空的部分、唐三藏的部分和猪八戒的部分会产生牵制的关系，头脑可能是唐三藏，但肉体可能是猪八戒。大家爱看《西游记》，首先是因为它故事讲得好，但是你领悟的东西可能是更深的；它并没有直接把哲学说出来，而是包装在一个有趣的故事里。

在现实里，你看到报纸上登了一个江洋大盗，会觉得这是一个坏人，可是当他的故事变成小说的时候,他或许会成为你的英雄,因为他可能代表了一个时代中对于被压抑的痛苦的反弹,是一种叛逆,而你能够接受小说和戏剧里的叛逆。廖添丁的故事就是这样发展出来的。从法律上来讲,他是江洋大盗,应该被抓,应该被杀,可是民间多么喜爱他。这或许能帮助我们理解《水浒传》《三国演义》《西游记》这些小说是怎样发展的。小说会变成另外一种"历史"——好,我现在用这个句子,小说是另外一种"历史",为什么?因为真正的历史被假造了。二十四史、二十五史里面有很多假造的东西,连近代史也有很多是假造的。政治会讲假话,民间反而讲了真话,用小说的方法讲真话。

第四讲

游园惊梦

写情

明朝的正统文学是八股文，写的东西很死板，里面不能有一点点个人的性情爱恨。明朝后期，"公安派"和"竟陵派"出现了，文人阶层在自我反省，想要改变僵化、死板的文学状况。这两个流派以"性灵"为主张，认为写文章应该直接抒发自己的心灵、情感，反对虚假的道德文章。"性"是指人的本性，可是道德却是对本性的一种限制，如果连本性都忘记了，那这种限制的意义又何在？所以，这些人主张直接书写自己真正所爱、所恨、所渴望的东西，回到人的本性，重新去问人的本性是什么。这两个流派的主张和我们后面要讲到的汤显祖有关。汤显祖最有名的戏剧作品合称"临川四梦"，是四个与梦有关的故事，都在写情，或者用我们今天的语言来讲，其实他是在写性。

很有趣的是，所有文化自我觉醒的时候，性的部分常常是重点，因为道德压抑的第一个重点是性，首先忌讳谈及的是肉体欲望。明朝也在性这方面发生了反弹。说到这里，大家可能就会理解为什么明朝会出现《金瓶梅》这样惊世骇俗的小说。《金瓶梅》全书都在描写性，与传统道德发生了冲撞。大家都在讲道德文章，这部书却提出了很直接的问题：当涉及到性的本质的时候，你的冲动是什么？在那个时刻，你的肉体本能反应会是什么状况？这样的颠覆是卫道人士所不能接受的，所以《金瓶梅》长期是一部禁书。

我读中学的时候，妈妈对我说"你不要看《金瓶梅》"，但是妈妈不让看的东西，你都会想偷偷去看一看。可是看来看去也看不出任何东西，因为涉及性描写的地方都被删掉了。现在坊间流传的《金瓶梅》很少有全本，我读大学的时候才看到日本出版的明刊本《金瓶梅》，内容比较完整。这部书这么大胆，在明朝就直接去谈身体、谈性，可它更重要的意义在于借性讽刺道德：人在谈到性的时候满口道德、冠冕堂皇，可是私下所做的事情完全与所说的背道而驰。也就是说，我们其实知道性在一个人的生活里面是什么情况，却假装看不到，假装这个城市没有情趣商店，没有A片，没有相关的广告，可是它们都是存在的。《金瓶梅》直接把这些挑明，要你面对它。那你再写文章的时候该怎么办？继续用卫道的方式去讲那些假话，还是去面对人的真实本性？所以，《金瓶梅》这部书，不仅在当时颠覆性非常大，恐怕直到今天我们讨论起来都不是很容易。

汤显祖的《游园惊梦》把性的问题包装得比较唯美，让大家可以接受。因为文字太美了，所以会让人忘了他也在讲性。舞台上的《牡丹亭》其实是一场性的表演，但是它不直接去展示，比如它会把性的行为变成花来讲，讲得好美好美，让人不知不觉去欣赏。《金瓶梅》则比较粗野，写性的时候用了许多非常俚俗的方言。书中的潘金莲、李瓶儿等都是出身低微的人，这些女性的身体被如何对待，在我看来是这部书真正重要的部分。但这个部分在人们把它当成一部淫秽小说以后，其实是不容易被看到的。你不能想象有这么多女孩子在十岁左右就被这样出卖，她们的身体是可以被随便糟蹋的，无论如何她都不能抗拒，这些实在是惊心动魄。

我常常跟很多朋友讲，删掉《金瓶梅》中"淫秽"内容的人真的很奇怪，因为我觉得《金瓶梅》是我看过的最恐怖的小说——竟然可以把人的身体那样对待。我一点儿都不觉得它是对性欲望的挑逗，而是看了之后会好难过，那些男性为了刺激感官，就把女孩子绑起来，玩弄女孩子的身体，性变成了强势者对弱势者的糟蹋，《金瓶梅》的一部分重点其实是在这里。这样的情况今天未必不存在。《金瓶梅》非常诡异，描述的几乎都不是正常的身体行为，如果看这部书还看到会有性的欲望，我觉得是一件很怪的事。这部书很有深意，那些女孩子也是人，怎么会用那样的方法去对待人的身体，当中根本没有爱。书中把爱与性完全分开了——性变成游戏，变成玩弄的方式，大概就是出于这样的原因，我们的文化特别不敢面对它。有时候我也怀疑，过去的读者大多是男性（因为古代女性有很多文盲），是不是他们特别不敢面对自己这个"恐怖"的部分。很明显，男性是当时社会中的强势者，根本不把买来的女性当成理应被合理对待的人，往往也谈不上爱与情。

生命中的温暖和知己

在明代戏剧史上，甚至在整个中国戏剧史上，汤显祖都被比作莎士比亚一样的人物。汤显祖的《牡丹亭》里其实隐藏了比较多情的部分，情甚至可以使人死而复生。杜丽娘曾经梦到柳梦梅，并在梦里和他发生了情感，有了肉体上的接触，醒来后怅然若失。她面对的现实生活是什么样的呢？一个十六岁的女孩子，每天被教导着去读关于"后妃之德"的书，然后准备由父亲给她找一个不知是谁的人嫁掉。但她觉得自己要找的是梦里的那个人，要追求梦里的爱情，以致抑郁而终。当时的女性对自己的爱情生活几乎是没有希望的，《牡丹亭》的影响和歌德《少年维特之烦恼》在德国"狂飙突进运动"中的影响可堪一比。

十六岁的青春，游园之中做的一场梦，她要把那个梦找回来，用死亡去找回这个梦，所以变得感人至深。对于这些女性来讲，她渴望的其实既不是性，也不是道德，而是爱；当爱不见了，她就会借着这样的戏剧、小说试图找回一种生命里的温暖和知己之情。我想这大概是明代文学，尤其是民间传唱文学非常重要的一点。

明代戏剧从元曲系统中发展出了江南的"昆山腔"，就是我们现在讲的昆曲。昆曲的影响很大，现在有很多人在研究。二〇〇〇年，纽约、巴黎都在演《牡丹亭》。对于我们来讲，这些戏曲的文辞太优美，其实不是很容易懂，而昆曲的身体动作和文辞内容是结合在一起的，所以我们不妨看看舞台上的杜丽娘是怎样表达的，借助舞台表演来认识它、理解它。

没有看这个戏的时候，我读《牡丹亭》的剧本（白先勇在他的小说《游园惊梦》里就引用过一段）也有些不解。比如，为什么会有"没揣菱花，偷人半面"这一句？而在舞台上你就会发现，杜丽娘本来是在对着面前的大镜子看自己，丫头春香拿了一个小镜子（菱花镜）在背后照她的发髻，她一回头忽然看到菱花镜里自己的侧面，所以会有这句唱词。唱词是和动作有关的，如果不和动作结合起来，其实不太容易读得下去。这也说明了戏剧的特征，剧本的内容是要通过很多身体语言来表现的。

比如北曲里很有名的《夜奔》。在野猪林，解差要杀死林冲，是鲁智深把他救了；雪夜山神庙，林冲再一次受到陷害，才决定要上梁山。《夜奔》中林冲有一段唱词很难懂，因为里面有很多典故，可是大家看到演员表演的时候，会发现它其实是一出武生戏，有繁多的高难度身体动作。演这出戏的时候，演员的头要碰到脚尖，连声音都很难发出来，但同时还要唱，所以到某一个年龄可能就没法演了。大陆有一位很有名的昆曲演员叫侯少奎，他演这个戏的时候，已经有一点儿年纪了，所以有些吃力，但是因为他是好演员，我还是希望大家能够通过他的表演了解动作和语言之间的关系。

作为一种戏剧表演形式，昆曲是要在剧场里演出的，观众是要在舞台下面看和听的。元曲里面"听"的部分还比较多，可是到明代以后，身体动作越来越多，越来越丰富，真正构成了所谓戏剧性，而不只是戏曲性。戏曲的动作很少，比如弹词；可是如果是戏剧，演出的部分必须很多。

林冲一生最大的志愿是能像班超那样万里封侯，所以他一直希望能够走正统道路，尽忠于国家，然后慢慢做官，没想到被逼做"叛国红巾""背主黄巢"。这里其实在讲正统和叛逆之间的矛盾，从元明开始，它变成戏剧里非常重要的一个力量。从戏剧本身来讲，《夜奔》里林冲的表演难度非常高，大概二十几年前，我在台湾还看人演过，后来再也没有了。

元明之际，民间的休闲文学或者一般戏剧当中，大致形成了两个很不同的方向：一个方向是比较阳刚的，以男性为主体，像《水浒传》《三国演义》，我们也可以说这一类是比较有政治色彩的；另外一类以女性为主体，比如《西厢记》《牡丹亭》，就是才子佳人的系统。在整个社会结构中，它们代表着两种不同的美学风格。今天大家打开电视，大概也就是这两个"节目"，关心政论节目的大概就不怎么看连续剧。而在当时，喜欢水浒故事的人也不见得很耐烦去看《牡丹亭》或者《西厢记》，总觉得里面才子佳人小小的情的纠缠很烦人；可是，喜欢看《牡丹亭》和《西厢记》的人也会觉得《水浒传》里面尽是对很粗犷的男性的描绘。这就好像社会当中男性和女性的世界变成了两个很不同的结构体，中间的互动来往比较少。后面我们会讲到《红楼梦》，在那里男性和女性的世界开始变得错综复杂。

不到园林，怎知春色如许

《牡丹亭》全本演出的话，大概要演上三天，我们通常看到的就是《游园惊梦》这一出，刚好是一个晚上的戏，大约两个小时。它前面还有一出《春香闹学》，我小的时候，两出戏常常合在一起演。杜丽娘是大户人家的独生女，掌上明珠，年方十六，家教非常好。春香是她的丫头。杜丽娘的老师叫陈最良，是丑角扮的，摇头晃脑地将所有诗词都讲到"道德"。他给杜丽娘讲《诗经》，可是对方完全没有表情。

在过去的戏曲里面，主角不一定都是小姐，譬如《西厢记》的主角常常是红娘，而不是崔莺莺。崔莺莺受到太多礼教的压抑，红娘发现了她想要的东西，就讽刺她喜欢张生又不敢讲，人家好不容易跳墙过来相会，她还要假正经。红娘就像是莺莺内心世界的"我"，没有受过"文化污染"，很直率，有一种人性解放的可能。她又批评老夫人，又批评崔莺莺，也骂张生"银样镴枪头"，是个很可爱、很浪漫、追求自我的女孩子。《春香闹学》这场戏的主角也不是杜丽娘，而是春香。这时的杜丽娘似乎已经被礼教压抑得没有生命，没有自我，好像一个傀儡。春香是陪杜丽娘读书的，可是顽皮得不得了，一下说要出恭，一下又跑回来，对小姐说外面有一个花园好漂亮，可是小姐却没有反应。因为她实在太闹，老师教训了她，然后生气地走了。春香正在哭的时候，杜丽娘突然问刚刚她说的花园在哪里，拜托她带自己去看一看。《游园惊梦》的故事就从这里开始。

杜丽娘从来不知道自己长了十六年的家里还有这样一个花园，这也体现出她家教很严，父母根本不让她到许可范围以外的地方去。但"不到园林，怎知春色如许！"，杜丽娘感叹不到花园怎么知道春天已经这么烂漫，这里其实在讲她被荒废的青春。十六岁的青春其实是一座花园，但是没有人照顾，完全是荒凉的。"遍青山啼红了杜鹃，荼䕷外烟丝醉软"，她其实是在讲自己生命之花的绽放，她突然发现了自己的青春。春香之前到老夫人那儿去了，此时舞台上只剩杜丽娘一个人。她感到非常疲倦，便"隐几而眠"。这时，秀才柳梦梅持着柳枝出现了——这是杜丽娘的梦境。两人一见面，都吓一跳，觉得似曾相识。这和我们后面要讲的《红楼梦》有微妙的相似，都是讲生命不仅仅是这一世，而是有很多过去的缘分，所以会觉得很熟悉。随后，"专掌惜玉怜香"的花神上场，来保护杜丽娘梦中的柳秀才，"要他云雨十分欢幸也"，临去时又叮咛道："梦毕之时，好送杜小姐仍归香阁。"杜丽娘和柳梦梅携手再次出场，柳梦梅离去。

这其实是一个少女的春梦，汤显祖用这样一部戏去展示在礼教极其严格的时代里少女渴望爱情的心理状态，将充满象征主义色彩的文句用到最细腻。《游园惊梦》一开始，杜丽娘出来，唱了"梦回莺啭，乱煞年光遍"，这其实是在讲一种感觉，在现实与非现实之间有一点儿不清楚——刚刚好像在做梦，可是又从梦里回到现实，听到黄莺在叫。杜丽娘过去是一个被封闭在闺房中的女孩子，每天都跟着老学究陈最良读古书，没有机会去认识自己的身体，也没有机会去认识春天。这是她第一次游园，是她十六年来第一次感受到春天，感受到阳光，感受到美好——一个被封闭的，或者说被禁锢的肉体，开始感受自己了。汤显祖用很隐晦的方式来写杜丽娘和柳梦梅的梦中相会，如果他用了很直接的语言，大概是不能在文人世界中流传。《牡丹亭》的文辞非常美，可是内容其实很颠覆。

"（旦上）梦回莺啭，乱煞年光遍。人立小庭深院。（贴）炷尽沉烟，抛残绣线，恁今春关情似去年？""旦"是杜丽娘；"贴"的意思是贴旦，大多是村姑、丫头一类比较俏皮的角色，这里指春香。更滑稽一点的叫彩旦，比如《花田错》里那个丑丫头。杜丽娘站在自家的花园里，感到生命似乎已经全被耽搁了——又是一个春天，可是想想看，这个春天和去年也没有什么不同。每一年其实都是一样的，因为生命并没有得到她所等待、所渴望的东西，"耽搁"的背后是一种青春的慵懒。

接下来，杜丽娘念口白："晓来望断梅关，宿妆残。"初春时节，还有一点儿未谢的梅花，好像是残留的妆面，这里已经有些感伤——美会过去，青春也会过去，可是在青春最美好的时刻，竟然没有她渴望的爱情的温暖，这美好像也要这样被荒废掉了，就像这花园一样。春香在旁边说："你侧著宜春髻子恰凭阑。"这是在形容小姐的美：侧梳着发髻，靠在栏杆旁边看风景。这与后面她的身段有关。杜丽娘又念"剪不断，理还乱"，李后主的句子直接用进来了。一个十六岁的女孩子，到底为什么会有这样的感觉呢？答案却是"闷无端"，即没有原因。有理由的愁比较容易解答，没有理由的愁闷却是难以解答的。我们现在也常常看到一个大一的女孩子坐在那里，你不知道她为什么愁闷，问她，她自己也不知道原因，就是青春少女那种无缘由的感伤。戏剧是一个组合性的作品，要通过唱腔和动作的结合表演出来，里面不见得都是作者自己的句子，可以直接把唐诗、宋词、元曲里最好的东西拿来用。过去我们读李后主的"剪不断，理还乱"，只觉得是一个很伤感的句子，可是当它被唱出来，被加上动作以后，会有另外一个表情发生。春香接着说："已分付催花莺燕，借春看。"这是一个很美的讲法，因为小姐要去游花园，所以就"分付"了莺燕，让花都要开，要"借"春天来看。春天可以指客观的春天，也可以指杜丽娘的青春。这个时候，杜丽娘又讲："春香，可曾叫人扫除花径？"花园里太久没有人去，要先扫除一下，春香回答已经吩咐过了。杜丽娘就说："取镜台衣服来。"一个小姐要去游花园，这不是简单的事情，要梳妆，还要换衣服。杜丽娘在舞台上梳妆、看镜子里的自己,这非常重要——我们说"揽镜自照",说"顾影自怜",其实是在讲一个生命没有被另外一个生命眷爱时自怜的状态。括号里的文字是"贴取镜台衣服上",这是对春香动作的说明。剧作家必须将唱词、动作、口白组合起来,才能构成一个剧本。我们在看剧本的时候,也要想象在舞台上会有什么样的动作。春香拿着镜台、衣服回到台上,念了几句:"云髻罢梳还对镜,罗衣欲换更添香。镜台衣服在此。"早上起来刚刚化过妆,梳完头,现在又要照镜子,给衣服熏香的熏笼也又换了一道香,这当然是大户人家闺秀小姐的讲究。

锦屏人忒看的这韶光贱

下面的《步步娇》是杜丽娘所唱的最美的句子的开始。

她看着镜子里的自己,唱的是"袅晴丝吹来闲庭院,摇漾春如线"。她用线来形容春天。古代常用绞丝旁的字形容女性的情感,比如"缠绵",因为女性擅长刺绣,线状的情感好像很细,但是可以很长。现在要我们形容春天,其实真的很难。春天是一个感觉,好像在那里摇晃,像线一样剪不断、理还乱。《游园惊梦》虽然已经在世界上非常流行,但我仍然觉得它在汉语系统里并不是很容易懂。那些看《游园惊梦》的男学生全部睡着了,因为他们没有办法去感受那么细的东西。讲得大胆一些,我觉得它是一个没落的戏——太精致了。虽然今天很多地方在推广昆曲,在世界各地介绍,却没有办法翻译得那么细腻。比如,"春如线"你要怎么翻?你根本没有办法翻出那种感觉,只好翻得比较直接。可是在汉语系统中,你要去体会那个感觉,特别是押韵的感觉。"袅晴丝吹来闲庭院"的"院","摇漾春如线"的"线","停半晌,整花钿"的"钿","没揣菱花,偷人半面"的"面"、"迤逗的彩云偏"的"偏"、"步香闺怎便把全身现"的"现",一直在押"言前韵",形成很美的一段,非常符合一个十六岁少女的感觉:化妆到一半就停下发呆,接着又在脸上贴了一些花饰,从菱花镜里看到自己的头发像彩云一样流转。舞台上,杜丽娘一直在弄衣服、弄头发,今天我们真的很少看到一个女孩化妆化这么久。可是,你要她做什么呢?杜丽娘十六年来都没有离开过生活的小空间,只能对着镜子自己看自己,游园是她第一次小小的出走,还是在家里的花园。那个年代大户人家的女孩子,根本没有机会扩展自己的生命。"步香闺怎便把全身现!"杜丽娘感叹自己在闺房里走来走去,怎么能够把全身展现出来,因为镜子要有一个距离才能看到全身,她都没有机会看到自己完整的样子。杜丽娘很想知道"我到底是谁""我要做什么""我渴望什么",这其实是对一个少女自我认知的描述。

丫头春香很天真,说小姐今天穿戴得很漂亮。杜丽娘听罢,就唱了一段《醉扶归》:"你道翠生生出落的裙衫儿茜,艳晶晶花簪八宝填,可知我常一生儿爱好是天然?"衣服穿得多么漂亮,头上戴着贵重的发饰,但杜丽娘真正渴望、真正热爱的却是生命中自然的东西。衣饰是外在的美,可是青春没有人看到,肉体没有人看到;人真正的美在于生命本然的部分,却全部被化妆压倒了。明清两代女性衣服上的刺绣是满满的,头上也是满满的,可是你不知道她人在哪里,生命本身肉体的美展现不出来。但唐代女性就不是这样,每一个都胖胖壮壮的,她身体的美是可以看到的。"恰三春好处无人见。不提防沉鱼落雁鸟惊喧,则怕的羞花闭月花愁颤。"春天百花开得这么烂漫,春天的美却没人看见;如果青春的美也没人看见,那就真是被糟蹋了。她在讲花园,也是在讲自己。"沉鱼落雁,羞花闭月"讲的是四个女子的美惊动了大自然,典故大家都很熟悉。杜丽娘有这样的美貌、这样的青春,却好像完全被耽搁了。其实我很不确定在今天的语言系统中《牡丹亭》是否还能被充分感受，它的文字太优雅了。《牡丹亭》是很了不起的剧作，将青春少女生命被耽误、被压抑的痛苦控诉出来，在当时有很大的意义；而我们今天要创作的文学是另外一种形式、另外一种传达，对于这个年代里自身苦闷的叫喊，可能是像邱妙津《蒙马特遗书》那样的。每一代文学都有自己的语言形式，今天如果一个女孩子在那儿"袅晴丝吹来闲庭院"，我想大部分男孩都会跑掉。但是在从头去欣赏的时候，我还是希望大家能够尽量地体会、了解。

下面的《皂罗袍》大概是被引用得最多的一段，白先勇的小说《游园惊梦》中钱夫人唱的就是这一段。"原来姹紫嫣红开遍，似这般都付与断井颓垣。"这个花园很多年没有人照顾，已经荒废了，可是花还在开，两个景象叠加在一起，繁华与幻灭同时存在，就像杜丽娘的生命正逢青春盛世，但又是孤独寂寞的。《红楼梦》也引用了这段唱词，讲林黛玉听到梨香院的几个女孩子唱出上面两句，"便止住步侧耳细听"，大概是因为这里面在讲非常女性化的情感，比如不被眷顾的寂寞与孤独，比如繁华被耽搁的感伤。"良辰美景奈何天，赏心乐事谁家院！"这么美的季节，这么美的日子，人却觉得很无奈；那些美好的的事情，会发生在谁家的庭院呢？"怎般景致，我老爷和奶奶再不提起。"这就是杜家的花园，但是双亲从来没有对她讲过，因为他们不让女孩子到这种地方来。杜丽娘游完花园以后，母亲还责备了她，说这些地方女孩家少去为妙，怕她受到"干扰"。大自然里面有很多美的东西，与生命的自由相关，可是这些在当时也许被认为是不道德的。"朝飞暮卷，云霞翠轩；雨丝风片，烟波画船。锦屏人忒看的这韶光贱！"她开始形容园中景色的美。还记得秦观的"自在飞花轻似梦，无边丝雨细如愁"吗？这里也是用丝来形容雨。园中还有湖，湖上泊着很漂亮的船，可见这是一个非常讲究的园林，应该许人玩赏的，可是竟然被封闭起来。"锦屏人"讲的其实是杜丽娘自己，空有这么美的青春,却只有外在的华丽,没有真正的生命,或者说失去了内在生命的追求,仅仅是华丽屏风上的一个装饰品而已。这样的故事当然不见得只在明朝有,我们今天也可能遇到。

接下来这一段很漂亮。"遍青山啼红了杜鹃",这里面用到了中国文学作品中经常出现的"望帝春心托杜鹃"的典故。古蜀国的一个皇帝死去后,化身为杜鹃鸟,每年春天都不停地叫,最后喷出的血把白色的杜鹃花染红了。山上开满了杜鹃,感觉是比较华丽的,但这是呕尽心血才换来的花的艳丽。"红"是血的颜色,"啼"有哭的意思,用"啼红"二字,有"血泪"的意思在里面。《红楼梦》里的"滴不尽相思血泪抛红豆"也有这个意思。青山是绿色的,映衬着杜鹃一重一重的红色,很漂亮。"荼蘼外烟丝醉软",荼蘼是一种蔷薇科的花,有很多藤蔓,一丝一丝的,爬在架子上,开成一大片。我们很少用"醉"和"软"去形容花,这里却用了这两个字,有一种陶醉的感觉,好像人都酥软掉了。这其实是杜丽娘被花感动了,她讲花时都是在讲自己——杜鹃、荼蘼都是她,春香前面讲"牡丹还早"(因为牡丹是暮春才开的花),她说"牡丹虽好,他春归怎占的先!"也有一点儿在感慨自己或许是牡丹吧,到了十六岁,青春还没有被真正打开。"闲凝眄,生生燕语明如剪,呖呖莺声溜的圆。"黄莺和燕子唧唧喳喳地叫,燕子飞过去,尾羽像剪刀一样。春香又道:"这园子委是观之不足也。"杜丽娘就唱了《隔尾》一段:"观之不足由他缱,便赏遍了十二亭台是枉然,到不如兴尽回家闲过遣。"杜丽娘真正要游的不是外面的花园,而是自己的内心世界,所以才有"到不如兴尽回家闲过遣"一句,也就是要回头寻找自己的内心世界。

春香道:"开我西阁门,展我东阁床。瓶插映山紫,炉添沉水香。小姐,你歇息片时,俺瞧老夫人去也。"春香下场,舞台上只剩下杜丽娘一个人,她开始展现自己的内心世界。她非常孤独,叹了口气:"默地游春转，小试宜春面。春呵！得和你两留连。春去如何遣？"春天啊春天，我怎样才能够与你永远在一起？春天都要过去了，怎么办呢？这里的"春天"也是在讲她自己的青春。"咳！恁般天气，好困人也。"这样的春天真是好令人困恼。

青春的渴望与闲愁

我们刚才读的是剧本，在今天的舞台演出中，同一部戏，不同流派的演员可能会有不同的唱腔和动作编排。大家现在有很多机会看到《牡丹亭》，看到《游园惊梦》，浙昆和苏昆不一样，华文漪和张继青也不一样。这个戏过去是张继青唱得最好，但后来张继青上了年纪，再去演十六岁的杜丽娘就有一点儿难，因为角色很娇、很天真，少女情怀在另外一个年龄其实很难诠释。不过，她在《烂柯山》中扮朱买臣的妻子，一个中年女性，就好得不得了。戏剧成功的关键在于天时、地利、人和，各方面的因素都要配合到最好。戏剧生命也就是那一刹那，过了也就过了。

侯少奎当年多好，可是"文革"结束之后，他已经有一点儿老了，以前面讲到的《夜奔》的唱腔和动作，我相信他年轻时真是不得了的。可是有些戏很奇怪，要等到演员很老才能有味道，因为你年轻的时候不会懂，比如《烂柯山》里那种一生为穷苦所逼迫、人到中年的女性的幽怨，你找一个年轻女孩子去唱，她也唱不好。还有一个叫《锁麟囊》的戏也是，如果不到一定的年龄，大概很难诠释那种从富有到没落的心情转变。一部戏的关键常常在于演员。我们觉得一个戏好，是因为它被演员诠释出来了；如果演员诠释得不对，你就会觉得那个戏很差。梅兰芳把很多戏演活了，《贵妃醉酒》《霸王别姬》《苏三起解》都是由他演成了名剧。换一个不好的演员来演，观众往往会觉得奇怪：这个戏为什么这么有名？以前我看《三岔口》，就觉得莫名其妙：那个人半个小时都在舞台上走来走去是要干什么？后来我看了李光的《三岔口》，才知道自己之前看到的只有百分之二十，另外百分之八十那个人演不出来。就像《林冲夜奔》，如果连那些最重要的翻滚都没有的话，这出戏的名气是很难理解的。

张继青和华文漪的《游园惊梦》当然都是好的，只是前者比较幽怨，后者比较华丽，风格不大一样。就像梅兰芳和程砚秋都唱《苏三起解》，前者的特色是在尾音部分放大，让你觉得即使在最悲苦的时候，主人公都是有希望、有追求的；后者的尾音都往下转，即使在华丽的时候，都让人觉得感伤。两个人对同一个内容的诠释方法不同，一个比较阳刚，一个比较阴柔，我们很难说哪一个好，哪一个不好。

舞台上只有杜丽娘和春香两个人，通过演员的唱腔和动作去展示整个春天的灿烂。可是杜丽娘看到的都是自己的内心世界，她游园的过程其实是对自己生命内在的眷顾，所以后面会有"惊梦"，回到自己情感上的追求。一开始大家都在读《牡丹亭》的文字，其实很难想象舞台表演中身段和唱腔之间配合的讲究。它讲的是一个十六岁女孩子的故事，里面有那么多典故、隐喻，和我们当代对青春的描述之间其实会有一种隔阂。我们在欣赏《游园惊梦》的时候，其实大部分是在欣赏它的唱腔和身段，欣赏它美学上的部分。至于它文学性的部分，对我们来讲可能稍微有一点儿疏远。我想真的是时过境迁，社会制度、社会中女性的地位都改变了，所以大家不太能够理解杜丽娘为何那么幽怨。我在学校里播放《游园惊梦》录影带的时候，就有学生问："她为什么不走出去呢？"今天的孩子通常很自由，不能想象从前的大家闺秀受到的禁锢。我一再强调，杜丽娘游览的花园，绝对不仅仅是现实中的，更是她的内心世界。好的文学是一定要回去面对自己的内在、做一种反省的，然后让大家在不知不觉当中忽然看到自己。

对于正在成长的、正当青春的男孩子、女孩子来说，这个时刻是非常重要的。童年是懵懂时期，还没有得到启蒙，但此时人开始领悟了，首先领悟的就是自己的身体。莎士比亚的《罗密欧与朱丽叶》里有对青春非常美的歌颂，主人公都是十四五岁；杜丽娘十六岁；后面我们会讲到的林黛玉、贾宝玉，十三四岁，我将这些统称为文学中的青春描述，这其实是文学非常重要的主题。

我们每个人都经历过青春，当时却未必觉悟，未必体会到青春的来临及其重要性，进而与自己的青春有一番对话。在张继青的演出中，游园之前，她将冷色调的衣服换成了暖色调的，好像同时也解除了《春香闹学》一场中杜丽娘的压抑，找回了她少女自我的部分。在游园的时候，她看到春光灿烂，忽然觉悟到个人生命应有的美好的部分。我有时候在想，青春其实是个人不太能够把握的东西，你觉悟到它的瞬间，它好像就匆匆过去了。当现代的文学家把《游园惊梦》变成自己小说中的一个隐喻的时候，可能有一点儿像柳永讲的"青春都一晌"，青春这么短，当你意识到青春的时候，已经到青春的尾巴了。青春有一个最大的特征是感受到美的同时也体会到感伤，青春的美好、青春的自由，都夹杂在华丽和感伤之间。"原来姹紫嫣红开遍"，感觉到华丽，感觉到美，可是同时会感觉到这一切终会过去。很多人不太理解，为什么一个小孩子在初初发育的时刻会显得很孤独，好像有心事，女孩特别明显，但我觉得青春其实就是这样的。在那个年龄，人会对自己的身体有感觉，感到自己好像成熟了，生命不再是一个孤立的个体，需要和另外一个生命结合，会有渴望。这些情绪构成了青春当中非常特殊的现象，而我们的正统文化对青春的渴望和思绪其实是不敢描述的。老师、父母会觉得那还是个孩子，但我常常会提醒我的朋友："他十八岁了，当然已经知道很多事情，已经感觉到很多事情，有很多渴望了。"可是大人会感到矛盾。现在的孩子更加早熟，身体发育得早，恐怕会更早有青春的意识、身体的意识——当然有时候我们讲得比较直接，就是性的意识，这会使他产生无端的喜悦或忧伤。

如果你还留着十五六岁时的日记，再打开来看，你会吓一跳。那个年龄真是有很多很多闲愁，在考试升学这种世俗的压力以外，还有一些没来由的会让你有很多牵挂的情绪。就像《牡丹亭》中的杜丽娘，家庭富有，不愁吃，也不愁穿，还有老师教你读文学，不是应该很高兴吗？可是她真正的向往没有得到满足，借着游园的那一刹那，她突然感觉到了心灵上巨大的空虚。生命最大的哀伤是自我的不清楚，"我是谁"永远是文学中最关心的事情。杜丽娘从头到尾都在问"我究竟是谁""我到底要什么"，这些问题在孩提时代是没有的，一定得到发育以后，在青春的时刻，才会迸发出来。她照镜子的时候，就是在寻找自我，在思考自己的定位。也许今天我们应该从这个角度去体会《牡丹亭》的价值。

第五讲

唐寅、徐渭与张岱

唐寅：不损胸前一片天

晚明文学是中国文学史上一次巨大的性灵解放。五四运动时常常提到晚明，在此之前，晚明是被批判的，人们认为那是一个道德败坏、正统文化沦丧的时代，可是五四运动以后就开始替晚明翻案。周作人认为，晚明文学表面上所谓的道德败坏，其实是开始对正统道德的虚伪性进行攻击，像《金瓶梅》，还有汤显祖的《还魂记》（即《牡丹亭》）都是这种情况。卫道士视晚明为一个坏的时代，可是今天我们认为晚明其实是个人追求自我、个性解放的时代。这种追求在更早一些时候就开始了。

明朝绘画有一个"院画系统"，国家养了很多画工，画着千篇一律的东西。有个人画了一个人在钓鱼，穿的是红色的衣服，结果被朱元璋杀掉了，因为有人对皇帝说："红色是一品官的服装，身穿一品官服的人却在那儿钓鱼，这是在侮辱国家的体制。"在这样严格的系统里，画家不敢随便作画，往往是去模仿古代，模仿前人。

也是在明朝，南方出现了两个重要的画派："浙派"和"吴派"。"浙派"以戴进、吴伟、蓝瑛等人为代表，"吴派"的重要画家有沈周、唐寅（即唐伯虎）、文徵明、仇英等人。苏浙一带距离北京正统的政治权力比较远，个人的自由解放比较多，所以我们会看到一些比较潇洒的、追求自我的内容。民间流传着唐伯虎点秋香的故事，由这个故事衍生出来的戏曲现

在还在演出。故事里面的唐伯虎是个风流才子，不顾社会阶级的不同去爱恋女仆秋香，把原本严格的社会阶层打破，在爱情里面回复本我，一个真正自由的"我"。很多社会改革、社会革命都是从性或者爱情开始的，因为这两件事和自我的关系最为密切。

唐寅是一个才子，也一直在读书，准备去考试做官，因为中国的读书人往往只有这一条路可走。他二十九岁时参加南京乡试，考了第一名，也就是解元，所以他有一方印就是"南京解元"。可是他非常倒霉，次年参加会试时被科场弊案牵连，终生不能再参加科举。

他后来将才华运用在绘画、写诗这些方面，是因为他做官的路被隔断了。面对唐寅这样的人，我们会感到很矛盾，不晓得希望不希望他考取功名。如果他考取了，做了官，那历史上大概不会有一个叫作唐寅的画家。但是，他的为官之路被阻绝了，在不得已的状况下卖画为生，游离于正统之外（我称他为"正统文化的边缘人"），才使原本被隐藏起来的个性得到了精彩的抒发。

唐伯虎晚年的时候，写了一首有名的自述诗。这首诗很能代表后来晚明文学的一种个性，即回到自我、讲真话。五十岁了，你要写什么样的文章讲自己？过去说我尽忠又尽孝，我的功业如何如何，上可以对天，下可以对地；但是唐寅很有趣，他没有这么做，而是写了一首《言怀》：

> 醉舞狂歌五十年，花中行乐月中眠。
> 漫劳海内传名字，谁信腰间没酒钱？
> 书本自惭称学者，众人疑道是神仙。
> 些须做得工夫处，不损胸前一片天。

台北故宫有一幅他画的《西洲话旧图》，上面就题了这首诗，书法非常漂亮。他完全不隐藏自己，抒发自己真正的生命情操——它或许不伟大，但是很真。他求真，认为我是什么样的人，就展示什么样的我。在文学形式已经变得僵化的情况下，唐寅这一类人因为从生活里活出了一个自我，所以不愿意讲假话。他已经五十岁了，回想自己一生到底做了些什么——"醉舞狂歌五十年"，每天喝酒、唱歌，其实有一点儿玩世不恭。但这也说明当正统文化已经败坏、整个官场也极其腐败的时候，一些真正有性情的知识分子反而不在官场了。他们"流落"在民间，然后去创造另外一种"自我"的文化。

我们前面讲到了关汉卿，其实元朝的很多知识分子身上就已经有这样的现象。原来是"学而优则仕"，在整个文化传统里读书人似乎只有这一条路。但是在江南经济发展起来以后，社会为个人提供了比较宽松的经济条件和发展自我的可能性，帮人家改改剧本，或者说书、卖画、卖字，虽然社会地位很低，可是活得自由自在。在这样的背景下，唐寅用自己的"醉舞狂歌"对抗着官场迎来送往的腐败习气。"花""月"是在讲季节，也是在讲城市的繁华，仿佛在酒楼、歌楼上玩赏了一生。有人用"颓废"来形容晚明文学中这样的生命情调。唐代和南唐都产生过颓废的艺术，当文人对时代大势感到无能为力的时候，他会退下来完成自我性情的抒发。"颓废"是相对于正统文化的立场而言，你写文章不关心所谓的民生大事，不谈忠孝，就会被认为是颓废。

我曾和很多朋友提起，当我们把所有的文学都变成大爱的时候，个人小小的私情便没有容身之处了。晚明文学发展了"私情"的部分，不讲伟大，只讲自我的真实状况，不去虚夸，也不去假造。所谓"颓废"，要看你从什么角度去看它。如果是从生命没有更大、更积极的追求的角度，你可能会批判它，这也是晚明文学一度的境遇。可是到五四运动的时候，晚明文学被重新认识，人们认为它是个人主义和自我追寻的开始——先了解自我，再谈其他东西。有时候你会很想问问那些"立法委员"：你们每天都在谈"大事"，那可不可以告诉我，你自己的生命意义在哪里？我想他会呆住，会忽然回答不出来，因为他讲的东西都是外面的，而没有对内的反省。

有的时候，一个社会中的语言会双向发展，如果一直讲外在的东西，你会静不下来。有一家报纸曾经叫我和一个很有名的"立法委员"对话，对方一直讲讲讲，讲了很多自己对台湾的关心。我忽然问他："你昨天晚上在看什么书？"他吓了一大跳，愣了好久也没有办法回答。他大概也在思考，可是不知道该讲什么。我很看重这个时刻，我觉得这个时刻是自己的时刻。在一个人侃侃而谈的时候，他往往忽略了向内的反省力量，最后他向外的批判就会不真实。唐寅也好，徐渭、张岱也好，袁宏道也好，他们开始发展性情文学，我觉得这是明代文学非常重要的地方。人应该描述真实的自我，过去歌功颂德的文章，现在就不要再做了吧——如果你无功无德，那你是不是还要活着？你觉得自己生命的意义和价值到底在哪里？在回想起"醉舞狂歌"的时候，他的情绪可能是两面的，一方面会惭愧——好像五十年来什么伟大的事也没有做，可是又觉得有一点儿自负——至少我没有像有些人那样整天在拍马屁，搞那些政治斗争。

"漫劳海内传名字"，这一句非常有趣：很不好意思还劳驾大家把我的名字到处传颂。你现在到苏州那一带的街上走一走，听到的弹词，听到的老百姓讲的故事，还有很多是关于唐寅的。因为民间也痛恨官场的腐败习气，喜欢这些有一点儿潇洒、有一点儿风流、有一点儿真性情的人，比如唐寅，比如徐渭。徐渭喜欢开玩笑，喜欢逗弄别人，还撰写过笑话集。这些人没有把自己变成道学家，并且那个道德还不是拿来检查自己，而是用以批判别人的。他们建立了新的人性典范，所以大家才会喜欢他们。可是,"谁信腰间没酒钱?"——一个靠卖书画维生的人,没有为五斗米折腰,也没有向现实的社会妥协,保有了自己生命的独特性;但他的生活并不稳定,遇到有人赏识他的才华,可能会多给一点儿钱,要不然就可能三餐不继,连喝酒的钱都没有了。这其实是对明代这类文人比较典型的描述。

接下来一句是"书本自惭称学者",他觉得自己读书并没有读得很好,有一点儿惭愧,可是别人还是叫他学者;另一方面,也说明他没有进士出身,没有进入通过科举做官的系统,因为"科场案"以后他就再也没有机会考科举了。可是,"众人疑道是神仙",大家都认为他活得简直像神仙一样。为什么像神仙?因为他不必像别人一样车前马后、卑躬屈膝,而是活得很自在。

最后,他总结道:"些须做得工夫处,不损胸前一片天。"他没有说自己有什么志向,没有说自己画画得多好、诗作得多好、书法写得多好,而是讲如果这一生有什么地方说得上下了点儿功夫,那就是做人比较真实,胸前有干干净净的一片天。

后来的知识分子觉悟到科举制度可能是一种"陷害"——大家拼命读书,拼命考试,拼命要去做官,结果把自己性情上的东西全部伤害了,没有办法再回来做自己,于是开始有人与之对抗。后来,经历了明清之际的战乱,中国艺术史进入了一个非常精彩的时期,石涛、八大山人、石谿、萧云从等(所谓的"遗民画派")富有个性的画家都出来了,体现出很强的创造力。其实文学也是如此。

徐渭:笔底明珠无处卖

大概从万历年间开始,明代正统的、顽固的、保守的力量和民间求新求变、自我解放的力量之间的冲突越发明显。汤显祖就是一个例证。汤显祖非常佩服徐渭，而徐渭和唐寅非常不一样。如果说唐寅的行为还是一种比较温柔的抗议，那么徐渭的做法则比被西方公认为悲剧性格的梵高还要激烈。他文章写得极好，在乡里是大家佩服的才子，可是大概一生都在科举上非常受伤。他曾给一个叫胡宗宪的官员担任幕僚，帮助他在浙江沿海抗击倭寇，屡建奇功。可是，后来胡宗宪被下狱，并且在狱中自杀，徐渭也成了一个"疯子"。他会拿砖敲自己的头，敲到流血，然后给人家听揉骨头的声音；又用锥子刺进自己的耳孔好几寸，举止非常怪异。他四十五岁就给自己写好了墓志铭，说自己"贱而懒且直"——下贱、懒惰，而且正直。所有人刻出来的墓志铭都是伟大的，活着的时候再怎么不好，祭文没有不好的，可是徐渭把自己所有不好的地方都写进去了。他还给自己编了一部年谱，命名为"畸谱"。"畸"是什么？畸形的、变态的。里面记录的全部是他生活中非常怪异的事件。他曾经杀死了自己的继室，坐了七年牢，别人一直在营救他，他才重获自由。

徐渭的个性和一些西方艺术家非常相似，以我们的文化考量，会觉得这个人好怪异。可是他在书法、绘画、诗文方面的创造力都非常强，可能是明代画家中创造力最强的，而且对后世影响巨大。徐渭的家在浙江山阴，就是现在的绍兴，我去过两次。他的青藤书屋在一条小巷子里，地方并不大，过一个月洞门，小小的一口井，书房里的小桌子正对着外面一方小池。徐渭号为"青藤道人"，后来齐白石称自己是"青藤门下走狗"，可见前者的绘画成就之高。但是我们现在要讲的不是他的绘画，而是他的一套重要剧作——《四声猿》。

其一为《狂鼓史渔阳三弄》，主角是祢衡。他在其中提出一个问题：作为一个知识分子，在面对巨大权威的时候，你该怎么办？祢衡一介书生，死后在地府一边击鼓，一边责骂曹操，悲剧性非常强。从中我们看到明代隐藏的叛逆性格在徐渭身上慢慢爆发。

其二为《玉禅师翠乡一梦》，我特别推荐大家去读一读。玉通禅师是一位修道多年的老法师，修行很高。有一天，庙门口来了一个叫红莲的营妓，说丹田痛到如绞，要活不下去了。玉通禅师一向悲悯为怀，觉得应该要救，红莲说治这病唯一的方法是用他的肚脐对着自己的肚脐去磨——非常顽皮的徐渭开始调侃道统。玉通禅师觉得很为难，可是人命关天，遂依言而行，然后"数点菩提水，倾将两瓣莲"——"莲"合了红莲的名字，同时又是一种性暗示。但是他做了这件事，修行就毁掉了，于是他转世投胎成柳家的女儿，以种种败坏门风的行为去报复设计这件事的柳宣教。后来，他被师兄月明和尚点醒，重新皈依佛门。明代正统的压抑特别强，但是对人性真实的领悟也特别强。玉通禅师代表的是修道，红莲象征着欲望、性和堕落，可是这两方面其实是在一起的。修道是为了真正领悟生命，这个过程是要直面欲望的。如果始终与欲望相隔离，即便已经修了几十年，最后还是难免破功。徐渭通过这样一出荒谬的戏剧，再次对所谓道学进行了颠覆。

下面两个剧本最有趣，我们会看到徐渭很关心的一个问题——性别问题。二者讲的都是女性扮成男性做出成就，一个是《雌木兰替父从军》，以大家非常熟悉的花木兰故事为蓝本；一个是《女状元辞凰得凤》，讲一个女孩子女扮男装去考科举，中了状元，丞相要把女儿嫁给她，才知道她是女的。这两部戏里一直在重复一个观点：男子能做的事，女子何尝做不得！在男权和父权居于统治地位的社会里，女性自觉的力量会在这类非常前卫的剧本中体现出来，并且是通过比较大胆的方法——性别跨越。比如花木兰，打仗打了那么多年，军队又是一个相对特殊的男性世界，可是这个女性竟然实现了突破。徐渭以民间传说为蓝本，创作了这两个性别跨越的剧本，和前面两个合称"四声猿"。而猿啼在古代中国文人的世界里象征着内心极大的悲哀，经常出现在他们的诗句里。

我常常会推荐朋友读《四声猿》剧本。以文学性来讲，它的突破很大。我们今天讲《牡丹亭》、讲汤显祖，汤显祖最佩服的剧作家就是徐渭。只是徐渭比较大胆，语言比较粗、比较直接，就像他会拿砖头打自己的头、给人家听自己骨头的声音一样；汤显祖的东西则比较美，在社会里面比较容易被接纳。大家有时候会害怕攻击性太强的文学，因为它太锐利、太直接了。将汤显祖的作品（比如《牡丹亭》）和徐渭的创作结合在一起看的时候，我们会发现整个晚明文学有一个共同的调子，就是我一再强调的叛逆性，这是我们不能忽略的。这种叛逆性有直接，有间接，可本质上都是叛逆。

生命的不同形状

黄仁宇将万历朝作为中国历史的一个节点。中国文化持续累积，到明代的时候，已经极度成熟了，可是在成熟的同时，正统文化已经缺乏了生命力，有一点儿要腐烂的感觉。民间开始有新的东西冲撞，与正统文化相互拉扯。无论从美术史还是从文史学角度观察，明朝都是一个充满矛盾的时代——既是正统的古典保守力量最强的时代，又是求新求变的力量一直在冲击的时代。我们今天在介绍它的时候，会有一个如何照顾到这两面的问题。很明显，我希望能够将明代比较前卫的力量介绍给大家，而不是正统的力量，因为我觉得正统的力量已经有一点儿固定了，它缺乏生命力。明朝灭亡之后，大家忽然有了一个觉醒的"机会"——亡国是一个悲剧，当然大家都不乐见，可是由它带来的文化反省却非常大。很多有志之士，包括像顾炎武这些人，开始反省明代为什么会到了亡国的地步。在文化上你谈的正统、道统，这个时候能够挽救什么吗？能够挽救国家吗？那些平日里谈着忠孝的人都跑到哪里去了？这反而真正将个人内在坚持的东西释放出来。

清代画家石涛是明王室后裔，他写过一本很有名的书《苦瓜和尚画语录》，里面讲道："纵使笔不笔，墨不墨，画不画，自有我在。"这句话也可以用来讲文学创作。什么叫作"我"？"我"是文学创作的内容。在讲《诗经》的时候，我们说文学史里最重要的一句话是"情动于中，而形于言"。"情动于中"以后，才有诗，才有小说，才有文学，才有艺术；如果没有"情动于中"，一切笔、墨、画都是假的。明朝很多画家不敢创造，不敢表现自我，总是"仿某某人"，作品虽然也有笔、有墨、有画，看起来也像一幅画，可是没有"我"。晚明艺术、晚明文学最大的贡献在于找回了自我，即艺术的出发点；如果违反了"我"，空有艺术技巧是没意义的。我们现在常常争辩是艺术的内容重要，还是形式重要，其实是吵不完的话。一部小说或者一首诗的内容很棒，可是没有写好，那它当然不是好的艺术；可是我们不要忘记如果没有"我"，没有自我想要讲的话，那你写得再好，形式本身也是假的。所以形式和内容其实不是谁重要、谁不重要的问题，而是哪一个先、哪一个后的问题。内容当然是先有的，而形式是后生的。比如花木兰的故事，我今天要用什么方法表现？是写一首诗，还是像徐渭那样写成剧本，还是写成小说呢？如果只是学了形式，却没有什么话要讲，只是把字摆来摆去，这样的东西当然不会感动人。晚明时提出了"我"的重要性，认为"我"是个性，有了个性，艺术上才会有风格。无论是创作文学还是欣赏文学，"我"都是最重要的一个字。

我们今天一再提到明代是个人主义、自我解放的萌芽时刻，在西方

其实就叫作"启蒙运动"。人开始觉悟到自我的重要性，抵抗被压抑的状态。从徐渭到唐寅，都有些特立独行，他们很大胆——我自己就是这个样子，我也为我的行为负责。这个时候他们才能够标举出人性的真实面，每一个个体生命的经验才能突显出来。这也是为什么从五四运动到二十世纪三十年代人们那么看重晚明。在很多特殊的文学描述里，复杂的人性的意义被解放出来，过去写才子佳人可能只是描述才子佳人，可是这些作品会从不同角度去描写一些有趣的人。比如有的戏里会有一个老皂隶，在衙门里面一辈子也没有升迁，没有机会改变自己，他喝了酒，又怕回到家被太太骂，走在路上颠颠倒倒，这样的小市民生活在过去的文学和戏剧里是很少被描述的，可是在明代都出来了。明代的人物其实是多重的，比如在《玉堂春》这个戏里，我们不仅看苏三，也在看崇公道——装聋作哑，好像糊里糊涂，可是他又有一种人的智慧，这种多元化的角色慢慢出现。"启蒙运动"很重要的一点就是把正统的文化、单一的问题打破，变成多元的文化。

一个社会的健康与丰富，在于每个存在的个体都有他的创造力，都有自己的生命主题。你在元杂剧中看到的主角常常是末和旦，可是后来净和丑越来越多，特别是丑。在现实生活里，我们愿意扮演丑角吗？如果别人说我们是生活里的丑角，我们当然很不高兴，觉得有不好的意思，可是舞台上的丑角是非常重要的。明代重要的戏剧作品中几乎离不开丑，丑变成了一个通达人情的角色。最有趣的是，舞台上的丑常常会和观众讲话，画着滑稽的小白脸，说"你看他们又哭成这个样子怎么办？"。他其实是在点醒观众：你不只是在看戏，可能也是在看自己。有一次我去看《四郎探母》，丑角突然问观众："现在几点了？"那个观众吓了一大跳，看一下表说几点了。丑角就说："再拖下去晚班车都没有了。"然后全场大笑，幕布落下。他其实是在用一个别出心裁的方法结束演出，我记得非常清楚,那天晚上所有人都很开心。丑角的作用是"插科打诨",讲一些好玩的事,讲一些笑话,告诉你看戏就是看戏,不要那么认真,真正重要的戏不在舞台上,等一下你要回家,你有自己的"戏"要演。这是一个非常有趣的转换。如果大家看一下明代以后戏剧里面的丑角,就会发现他们的重要性。他们往往是戏里最聪明的人,常常由戏班的班主扮演,因为他历练最多,知道每一个人的个性。

因为唐明皇曾经扮过丑角,所以有个"丑角最大"的说法。可是我觉得,丑角之所以重要,其实是因为他是整个剧里能够总揽全局的人。他的戏通常不多,唱词、身段都不难,可是他会看每一个演员,可能扮演提词的角色,也可能扮演指导的角色,在舞台上随机应变。崇公道就是一个丑角,他在舞台上的机动性非常高,比如苏三恨自己的父母七岁就把她卖到妓院,他就劝苏三说,你的父母一定是因为穷得没饭吃,不得已才这样,你也不要怪他们。可是他转过来就对观众讲,你们可别做这样的事情,现在还有饭吃,别送女儿去做舞女。明代在正统文学之外发展出了人性开拓的可能,每一个人,无论尊卑贵贱,都有其生命特殊的存在意义和价值。在戏剧舞台上,现实生活里的配角可能会变成主角,而现实里的主角也可能变成配角。

在现实生活当中,崔莺莺通常是主角,红娘是配角,因为她们的身份不同:莺莺是崔家的小姐,而红娘是崔家买来的丫头。可是在舞台上就不一定了。在舞台上,红娘可能是主角,为什么?因为生命有自主性的人才是主角,爱自己的生命的人才是主角。在舞台上,现实中的尊卑贵贱有时会被颠倒重排,去探讨它们之间新的关系、地位,也用另外一种美学的价值来看待人生。所谓"美学的价值"是说除了现实里人的价值之外,你能不能活出一个生命在美学上的特点,实现另外一种价值。比如,我们认为在现实里刘邦是成功的,项羽是失败的,但是项羽会变成霸王别姬这个故事中让人感动的角色，展现出他的美学价值，而刘邦不会。两千年来大家这么喜爱项羽，今天通过电影媒体，他甚至变成了世界性的英雄人物，这是因为他生命里的可爱。生命不可爱的人不太可能成为美学里大家崇拜的角色，"英雄"二字其实与现实里的输赢无关，一个人可能在现实当中输了政治，却在舞台上赢回了生命的情操。

大家不妨想一想自己生活中的朋友，或者亲人，或者自己，有哪些很像小说或戏剧里的人。他或许经历了很多沧桑，甚至是悲剧，却让人觉得他的生命真是丰富，值得写成一部小说。有一部小说叫作"多桑与红玫瑰"，很另类，大家可以看看。一位在大学教书的女性书写自己的母亲，据说写完以后她的父亲一直拜托她不要出版，一是因为妻子已经过世了，二是对书中妻子的形象感到不好意思——每个人看后都说怎么会有这样的妈妈，和我们脑海里妈妈的样子太不相同了。母亲其实可以是双重角色：一个是伦理上的母亲，非常伟大；还有一个是真实的母亲，和伦理上的母亲形象有时候会冲突。作者觉得自己的母亲很特别，很想让大家了解这种特别，但是她的父亲就觉得不应该告诉别人有一位这样的母亲。可是我读了之后很感动，觉得台湾终于也到了这样的时代，可以让我们看到真实的人性。我并不会因为这本书中母亲的形象就认为全天下的母亲都是那样，文学和戏剧代表的只是个案，可是个案让我们多知道一点儿事情，这非常重要。我们会因此打破概念——无论母爱、父爱，还是国家之爱，变成概念都是不好的事情，因为会失去真实情感，应该有很多个案来丰富我们的感知。

在《四郎探母》这出戏里，我们看到一个"不孝"的男子，因为他没有奉养母亲，十五年都没有见到母亲；也看到一个"不忠"的男子，因为他没有在兵败被俘的时候自杀。可是，杨四郎就是一个个案，我们应该怎样去看待这个个案？在一直谈忠孝的文化里，杨四郎的意义是什么？

我觉得最有趣的地方就是杨四郎虽然"不忠不孝",但是大家看《四郎探母》的时候都很同情他,因为他对谁都爱,到最后不知道该怎么办。他爱自己的母亲,可是家里回不去,那样对不起铁镜公主;留在辽国,又觉得很为难,他原来的大人还在,也觉得对不起她——所有人他都对不起,此时他的纠结和选择就变成另外一种对人性的诠释。

在现实里你最讨厌的人,可能是你最应该拿来写小说的对象,因为他是一个个案,从中也能够体现一种宽容。我常常建议朋友,不一定要做小说家,但可以试试看在日常生活里有一种写小说的心情。就选你最讨厌、最和他过不去、最不想看到的那个人,用写小说的心情去看待他,观察他讲话,观察他的动作,然后客观记录下来,慢慢地你或许会喜欢他。文学本身是一种包容。

最好的戏剧和小说都有这样的能力,会呈现出多角度的形态;如果一部小说一直从同一个角度去写,它绝对不是好小说。好小说的作者通常几乎是隐形的,只有多重的角色在里面对话,每个人都活灵活现。杜丽娘和春香在舞台上的动作是决然不同的,杜丽娘每一个动作都是大家闺秀的样子,春香每一个动作都是小丫头的样子。你仔细看身段,两个人下蹲的方式都不一样:杜丽娘蹲的时候落落大方,春香就很活泼,一副小女孩的样子,两个人都合于自己的身份。春香永远是看到什么东西就很惊讶,大呼小叫,可是杜丽娘总是很沉静地面对,因为那是她的教养。杜丽娘和春香拥有不同的身份、不同的美,配合起来才完成一种真正的美——舞台上只有杜丽娘就没有那么好看,只有春香也没有那么好看,两个人在一起的时候,你会看到不同的生命:既是压抑自己的,又是自由的;既是很有教养的,又有一点儿不受拘束。通过这两个形象,大家可以看到不同的生命形状是如何构成的。接下来我们会谈到一个在晚明文学中有重要影响力的作家——张岱,希望前面讲的这些可以帮助大家理解这个人。

张岱:"真气"与"深情"

前面我们已经谈过了唐寅和徐渭,现在希望能够通过张岱的《自为墓志铭》看一看整个文化在巨大的传统压力之下是如何求变求新的。从《诗经》《楚辞》一路下来,中国的文化传统已经很长了,再好的文化传统沿袭太久的时候,也会有一些陈规,这对于创作来讲是非常不好的。我这样讲,很多朋友不一定赞同,大家会觉得创作所背负的传统其实是创作的起源,比如我们今天要创作,可能会从《诗经》《楚辞》、汉乐府、唐诗、宋词、元曲里面得到很多灵感。可是,为什么我会说太多的陈规对创作不好?因为那些其实是前人的成就,而当这个成就变成形式以后,我们在下笔的时候,在想要表达自我的时候,就难免去想我应该像唐诗,还是应该像宋词,还是应该像元曲,这样每一步就都被绑住了。

这和绘画有一点儿像。我们知道毕加索怎么画,知道伦勃朗怎么画,知道黄公望或者倪瓒怎么画,下笔的时候,这些人都在你的脑海中,会使你绑手绑脚。对于当代创作来说,它的两难在于一方面要继承前面的传统,一方面在创作的时候要实现"遗忘",把学来的东西几乎丢得干干净净,甚至是用很激烈的方式把它们打碎。可以这么说,一个好的创作者作画的时候,伦勃朗和黄公望都不应该存在,否则他的画可能没有办法走出一条自我的道路。我想这是在自我生命力的寻找当中最困难的部分。一个人如果从小就接受很好的古典文学训练,是不是能成为好的创作者?其实很难讲。这种训练必须要实现一个巨大的转换,才能造就出优秀的作家和作品。张岱就是一个非常明显的例子。

我们从张岱的《自为墓志铭》里看到,他生长在一个背景深厚的世家,曾祖父是朝廷的大官,家族中累积的财富和文化根底都非常厚实。张岱的祖父张汝霖小时候见过徐渭。我们前面讲过，徐渭在中年的时候杀了自己的妻子，被关进监牢，张岱的曾祖父张元忭一直在努力营救他。那时，张元忭带着年幼的张汝霖到监狱里去探望徐渭，张汝霖看见徐渭戴的枷锁，就问他："这是不是陶渊明的无弦琴？"这其实是文人间的对话，将枷锁比作陶渊明的无弦琴，意思是说那些落难文人还是可以苦中作乐。张汝霖年纪那么小，就可以跟徐渭对话了。张岱在成长过程中，从长辈那里耳濡目染受到了徐渭的影响。

现在绍兴还有张氏家族留下的一些老房子。张岱"少为纨绔子弟"，沉浸在世家的文化积淀中，喜欢戏曲。可是在他四十八岁的时候，明朝亡国了，这使得他身上发生了巨大的变化。

一个古老的文化，必须要置之死地而后生，发生巨大的变化。在面临剧变的时候，人可能会一下子被激发出重要的东西。比如南唐的李后主，如果不是因为亡国，大概不会被逼出那么惊人的创作。我们今天读到的《虞美人》——"春花秋月何时了，往事知多少"是他亡国之后的作品，"帘外雨潺潺，春意阑珊，罗衾不耐五更寒"也是他亡国之后的作品。李清照也是如此，在北宋亡国、丈夫去世之后，她的文学创作有了非常大的突破。当然，我们不能讲为了成全一个作家，要付出国破家亡这么大的代价，那样谁还敢当作家。可是一部文学史看下来，惊人之作常常是在这种时刻出来的。但是这种时刻不是故意求来的，也不可能有人故意去求国破家亡，有的只是人突然面对这种情况时怎样将所有的文化积淀迸发、升华。在《自为墓志铭》里，我们会明显感觉到张岱把四十八岁以前和四十八岁以后的自己当成了两个不同的生命去看待。

张岱对自己前半生的描述，几乎就是"忏悔录"的形式。我常常用"忏悔录"这个名称，是因为在法国启蒙运动中，卢梭写过一部很重要的自传叫"忏悔录"。人回首自己的一生，好像一事无成，愧对所有人——父母、亲友、妻子，这种感觉会生出"忏悔"之意。忏悔性的文学会非常动人，为什么？因为它不是作假的东西。我们的文化传统当中，最虚伪的部分就包括墓志铭和祭文。一直到今天，你在丧礼上听到的祭文几乎没有讲真话的，这是一个腐败的传统。可是，一些有识之士——从陶渊明开始，到徐渭、张岱，他们自己给自己写墓志铭，因为不愿死后由那些乱七八糟的人给自己念一篇乱七八糟的祭文。他们大胆讲出了自己生命的状态，令读者感到惊讶。我常常想自己敢不敢写这样一篇墓志铭，敢不敢面对那个真实的自我，这个真实的自我可能要以一个巨大的代价逼迫出来。

明朝亡国之后，张岱参与了一些反清复明的活动。平常大家讲忠孝，那是讲给别人听的，真正牵连进去是要被杀头的，所以人家都不敢理他。张岱的书里有很多对明朝的怀念，作者在世的时候，根本就是禁书，比如《陶庵梦忆》在他死后一百多年才得以出版。张岱相当于是一个政治上的危险人物，在这样的状况里，他用特立独行的方法为自己写出墓志铭，随时准备死亡。

如果没有死亡这个现象，就很难彰显出生命真正的意义和价值，但是在我们的文化里，可能很避讳谈及死亡，甚至连"死"这个字都会尽量避开。张岱却为自己写好了墓志铭，说我知道死亡随时会来临，因此我可以真正好好看待自己活着的意义。这是晚明文学中非常惊人的力量，大家读过张岱《自为墓志铭》的第一段，就会感觉到大概没有人再敢这样写墓志铭，或者是忏悔录。如果我们今天从西方启蒙运动的角度来看，张岱的《自为墓志铭》具有强烈的自我批判性，绝对不输给卢梭、伏尔泰这些人。可是在我们的文化传统中，它不会变成正统，我的意思是说，我们的教科书也不大敢把这样的东西收进去，因为其中有很大的批判性，不止是批判自己，而且从批判自己开始，对整个文化进行了批判。

　　蜀人张岱，陶庵其号也。少为纨绔子弟，极爱繁华，好精舍，好美婢，好娈童，好鲜衣，好美食，好骏马，好华灯，好烟火，好梨园，好鼓吹，好古董，好花鸟，兼以茶淫橘虐，书蠹诗魔。劳碌半生，皆成梦幻。年至五十，国破家亡，避迹山居。所存者，破床碎几，折鼎病琴，与残书数帙，缺砚一方而已。布衣蔬食，常至断炊。回首二十年前，真如隔世。

　　常自评之，有七不可解。向以韦布而上拟公侯，今以世家而下同乞丐，如此则贵贱紊矣，不可解一；产不及中人，而欲齐驱金谷，世颇多捷径，而独株守於陵，如此则贫富舛矣，不可解二；以书生而践戎马之场，以将军而翻文章之府，如此则文武错矣，不可解三；上陪玉皇大帝而不谄，下陪悲田院乞儿而不骄，如此则尊卑溷矣，不可解四；弱则唾面而肯自干，强则单骑而能赴敌，如此则宽猛背矣，不可解五；夺利争名，甘居人后，观场游戏，肯让人先，如此则缓急谬矣，不可解六；博弈摴蒱，则不知胜负，啜茶尝水，是能辨渑淄，如此则智愚杂矣，不可解七。有此七不可解，自且不解，安望人解？故称之以富贵人可，称之以贫贱人亦可；称之以智慧人可，称之以愚蠢人亦可；称之以强项人可，称之以柔弱人亦可；称之以卞急人可，称之以懒散人亦可。学书不成，学剑不成，学节义不成，学文章不成，学仙学佛、学农学圃俱不成。任世人呼之为败子，为废物，为顽民，为钝秀才，为瞌睡汉，为死老魅也已矣。

　　初字宗子，人称石公，即字石公。好著书，其所成者，有《石匮书》《张氏家谱》《义烈传》《琅嬛文集》《明易》《大易用》《史阙》

《四书遇》《梦忆》《说铃》《昌谷解》《快园道古》《侯嚢十集》《西湖梦寻》《一卷冰雪文》行世。

　　生于万历丁酉八月二十五日卯时，鲁国相大涤翁之树子也。母曰陶宜人。幼多痰疾，养于外大母马太夫人者十年。外太祖云谷公宦两广，藏生牛黄丸盈数簏，自余囡地以至十有六岁，食尽之而厥疾始瘳。六岁时，大父雨若翁携余之武林，遇眉公先生跨一角鹿，为钱唐游客，对大父曰："闻文孙善属对，吾面试之。"指屏上《李白骑鲸图》曰："太白骑鲸，采石江边捞夜月。"余应曰："眉公跨鹿，钱唐县里打秋风。"眉公大笑，起跃曰："那得灵隽若此，吾小友也。"欲进余以千秋之业，岂料余之一事无成也哉？

　　甲申以后，悠悠忽忽，既不能觅死，又不能聊生，白发婆娑，犹视息人世。恐一旦溘先朝露，与草木同腐，因思古人如王无功、陶靖节、徐文长皆自作墓铭，余亦效颦为之。甫构思，觉人与文俱不佳，辍笔者再。虽然，第言吾之癖错，则亦可传也已。曾营生圹于项王里之鸡头山，友人李研斋题其圹曰："呜呼！有明著述鸿儒陶庵张长公之圹。"伯鸾高士，家近要离，余故有取于项里也。明年，年跻七十，死与葬，其日月尚不知也，故不书。铭曰：

　　穷石崇，斗金石。盲卞和，献荆玉。老廉颇，战涿鹿。赝龙门，开史局。馋东坡，饿孤竹。五羖大夫，焉能自鬻？空学陶潜，枉希梅福。必也寻三外野人，方晓我之终曲。

　　张岱在开头便说："蜀人张岱，陶庵其号也。""蜀人"说的是张岱的远祖，过去的人习惯说自己祖籍是哪里。"少为纨绔子弟"，我相信很多人不愿意把"纨绔子弟"四个字加在自己身上，因为意思并不好，是说那种家里很有钱，整天不事生产、吃喝玩乐的人。可是《红楼梦》里面贾宝玉出场的时候，曹雪芹就是用"纨绔"来形容他的。曹雪芹也觉得先祖都是有功业的，自己却是个"败家子"，先祖加给他的生命价值他无法完成，也守不住先祖的基业，所以感到很惭愧。但是他追求了自我的性情，对先祖的功业一方面感到惭愧，一方面又进行批判，因为他并不想重复那样的生命意义和价值。下面这部分是人们谈到张岱时经常引用的："极爱繁华，好精舍，好美婢，好娈童，好鲜衣，好美食，好骏马，好华灯，好烟火，好梨园，好鼓吹，好古董，好花鸟，兼以茶淫橘虐，书蠹诗魔。劳碌半生，皆成梦幻。"张岱来自一个有钱的官宦人家，"极爱繁华"，追求享乐，晚明的个人主义和享乐主义其实是结合在一起的。他用了一连串的"好"，其实是巨大的自我批判：这一生回想起来，不过是对美好事物的贪恋。明代很多追求享乐的人也在暗地里喜好这些东西，但自己不敢讲出来，会另外写一些道德文章。可是张岱在亡国之后，突然有一种醒悟，发现自己曾经生活在这么大的欲望贪恋当中，曾经爱好过这么多东西，喜欢住好的房子，喜欢美丽的女用人、漂亮的男孩子、漂亮的衣服、好吃的东西、骏马、华灯、烟火、戏剧、鼓吹弹唱，等等。他还用了"淫"和"虐"两个很重的字来形容自己的喜好，对茶到了"淫"的程度——我们讲到"淫"，常常会认为是在谈性，其实不止是性，所谓的"淫"是耽溺于感官的意思，就是过分爱那些美好的事物。可是，张岱在这样一个繁华的世界里长大，如果他不爱这些东西，他会追求什么？大概就是考试做官了。所以，他放任自己沉浸于肉体上的感官世界，固然是颓废的，但是他大胆地将这些东西直接铺撒出来，其实也是在自我批判的同时表达了一种不屑，表明自己宁可好这些东西，也不要好那些假道德。

这当中存在着一种对比，就是喜好这些东西都比喜好假道德要好。明亡之后，那些讲着礼义忠孝的人往往是最糟糕的一群，事到临头就全跑光了；张岱躲在山里，却还是为反清复明做了一点儿事情的。他从很个人化的对美的耽溺和留恋上去抒发自己的性情，对那些只会讲漂亮话的人，他怀有一种痛恨，说自己不是那样的人。我们如果从正统的文化观着眼，是不太能够讨论张岱的。周作人提出张岱的东西，提出晚明文学，提出这一连串的"好"的时候，引起了很大震动，当时也被批判。但是今天我们谈到张岱，会觉得他是一个非常大胆地去对抗正统文化的人，而所谓的"正统文化"已经作假作得太厉害了。我们用这些"好"来检查一下身边的某些文人，大概没有差太多，他买奔驰车不是和"好骏马"一样吗？张岱或许也觉得这样不对，但他宁可用这些去对抗把人的整个性情都扼杀掉或者变得虚假的状态。

大家读到这个部分可能会感到害怕，会怀疑它到底是不是好的文学，这个"好"的意思是说它是不是对我们的生命有价值。但是如果我们选一些道学文章来讲，你会发现它是八股的，是完全没有生命力的。有了这种对比，你才会发现张岱是在讲真话，他回到了自己，而不是批判别人，不是假道学。他讲喜好的时候就是在忏悔，他的《自为墓志铭》就是一篇很不同的"忏悔录"。

所谓"书蠹诗魔"，是在讲张岱对书和诗的爱好程度。他家藏了三万卷书，甲申国变的时候无法救下来，全部散失，非常令人感伤。"劳碌半生"，却"皆成梦幻"。其实《红楼梦》受到张岱非常大的影响：一切对于繁华和感官的执着与耽溺，在国破家亡之际遭到当头棒喝。好像你读佛经，觉得领悟到了什么东西，但是没有事件发生，所谓的"领悟"可能是假的。当你面对一个自己最亲爱的身体的消失，或者是有巨大事件发生的时候，你或许才能明白所谓"空幻"是什么意思。张岱在有所经历之后写下《自为墓志铭》，发出"劳碌半生，皆成梦幻"的喟叹，自然不同于那些无病呻吟。

"年至五十,国破家亡,避迹山居。所存者,破床碎几,折鼎病琴,与残书数帙,缺砚一方而已。"世家文化尚遗留下一些东西,比如破旧的琴、一点点古董,与前面的繁华形成巨大对比。我们会想到杜丽娘的唱词:"原来姹紫嫣红开遍,似这般都付与断井颓垣。""姹紫嫣红"与"断井颓垣"刚好是两种生命状态,呈现出繁华与幻灭之间的交替。

"布衣蔬食,常至断炊。"一个世家子弟,这时已经到了经常没饭吃的地步。曹雪芹写《红楼梦》写了十年,当时的生活状况也和张岱差不多。他的朋友敦诚劝他好好把书写完,说"残羹冷炙有德色,不如著书黄叶村"。他就是在这样的境况下写出了《红楼梦》。重大的创作有时候是在这种情境里被逼出来的,在这样的状况里,别人说他的东西是好还是不好已经完全不重要了,因为他只是回来面对自己,抒发自己对生命的巨大领悟。我前面特别提到,在文化上,在历史上,没有一个正常人会为了画出八大山人的画或者写出李后主的词去渴望国破家亡,但国破家亡往往会带来巨大的文化领悟。这就像一个人的生命,有些东西会等在某个时刻让你去懂得,文学也并不是当下就能懂得的东西。你读过的某些句子,要在某个事件发生的时候才恍然大悟:原来这个句子是在生命里领悟出来的。石涛所谓"我之为我,自有我在"中的"我"也可以引申到文学当中,说明文学最动人的部分不是文字,而是生命的本体。

张岱自己当然不会在乎《自为墓志铭》是不是好的文学作品,一个人已经到了给自己写墓志铭的时刻,哪里还会管你说它好还是不好,他只不过想在将来的墓碑上留下一些真实的东西,就自己先写好,免得别人乱写。原本是一个歌功颂德的文体,要从八代以前祖上怎样了不起写起的,在张岱这里完全被颠覆了。当然,他也是受到徐渭的影响。徐渭没有经历过国破家亡,但是他愿意面对生命的死亡,于是在四十五岁的时候就用真话为自己写好了墓志铭。张岱先把自己的真实情况讲出来，然后说"回首二十年前，真如隔世"，即所述一切繁华过往，都是二十年前的事了。

接下来这段，张岱一开始就讲"七不可解"，讲自己的茫然，讲自己感受到的生命的迷失。"向以韦布而上拟公侯，今以世家而下同乞丐"，本来是从平民百姓上升为高门世家，可如今世家之人却沦落得好像叫花子一样，这到底是"贵"还是"贱"呢？"贵"和"贱"似乎是对立的，可是张岱觉得自己既"贵"且"贱"：曾经生活富贵，享受繁华，可是在给自己写墓志铭的时候已经几乎卑贱如乞丐了。文学最大的意义在于提出多元文化，只用"贵"或"贱"去观察一个生命，所得都是贫乏的、单调的。一个别人眼中最下贱的妓女，陀思妥耶夫斯基可以写出她生命里最崇高的部分，创作出伟大的文学，只有文学可以实现这种社会一般价值的转换。张岱说"贵贱紊矣"，是因为人本来就复杂。

明代以后，文学对人性的理解不再是单一的。人在面对自己命运的时候，往往会感到非常复杂、非常迷惑，充满了矛盾。晚明很多人是这样的。八大山人是明朝宁王朱权的后裔，可是后来流落民间时就像一个乞丐；石涛是靖江王朱亨嘉的后代，可是四岁时家里被处满门抄斩，他幸而被人带走，后来出家做了和尚。他们到底是"贵"是"贱"，想来自己也搞不清楚。晚明社会的巨大变迁，带来了世家文化的没落，也让出身世家的人有所领悟："贵"的不过是你身后家族的功业，可是你自己生命的意义在哪里？路边的乞丐，你过去会看不起他，可是现在你会思考他的生命是否也自有其意义，他生存的价值在哪里。一个真正好的文学家，也许自己是王侯，可是他会在看到路边一个没有腿的乞丐的刹那，觉得那也是自己。我常常觉得张岱的文学和曹雪芹的文学都有这种"刹那之间"的感觉，就是忽然会在一个与作者完全不同的形象那里看到他仿佛以另外的生命形态出现。张岱的"七不可解",其实是七组矛盾性的对比关系,"贵贱紊矣"是他觉得第一件无法解答的事。

"产不及中人,而欲齐驱金谷,世颇多捷径,而独株守於陵,如此则贫富舛矣",这是张岱的第二不可解。家产比不上中等人家,欲望却堪比坐拥金谷园的石崇;世间有很多捷径可以攀附,可是他却在山里过着孤独的生活,这到底是"贫"还是"富"呢?"贫"和"富"也错乱了。回想这一生,家产几乎荡尽,自己不过是一个隐居的中年男子而已。张岱的"七不可解"给人很大的感慨,我大学的时候读这篇文章,不是很懂,后来慢慢感觉到他是在讲我们的社会一直在定贵贱、定贫富、定这定那,可是真正的人性价值和意义与贵贱贫富是无关的。贫与富的舛谬,贵与贱的紊乱,可能是一个人思考的真正起点。

第三个"不可解"是"以书生而践戎马之场,以将军而翻文章之府,如此则文武错矣"。明明是书生,却能带兵打仗;身为将军,却能操弄文墨,文武也错乱了。贵贱、贫富、文武,仿佛是泾渭分明的东西,但在张岱这里都成为了困惑。

第四个"不可解"是"上陪玉皇大帝而不谄,下陪悲田院乞儿而不骄,如此则尊卑溷矣"。可以与至尊之人来往,却一点儿都不谄媚,因为他不觉得这些人比他高贵;也可以和悲田院(收容贫民、乞丐的场所)里最穷苦的乞丐相交,但在这些世俗眼光中的"卑贱之人"面前却毫不骄矜。大家请注意这里的"谄"和"骄"。在社会里,我们常常会巴结一些人,看不起另一些人;崇拜某些人,同时觉得有人比我们低下,可是张岱发现这个价值观是错的。那些贵族并不是他想巴结或者谄媚的对象,而自己的生命可能还不如一个乞丐更有尊严,这又是一个颠倒。我们今天总讲"颠覆",其实晚明文学真正在做颠覆的工作,把贵贱颠覆,把贫富颠覆,把文武颠覆,把尊卑颠覆——在《四声猿》里,徐渭甚至把性别都颠覆了。

第五个"不可解"是"弱则唾面而肯自干,强则单骑而能赴敌,如此则宽猛背矣"。软弱的时候,有人向他吐口水,他都不去擦,让它自己慢慢干掉;但他又敢于一个人面对敌人,这样的人能说他很弱吗?强弱也互相违背了。这里我们还可以对"弱"和"强"做进一步的解读。有的人性格宽容,别人怎么侮辱他都不生气,这时他服膺的大概是某种真理,认为对方对事不对人,所以唾面自干也没有关系;但如果事情本身有问题,他也可以独自迎战强敌。张岱把我们日常生活里的价值系统整个颠覆了,这种颠覆对我们的启蒙是非常重要的事情。因为我们生活在传统之中,身上都有太多世俗灌输给我们的价值标准,有时候很难跳出来看待一个生命。

大约在二十年前,一名中国留学生在美国艾奥瓦州枪杀了十几个人,其中包括所有参加他论文答辩的教授。这不仅仅是一个刑事案件,里面也涉及这名中国留学生的心理状态,于是有位作家就到当地做了很多调查。最让我感慨的是,和他认识的西方人都说他平常很温和,有时候会买中国食物给自己吃;受访的中国人却都说自己早知道他是一个凶手,说这个人如何如何坏。这是作家没有料到的,后来他就探讨为什么会有这个现象。其实这里面有文化因素。西方经历了启蒙运动,人们会针对个案本身来谈;而我们习惯于宿命论,坏人从来就是坏人,他所做的每件事都会被解释成坏的。这和张岱讲的"七不可解"是相关的。直到今天,我们还是不太敢面对张岱的问题,因为社会价值体系是基本固定的,人很难从其他角度去看事情。这种固定的价值观会使整个文化越来越僵化,而对生命个体的讨论则少之又少。我们的文化里需要改革的恐怕就包括这个部分。

我恍然想到自己的成长年代中有一件非常可怕的事情:我所有的作

文几乎都是先有结论的。无论写什么主题，最后都会引向确定的结论。但是，一开始就有结论的东西一定没有思考，因为它没有观察的过程。张岱的"七不可解"颠覆了社会中看似牢不可破的价值观，这很重要，但他又不告诉你应该是什么。如果你很心急，阅读文学是为了立刻知道明天要怎么做人，那读完张岱也还是不知道。因为张岱告诉你做人是要自己去摸索的，不是谁直接灌输给你的，他只是把贵贱、贫富、宽猛这些固定的概念打破。你觉得茫然了，但是茫然的状态才是思考自我的开始，等待别人给予生命的真理，并不是真正的觉悟。我们后面会谈到，五四运动以后的文学试图要做的其实也是这件事。好的文学在它产生的时代经常不能被接受，因为它讲出了真话。文学真正的价值在于揭发人性的真实面，我们在读张岱《自为墓志铭》的时候，真的会越读越害怕，因为明白了"一不可解""二不可解"等等是在颠覆我们固定的价值观。

第六个"不可解"是"夺利争名，甘居人后，观场游戏，肯让人先，如此则缓急谬矣"。大家都在争名争利，都在抢，可是张岱从来不去争这些东西，该是他的他也算了算了，连游戏都让别人先玩。就像在今天的社会里，人们会觉得赶快把某只股票或期货买下来比较重要，或者要应付高考，而你却告诉别人哪里花开了，哪里的戏很好看，心思都在这些"不重要"的事情上，张岱就是这样。以社会正统的价值观来看，他大概是一个不肖子吧，于是就做了这样一番忏悔。他在想自己到底是什么样的人，是不是应该受到责备。

第七个"不可解"是"博弈摴蒱，则不知胜负，啜茶尝水，则能辨渑淄，如此则智愚杂矣"。赌博不知道胜负，却能够分辨来自不同河流的水的味道，似乎是该精明的地方不精明；而别人觉得无关紧要的小事，他却会细细品尝，因为他就喜欢那些东西。

从世俗的角度来看，张岱就像个疯子一样，可是如果转换一下角度，你就会发现"七不可解"反映的正是他的真性情。他不肯违背自己的性情，不肯舍弃自己认为重要的东西。我出去旅行的时候，会带一块石头回家，朋友问我会不会担心家里的艺术藏品被小偷偷走的时候，我就说："我从来没担心过那些昂贵的字画，但是好怕那些石头被拿走，因为它们代表着记忆。你会记得它是你从贵州或者什么地方带回来的。"我当时要拿某块石头，朋友还把袜子脱掉，说"帮你包起来"。你自己觉得某个东西很重要，可是讲出来以后，朋友却在笑：奇怪，一个石头你觉得很重要。这种情怀很奇怪，你没有办法从世俗意义上解释它。我第一次被父亲骂，就是因为从花莲带了一旅行袋海边的石头回家。他觉得很奇怪，你第一次去花莲，别的什么都没有带，怎么只带回一大堆石头。可是直到现在，我还是觉得最让我震动的正是那些石头。张岱或许也会想自己是不是一个怪人，却不能违背自己的本性——他作为独立的人的特征。

"七不可解"讲完了，他不知道自己到底是什么样的人，所以说"自且不解，安望人解？"——你自己都理解不了，还希望别人理解吗？当然，他对此也没有什么抱怨，只是自己回去检讨、忏悔，得出结论："故称之以富贵人可，称之以贫贱人亦可；称之以智慧人可，称之以愚蠢人亦可；称之以强项人可，称之以柔弱人亦可；称之以下急人可，称之以懒散人亦可。"其实我们自己身上何尝不是智慧和愚蠢并存的，但是往往只会夸张其中一面。就像我小时候，母亲永远只跟人家说我儿子的文学多么好，永远不敢跟人家说我的数学有多坏，因为她觉得那令她很羞耻。张岱却提出，其实这两部分都是你的样子，只是一体两面，并没有好坏之别。

"学书不成，学剑不成，学节义不成，学文章不成，学仙学佛、学农学圃俱不成……"我们大概不敢在墓志铭里把自己讲到这样一事无成的程度。张岱的"一事无成"里有一种好大的苍凉，自己的生命似乎被荒废了，但是回头面对自己的时候，又感到毕竟没有违背自己的真性情。学书、学剑都是半吊子，什么都很喜欢，什么都想去碰一碰，其实他是热爱自己的生命，呼应了前面的"好精舍，好美婢，好娈童，好鲜衣"等各种"好"。虽然别人眼中那些正统的东西都学不成，但是张岱愿意在墓志铭上留下这样一个忏悔的记录，这使得他成为了在我们的文化中明确标举出负面意义的人。

"巴洛克运动"中有一个非常重要的画家叫卡拉瓦乔，他就是一个颠覆者。比如，在传统观念里，大卫是伟大的、勇敢的、正义的、俊美的，所有的好都在他这边；被他打败的歌利亚则是邪恶的、有罪的、败坏道德的，集合了所有的坏。多数艺术家都希望自己是大卫，比如贝尼尼、米开朗琪罗都塑造了大卫迎战歌利亚的形象，表示这邪恶的力量是被自己打败的。但卡拉瓦乔却把歌利亚的脸画成自己的样子，他问自己："我哪里是大卫？我也不勇敢，也不俊美，也不正义。其实我有很多欲望，有很多败德的地方，我为什么不是歌利亚？"这张画现在保存在罗马的博物馆里。我们总是不敢面对生命的另外一个部分，不敢面对自己的"歌利亚"，其实"大卫"和"歌利亚"可能都是人性。

所谓"学节义不成"，一方面是因为当时的"节义"已经变得虚假，一方面是说自己在国破家亡之际，没有依照受到的教育去自杀殉国。但自杀也不是很容易的，有的人自杀了又没死成，比如陈洪绶（老莲），后来就改了个号叫"悔迟"。这里面其实有一点儿悲剧性，就是感觉到自己不是一个完美的人，有这么多弱点。教育一直告诉我们要做完美的人，可是如果我们不去面对自己不完美的部分，文学就变成假的了。不完美是文学的重点，伟大的小说都会写到人性的不完美处——《金瓶梅》里的生命不完美，《红楼梦》里的生命也都是有欠缺的。感动我们的文学常常是大胆面对了生命不完美的状态，并由此激发出我们对完美真实的渴望。

明代的知识分子手不能提、肩不能挑，就是读书、学写八股文、考试做官，一旦做不成官，便"百无一用"。"学书不成，学剑不成，学节义不成，学文章不成，学仙学佛、学农学圃俱不成"这一串，其实也是对这种"废物"状态，即当时文人教育负面影响的控诉。张岱对自己的批评也很严厉："任世人呼之为败子，为废物，为顽民，为钝秀才，为瞌睡汉，为死老魅也已矣。"晚明文学有非常奇特的力量，我常常会把张岱的《自为墓志铭》拿出来看，自问能不能更突破一点儿，更真实一点儿。前面有这么精彩的创作者，其实你会害怕，会想问画画、写诗这些到底是在做什么。如果不能面对生命中真实的自我，那创作其实就没有意义了。但是张岱在这两段文字里清清楚楚地告诉后人，自己是一个什么样的角色，而且对自己一点儿都不容情。徐渭、张岱、曹雪芹其实都在这个系统中，我称之为我们文化中的"启蒙运动"。这是一个自我觉醒的过程，但长期没有获得重视，因为正统文化的压力太大了。

下面一段讲张岱哪一年生，有什么作品，小时候生病吃什么药，还有一位眉公先生，即晚明文学家陈继儒。他忏悔了一番之后，突然写到自己曾是一个"神童"，对此大概是带着一点儿得意的。这件事在《绍兴县志》里也有记载。张岱六岁的时候，跟着祖父张汝霖到杭州，遇见了骑着一头鹿游至此地的陈继儒。陈继儒对张汝霖说："听说你的孙子非常聪明，擅长吟诗作对，我现在要当面考考他。"他指着屏上的《李白骑鲸图》出了上联："太白骑鲸，采石江边捞夜月。"传说中，李白曾骑鲸游访海外仙岛，"采石江边捞夜月"用的则是李白在采石矶醉酒后跳入水中捞月亮的典故。张岱答道："眉公跨鹿，钱唐县里打秋风。"言辞间用了很活泼的民间俗语调侃陈继儒，说他骑着一头鹿跑到钱塘来，一家一家地做食客("打秋风")。陈继儒一听,很开心,说这么聪明的小孩,"吾小友也"。

张家四代基本上都是文人,但不是很刻板的那种。徐渭犯了杀妻之案,被关到监狱里,其他人躲都来不及,但张元忭不仅去探望他,还想方设法营救,可见张家是一个比较浪漫、比较自由的文人家庭。他家交往的朋友也不乏这样的人,比如这位能够将六岁的张岱当作"小友"、当作平辈的眉公先生。但想起陈继儒"欲进余以千秋之业"的厚望,张岱却不禁叹道:"岂料余之一事无成也哉?"想想童年的这段经历,再看看现在的自己,这一生好像什么事也没有完成。可是大家如果去读读他的《陶庵梦忆》《西湖梦寻》等等,或许会有些不同的想法。张岱堪称晚明大家,留下来的东西这么多,可是他竟然在《自为墓志铭》里说自己一事无成。这里面当然有一个意思是说,在中国的正统文化里,文人必须要去做官,必须要有功业,才叫有成就;而自己永远在贪恋那些美好的事物,所以觉得有些惭愧,要在"忏悔录"里批判自己。

文学的性情

晚明文学到了张岱这里,其实是一次"大检讨"和"大整理",并渐渐形成了文学的"伏流"。虽然之后的读书人还是会努力地把自己削来削去,削成政府需要的样子,但是这股"伏流"使得张岱等人在功名事业之外保留了文化的创造力,虽然生活很苦,虽然在世的时候会非常孤独——张岱生前所有文集都没有机会印行,要很久以后才能被这个世界了解。如果真的有所谓"千秋之业"的话,其实是这些东西,一旦被了解,就变得很重要。到五四运动的时候,他被标举为中国最早的新思想的启蒙者,不断被讨论。《红楼梦》也是如此,"隐藏"了那么长时间，在新的世代来临的时候，它才"发生"了真正的意义。文学和艺术创作在对抗时代中僵化的形式的时候，会不断地将真正活泼的生命的血泪释放出来，这也是我会特别选讲张岱的《自为墓志铭》的原因。

从《诗经》一路读下来，一方面我们喜欢这个文学传统，另一方面越到后面我们就越会发现，文学必须回到自己身上来，它是有性情的。如果我的中学老师曾经用自己生命的情绪为我讲解过一首词，或者一首曲子，我到现在都会记得；可是如果他只是训诂句读，其实我很快就忘掉了。因为对于一个正在成长的孩子来讲，他不会那么在意形式和技巧，他真正得到的东西是性情上的开发，或者说将来如何使自己的生命发亮。回想起自己当年上过的语文课，讲的到底是文学还是人的风范？形式的东西讲一讲大概也就是如此，当然它会有诗、词、曲的变化，可更重要的是人内在的自我和厚度，这部分必须要完成。尤其是现在这样一个社会，信息太发达了，年轻一代接触了很多新的东西，对古典文学的解读如果不能与现实生命相呼应，很多人就无法进入状态。

后面我们会谈到晚清和民国文学的改变，它甚至是一场社会革命。从梁启超到胡适，他们并不只是关心文学本身，更希望文学和社会有一个对话的可能。用什么角度重新去看杜丽娘？用什么角度重新去看李逵、鲁智深、林冲？用什么角度重新去看薛宝钗、贾宝玉？我们在读《红楼梦》的时候，好像越来越不喜欢薛宝钗，可是她做错了什么事吗？没有，她从头到尾都是一个非常得体的人，从来不得罪任何人，讲话永远不出错。可是为什么你好希望贾宝玉和林黛玉在一起，而不是和薛宝钗呢？其中隐含的东西实在是非常有趣。薛宝钗是现实中的成功者，非常聪明。她想出了改善贾府经济状况的点子，探春很佩服，要去公布，她却不让对方说是她想出来的。小说有趣的地方就在于它刻画了人性，而你喜欢的人物常常是经受了挫折和失败的。我们在现实中大多扮演的是薛宝钗，可是心里有一个部分没有得到满足，那个部分会喜欢林黛玉，会觉得她更接近自己真实的性格。你甚至会发现《红楼梦》中的每个人都在你身上，我们有薛宝钗的部分，有史湘云的部分，也有袭人的部分。

又比如《红楼梦》中的贾瑞，你很难界定他到底是好人还是坏人，是一个高贵的人还是一个下贱的人。我常常以他做题目，让学生评价这个人物。有的学生就说他好下流，是个好色之徒，想勾引王熙凤，却落入王熙凤设的"相思局"，最后死得很难看。可是我对学生说："你再去看贾瑞那两回，有没有一个男子爱恋一个人到那样的程度，晚上那么冷，他躲在那里发抖，可就是要等王熙凤过来。你从另外一个角度看，会不会觉得他很痴情？"我的意思是，其实你很难界定一个人，贾瑞既是最尊贵的，又是最卑贱的。有人说不同的年龄读《红楼梦》会有不同的感受，过去我不相信，现在发现真的是这样。第一次读的时候，就觉得贾瑞简直是最低级的色狼，可是慢慢地会感受到那种痴，那种无奈——那种欲望的无奈真是很惊人。你打开社会新闻，都是这样的故事，都是贾瑞，薛蟠也很多，其实没有几个贾宝玉。你会感觉到曹雪芹真是了不起，用了两章的篇幅去写这样一个人。

有时候，我们不能接近文学的原因在于我们的价值观太固定，而文学世界恰恰不是一个拥有固定价值观的世界。文学价值观与政治不同，与法律不同，与世俗道德不同，它恰好是对法律、道德的弥补。被判死刑的人会成为文学中的主角，比如窦娥。杜丽娘思春，在明代的礼教之下是不对的，是不道德的，可是汤显祖把她写得那么感人，为什么？因为人性，只要是合于真实人性的部分，首先应该被尊重、被包容。一个社会是不是成熟，对人性的了解程度如何，其实观察它的小说就够了。当年梁启超等人注意到欧洲社会中小说的影响力，可是中国的小说却只是在民间发展，并不为知识分子所看重。其实直到现在，我觉得我们的知识分子读的小说也并不多，仍然认为那是闲书，其实不然。阅读小说是一个非常重要的理解人性的过程。当有学生拿邱妙津的《蒙马特遗书》给我看的时候，我真的吓了一大跳，要向他们道谢——如果不是他们，我不会去接触这样一个二十六岁时自杀的女孩子的书。她在台湾长大，应该是我的学生辈，先入台大心理系，后到法国读博士。《蒙马特遗书》让我们看到一个优秀的知识分子最后无法自处的状态，她没有办法面对自己生命的真实面。

　　我有一点儿担心，因为前面我们一直在谈的好像都是文学史，可是我不希望仅仅是这样。我更希望文学能够在我们的生命里发生作用，使你对人有更大的包容，从不理解到理解。过去的"理解"可能是错的——这个人贵，那个人贱，这个人贫，那个人富，这个人勇敢，那个人懦弱，经过"不理解"以后，不再随便判断他人，这是真正理解的开始。你或许会发现一个高贵的人身上有非常低级的部分，一个看起来很卑微的人身上有非常崇高的部分，一个极其贫困的人身上有很富有的部分，一个很富有的人身上有极其贫穷的部分。这是为什么我说"七不可解"非常重要，张岱从检点自身开始，提供了七个不同的看待人的起点。

　　我们要通过文学一次一次地提醒，一次一次地去呼唤生命中最内在的东西。如果大家从这个角度再回头去看张岱所讲的"七不可解"，不知道会不会有些新的想法：它为什么这么重要？为什么从五四运动到二十世纪三十年代人们会不断地把张岱的《自为墓志铭》拿来讨论？它里面隐藏了一些什么东西？其实真的值得好好考量。武断地对生命下判断是一

第五讲　唐寅、徐渭与张岱

件非常危险的事情，因为生命没有那么简单。

　　法国作家加缪写过一部很有名的小说——《局外人》。主人公的母亲去世了，他收到告知这件事的电报，说时间可能是今天，也可能是昨天。母亲生前被他放在养老院，他自己则花天酒地的。陪灵的时候，他和别人抽烟、聊天，也没有哭，便将母亲埋葬了。之后不久，他就和女朋友跑到北非的海边去玩。一个阿拉伯人抽出刀向他挑衅，他很害怕，情急之下向对方开枪。阿拉伯人死掉了，主人公被抓起来，判了死刑。审问的时候来了好多证人，有说他在丧礼上没有哭的，有说他还有心思抽烟的……因为他是一个凶杀犯，所以法庭要找很多"证据"来证明他是一个十恶不赦的坏人。他最后被判死刑，大家都很安心。加缪作为一个哲学家，就来探讨如果没有杀人事件，那是不是就不会有人用前面那些事件去证明主人公是不对的。道德常常是简单的二分法，可是事实上人性不是这么简单，好和坏有时候并不绝对。一位神父要替主人公做临终弥撒，被他拒绝了。主人公醒来的时候，满天都是星星，他发表了一段很长的生命独白，是全书最动人的部分。加缪用这样一部小说写出了人性的复杂，自从他获得诺贝尔文学奖后，这部作品一直被讨论。而张岱对人性的探究却没有真正得到发展，我觉得非常可惜。

　　我有一点儿担心大家会觉得我举的例子好像都是负面的，我的考虑是负面其实很重要，如果一个文化只看正面，只看"大卫"而不看"歌利亚"，是非常危险的。如果没有面对负面情况的能力，一到事件发生就会束手无策，反而会导致真正的文化危机。可是如果面对过丰富的人性，在事件发生的时候，往往会有一种宽容和担待，这个时候我们才会知道文学真正的意义和价值在哪里。

　　后面我们讲到《红楼梦》的时候，你会发现人性的差异好大，但是作者竟然能够以一视同仁的态度去描述每一个生命。《红楼梦》就像是一部纪录片，作者将自己隐藏在镜头后面，去拍摄各个生命的状态。有一句话或许可以用来表述它的美学，即"船过水无痕"——水的包容力是最大的，船过去以后，水是没有痕迹的；你的心灵永远清明，人事来来去去，爱也好，恨也好，却伤害不到你。

第六讲

《红楼梦》：青春王国

文学史的期末考

我们对整个中国文学的欣赏渐渐接近尾声，接下来我会用比较多的篇幅跟大家谈一部小说——《红楼梦》。《红楼梦》有点儿像文学史的期末考试，诗词歌赋，任何一种文学形式，大概都可以在《红楼梦》里找到。我常常觉得，如果对整个汉语文学的传统有兴趣的话，不妨反复阅读《红楼梦》，在里面可以接触到的文化资源实在是多得不得了。

现在《红楼梦》已经不仅是文学史上的课题，而且已经成为一门单独的学问，即"红学"。对"红学"影响很大的一个人物是胡适，他找到了《红楼梦》的"程乙本"。

《红楼梦》在清代被创作出来之后，一直以手抄本的形式在民间流传。手抄本通常不太完整，有的时候甚至只有全书的片段。《红楼梦》的各种手抄本流落到旧书摊或者卖旧纸的地方，散失了很多。民国初年，很多学者重视《红楼梦》，开始搜购这些手抄本，与刊行本《红楼梦》进行比对。所谓的刊行本《红楼梦》，就是用木刻活字排印的版本。

第一个活字本是乾隆五十六年由程伟元刊刻的，全书为一百二十回本，其中后四十回是一个叫高鹗的作者补作的。这个版本我们称为"程甲本"。乾隆五十七年，程伟元再一次刊刻《红楼梦》，可见当时很多人喜欢这部小说，第一次印的很快就卖完了。第二个版本校订了"程甲本"

的很多错误，就是后来我们所说的"程乙本"。

《红楼梦》从手抄本到活字印刷版本的过程，在版本学上非常复杂。曹雪芹创作的八十回和高鹗补写的四十回之间其实存在着很大的不同，但因为时人只把《红楼梦》当成一部小说来看，只是茶余饭后的消遣，没有人很正经地去研究它或者考订它，所以在很长一段时间里人们其实并不了解这部作品。张爱玲很排斥高鹗补写的四十回，她曾说《红楼梦》读到第八十回之后，总是觉得如同嚼蜡，一点儿味道都没有。

我们现在读起来也许不会觉得差别这么大，可是如果大家真的对文学有兴趣，愿意去了解细节，多读几遍，就会发现前八十回与后四十回的不同，里面有非常多生活的细节，不像在写小说。一般来说，小说里有主角、有故事，譬如以薛宝钗、贾宝玉、林黛玉作为主角，故事就应当以这三个人为主体发展，但你会发现前八十回里常常散开去谈其他的事情，这与中国传统的话本小说有很大关系。我一再强调《红楼梦》虽然是一部直接创作的小说，可实质上是"仿话本小说"。什么叫作"仿话本"呢？《水浒传》《三国演义》《西游记》等作品，起先都是说书的人、讲话的人说给大家听的故事，是真正的话本，因为没有人把故事写下来。《红楼梦》是曹雪芹真正写出来的故事，但是他模仿了话本的形式，采用章回体，而且章回结尾还有类似"各位看官，欲知后事，且听下回分解"的话。可是，请注意，《红楼梦》不是说给人家听的，而是直接写出来的，我们称它为"仿话本"。所以，我们可以说它是中国文学史上第一部模仿话本的文学形式、用手写创作出来的重要作品。

好的小说和不好的小说之间很大的差别在于，不好的小说通常会急切地把故事告知读者，而好的小说真正要给读者的很可能并不在于故事本身，它要借着故事传达很多人生的现象。所以细节越多的小说越耐读，而且可以反复地读，因为它在讲现象，而现象不是意见。我不知道大家能不能分得出来，比如，我们看到一个社会新闻，里面有个人很坏，欺负另一个人，这就不能叫小说，因为它只是个"事件"；我们通常讲的"现象"是说，细节描述越多，你越会发现自己没有办法随便判断哪一个人是好人，哪一个人是坏人。张岱在《自为墓志铭》中曾用"七不可解"打破了七种对立关系，包括贵贱、贫富等，他认为人生不是那么单一的，不是说这个人一定高贵，那个人一定下贱。在小说里，很可能"低贱者"表现出了高尚情操，而"高贵者"则表现得很下贱，它是混合的。好的文学家才能看到这个部分，并在作品中进行呈现，《红楼梦》可以说是第一部把这样的人文情怀真正传达出来的作品。

此系身前身后事

曹雪芹家原本是一个大家族，他上面几辈人都曾担任"江宁织造"。"江宁"指的是今天南京一带，"江宁织造"是那个地方管理皇帝及贵族所用丝织品织造的官员。"江宁织造"的品级并不高，却是一个肥缺，我们可以想象曹家曾经富有到什么程度。据说康熙皇帝（也有人说是顺治）两次南巡就是由这个家族接驾的，而且还住在他家。当时，担任江宁织造的是曹雪芹的祖父曹寅。

《红楼梦》里面最重要的大园林叫作"大观园"，是为了迎接贾宝玉的姐姐、皇帝的贵妃贾元春回家省亲而建造的别墅。一般认为这里面有曹家以私宅为皇帝接驾的影子，当然那是曹家的极盛时代。可是担任这种官员很容易得罪当朝，因为他太富有，很多人想抢这个肥缺。到了曹雪芹这一代，整个家族就没落了。

曹雪芹晚年住在北京西山，那里现在有一个非常朴素的曹雪芹纪念馆。当初曹雪芹住在这个地方的时候，可以说是在非常艰苦的状况下进行写作。整个家族败落之后，他必须要靠别人救济度日，他想把自己的一生做一些记录，于是开始写《红楼梦》。《红楼梦》最早叫作"石头记"，我们简单说一下《红楼梦》书名的演变过程。

"石头记"是曹雪芹自己定的名称，因为他一开始并没有直接写自己家族的故事，而是从"女娲补天"的神话写起，这个神话的部分可能也是《红楼梦》里面最重要的部分。

这是一个传统的神话故事，大家可能都听过，还会用它来解释为什么在夏天的晚上我们往西边看的时候会看到晚霞，那就是女娲补天用的五彩石的色彩。可是这个神话故事其实有比较复杂的寓意。首先就是女性所扮演的角色。在神话所描述的时代，男性常常扮演挑起战争的角色，而女性则扮演了某种弥补的角色，比较具有安慰性。早期的男性神，比如夸父，比如后羿，个性都比较阳刚，追日或者射日，都是比较有征服性和侵略性的行为。具有代表性的一个女性神则是精卫。精卫本是个小姑娘，名叫女娃，在过海时被淹死，她痛恨那海，就变成精卫鸟，用自己小小的嘴巴衔着小石头、小树枝去填海。这一类的神话叫作"女性神话故事"，比较委婉，里面有女性的哀痛和委屈，然后用补偿的方法去安慰生命里面的哀怨。

于是，我们看到曹雪芹非常巧妙地采用了女娲补天的神话故事作为自己作品的开端。《红楼梦》里面说："列位看官：你道此书从何而来？说起根由虽近荒唐，细按则深有趣味。"接着，曹雪芹讲到《红楼梦》故事是从"大荒山无稽崖"开始，"原来女娲氏炼石补天之时"一段，就是前面提到的那个神话故事。女娲氏于大荒山无稽崖炼石补天，"大荒"是时间还没有开始的状态，"无稽"是无可考证的意思，所以"大荒山"是时间开始之前的山，"无稽崖"是不可考证的悬崖。女娲在大荒山无稽崖炼成"高经十二丈、方经二十四丈顽石三万六千五百零一块"，一年有三百六十五天,"三六五"正是一年的天数。所以,这里讲"三万六千五百"其实是在讲时间;女娲炼的其实也不是石头,而是时间。曹雪芹用十年时间写了《红楼梦》,所以"三万六千五百"这个数字也暗示了他自己和时间的关系。然后,他特别讲到"娲皇氏只用了三万六千五百块,只单单剩了一块未用,便弃在此山青埂峰下"。一般认为青埂的"青"是"情"的暗喻。《红楼梦》的故事不是由人世的故事讲起,而是从大荒、无稽、青埂三个神话寓言开始。

这里最有趣的一点是三万六千五百块石头都有用处,都被拿去补天了,只有一块"无材可去补苍天",它就是后来贾宝玉的来源。到这里,我们就明白了为什么曹雪芹用一块没有用的石头作为故事的起始。张岱在《自为墓志铭》里面说自己一生"一事无成",和《红楼梦》异曲同工,都是将自己(主人公)描述成无用之人。

《红楼梦》一开始对全书的交代是非常具有自传性的。第一回里,作者自云"曾历过一番梦幻",这是说他经历过一番人世沧桑,就像张岱,年轻的时候那么富有,享受繁华,可是四十八岁时却遭遇国破家亡。曹雪芹经过一番梦幻后,将真事隐去——请注意,《红楼梦》开头有一个重要人物叫"甄士隐",这是一个双关语,"甄士隐"即"真事隐",就是真正的事情已经隐藏掉了。还有一个人的名字叫"贾雨村",意思是"假语村言",就是借用乡野众人之口来流传这个故事。全书最重要的一个家族是贾家,可是事实上也是甄家,这个"假"其实是在讲"真",贾宝玉在太虚幻境所见联语的上联"假作真时真亦假"就是这个意思。我们可以在书里发现很多这类语言上的双关。曹雪芹开言便讲神话的原因,就在于这个神话听起来是假的,是荒唐之语,可是它同时又把真正的寓意隐藏在了其中。所以,他"将真事隐去,而借'通灵'之说,撰此《石头记》一书也。故曰'甄士隐'云云。但书中所记何事何人?自又云:'今风尘碌碌，一事无成，忽念及当日所有之女子，一一细考较去，觉其行止见识，皆出于我之上。何我堂堂须眉，诚不若彼裙钗哉？实愧则有馀，悔又无益之大无可如何之日也！……'"徐渭也写花木兰，写女状元，中国女性思想的萌芽非常奇特的一点，就是它出现在一些开明的男性作者身上，他们认为男子是大不如女子的。曹雪芹讲自己为什么要写《红楼梦》，是因为他自己虽然"一事无成"，但一生中碰到的女子都非常精彩，如果因为自己一事无成而使这些女子的故事得不到流传，他会觉得对不起她们。他写这本书就是为了流传女子的故事，全书除了贾宝玉以外，大部分在描写女性，精彩的都是女性。一开始，就是女性神女娲炼石补天，而他自己是那块没用的石头。这里完全延续了晚明徐渭、张岱一脉的思想，构成了《红楼梦》的奇特架构，也可以看到在一个父权、男权、君权非常强大的时代里，最早觉醒的其实是男性。这些人开始意识到文化中最优美的部分体现在女性身上，而不是男性，从而产生了忏悔、自责的心理，着力去展现女性的价值。

他继续说："当此，则自欲将已往所赖天恩祖德，锦衣纨绔之时，饫甘餍肥之日，背父兄教育之恩，负亲友规训之德，以至今日一技无成、半生潦倒之罪……""背父兄教育之恩"是说父兄要他做官，他没有做成；"负亲友规训之德"是说亲戚朋友要他做的事情，他也多没有做，所以一事无成，生活潦倒。这完全是张岱"忏悔录"式的形态。

所以，他把这样的一生"编述一集，以告天下人：我之罪固不免，然闺阁中本自历历有人，万不可因我之不肖，自护己短，一并使其泯灭也"。从这里可以看出《红楼梦》其实是一部自传。可是自"程甲本""程乙本"出现并在民间流传后，大家谈起《红楼梦》，并不把它当成曹雪芹的自传，因为在中国传统文化的背景下，没有人觉得写几个女孩子是重要的事。

关于《红楼梦》的写作意图还有其他一些说法，完全是在讲政治。

比如，说贾宝玉是顺治帝，林黛玉是董小宛，书里很多暗喻都是为了讲反清复明。中国"文以载道"的传统太长了，如果一部作品没有伟大的主题，人们就不承认它是伟大的文学，而"伟大的主题"是什么呢？是反清复明这种。你写身边的几个女孩子，其中还包括丫头，怎么可以叫作"伟大的文学"？大家喜欢读《红楼梦》，可是读后告诉别人"很好看"的时候，会觉得不好意思：怎么会喜欢这种闲书？所以一定要讲这不是闲书，这里隐藏了什么，你看史湘云是在讲谁，另一个人又是在讲谁。也有人说《红楼梦》是套用了清初大词人纳兰性德的家族故事，把一个很大的框架套在这部书上。这样一来，曹雪芹讲的"荒唐"二字，反而没有人懂是什么意思了。"荒唐"就是说本来没有什么伟大，没有什么了不起，只是很荒谬的事情罢了。胡适认为《红楼梦》是曹雪芹的自传，没有任何上面说的那些寓意。所谓的"真事隐"，隐藏的只是他自己家族的故事，转而用虚构的方法来讲述，于是形成了《石头记》。

受到佛教影响以后，中国文化里相信任何物体——哪怕是一支笔、一块石头——都是有生命的，就像希腊神话或者东方神话中相信任何物体本身是有灵的。这块"无用"的石头被丢在大荒山无稽崖青埂峰下，经过雨露变化，经过几世几劫，不断地自我修炼，最后修成了男身，幻化出人形，成为赤瑕宫的神瑛侍者。他到灵河岸边游玩，遇到了一株仙草（绛珠草），看到它因为天大旱而没有雨水滋润，就以很大的悲悯之心去浇灌它。后来，绛珠草"既受天地精华，复得雨露滋养"，修成了一个女身，即绛珠仙子。此时，神瑛侍者已经下凡到人间历练，绛珠仙子认为自己曾受他雨露之恩，应该跟随到人间去还他的水，就是眼泪。林黛玉就是绛珠仙子托生，所以她整天都在哭，又讲不出理由，其实就是在将该还的眼泪还掉。他们各自回到天上后，仍是石头和草木，所以

《红楼梦》里一直在讲"木石前盟"。而薛宝钗有一个金锁，贾宝玉生下来的时候口中含了一块玉，所以有人说薛宝钗和贾宝玉应该结婚，是为"金玉良缘"。可是，贾宝玉和林黛玉却有神话故事里的前缘——"木石前盟"，必须要了结。整部书都在讲"金玉"和"木石"，金玉是美的，是华丽的，石头修成了玉，可是玉的本质是最朴素的石头，所以它还是惦念自己与木的缘分，而不是金。

贾宝玉是石头幻化的，他后来也回到了大荒山无稽崖下，把自己一生的故事全部刻在这块石头上。这块石头是神话里的石头，可大可小，空空道人经过，读到了上面的字，非常感动，就把它整个抄录下来，并将《石头记》改名为"情僧录"。《石头记》是讲天上的故事，而《情僧录》是和尚（空空道人后易名为"情僧"）把它带到了人间转述。也有人说因为宝玉后来出家了，可是还记得自己出家前所有的人世间的情爱，并将它传流下来，就变成《情僧录》。《红楼梦》第五回讲到"太虚幻境"，希望大家不仅把这部书当作爱情故事来读，而是要有所警戒，因此又有名为"风月宝鉴"。

《红楼梦》这个名字是由贾宝玉所居住的怡红院的"怡红"二字而来的。从《石头记》到《情僧录》，再到《风月宝鉴》和《红楼梦》，大家可以大概了解这部书名字的改换情况。但严格来讲，《红楼梦》现在仍是未定稿，很多人还在继续搜寻它的手抄本。

"脂砚斋本"出现以后，俞平伯曾将不同版本中的评语辑录成书。"脂砚斋"的名字很有特点，"斋"是书房，而"脂"是女孩子化妆喜欢用的"胭脂"，于是我们恍然大悟：《红楼梦》里的贾宝玉不想读书做官，却最爱吃女孩子用的胭脂。所以，"脂砚斋"三字和《红楼梦》中的描述其实是有关的。脂砚斋在书上做了很多评注，有很多感慨，令人觉得他才是真正经历过家庭极盛的人。有人因此说《红楼梦》讲的是曹雪芹某一位叔叔的故事,但并无定论。总之,《红楼梦》到现在还是一个谜,也许还要等待更多的稿本出来,我们才能够对它有更深入的理解。

不过,考证一部文学作品的意义,与欣赏一部文学作品的意义,其实是不一样的。我简单交代一下考证的部分,主要是希望大家能够了解由《红楼梦》延伸出来的所谓"大红学"的情况。很多国家都有学者在非常精深地研究这部书,比如俄罗斯、法国、英国等。但《红楼梦》很难翻译,它最早的英译本就翻译得非常不好。比如"贾"这个字,在汉语系统里,我们知道它有双关的意味,但在翻译成外语的时候,要怎么去保留呢?我见过最滑稽的翻译,是将贾母贴身丫头鸳鸯的名字译成"wild duck"(意为"水鸭、野鸭"),对西方人来说那就是鸳鸯。但后来有一位精通汉学的英国学者重新翻译了《红楼梦》,翻得非常精致。我想对于西方翻译学来讲,《红楼梦》是一个最大的考试,因为文学是和文字有关的,而汉字本身有非常多的特性,《红楼梦》又将这些特性发挥到了极致。

我们第一次读《红楼梦》的时候,可能只是在看一个外在的故事,但其实书中大量内容是具有双重意义的。比如,"甄士隐"是一个人的名字,可同时又是"将真事隐去"的意思。通过甄士隐讲的话和通过贾雨村讲的话是不一样的,你先要注意到是真话还是假话。作者一直在玩这种像谜语一样的游戏,造成了阅读的难度。

我们在阅读的时候,会隐约觉得作者暗示了很多自己家族的情况,可是作为阅读者却不见得必须知道。就算没有胡适的考证,我一样觉得《红楼梦》是一部好看的书,因为它在对人性的书写当中有很多活泼的东西。

我们前面讲到过,《红楼梦》故事是从神话开始的:"娲皇氏只用了三万六千五百块(石头补天),只单单剩了一块未用,便弃在此山青埂峰下。谁知此石自经锻炼之后，灵性已通，因见众石俱得补天，独自己无材不堪入选，遂自怨自叹，日夜悲号惭愧。"文学在某一段时间里是正统之外的一种另类的生命状态。张岱也好，徐渭也好，都自觉无法纳入一般人世价值的系统，是无用之人、无材之人，所以就去做一些大家不愿做的、"不重要"的事情。我们小时候写《我的志愿》，都是伟大的志愿，很少有人说要做自己喜欢的事情；但这些人却将自己界定为"无材者"，然后去发展自己生命中真正的性情。

"后来，又不知过了几世几劫。因有个空空道人访道求仙，忽从这大荒山无稽崖青埂峰下经过，忽见一大块石上字迹分明，编述历历。空空道人乃从头一看，原来就是无材补天，幻形入世，蒙茫茫大士、渺渺真人携入红尘，历尽离合悲欢炎凉世态的一段故事……诗后便是此石堕落之乡，投胎之处，亲自经历的一段陈迹故事。""空空、茫茫、渺渺"，三个词都在说一无所有，其实表达的是对生命虚幻的领悟。《红楼梦》中的神话其实是全书最重要的部分。这块石头投胎到人间，可是作者却用了"堕落"二字，假设我们每个人本来在天上都有一个位置的话，那么进入红尘便是堕落人间，很多佛家、道家的故事都这样讲。空空、茫茫、渺渺，这一世所有的东西最后都会还掉，一切繁华只是过眼云烟。

《水浒传》里的一百零八个好汉本是天上一百零八颗星，他们堕落到人间来，完成在人间要完成的东西，之后还是要回到他们在天上的位置。《红楼梦》里的贾宝玉和林黛玉，原本是天上的石头和草木，到人间幻化一次，还是要回去做顽石和绛珠草。幻入人间，然后再回去，这是东方哲学的思想，旨在让我们了解自身在人世只是暂时存在的，而我们在人世碰到的所有人、事，都是因为前缘未了。

相信人此生一切因果都有前缘，这是《红楼梦》中非常重要的思想。提到前缘的时候，你或许会珍惜此世的因果。或者其实我们并不能清晰了知个中因果，贾宝玉和林黛玉也不知道，因为投胎的时候要经过"忘"的过程，但二人第一次见面，彼此便都觉得似曾相识。贾宝玉直接说出来："这个妹妹我曾见过的。"贾母却笑他胡说。他说的不是这一世见过，而是前一世见过，虽然讲不出到底是在哪里，却开始有了一种珍惜的感觉，并随着整个故事发展。

顽石之上，镌刻着"……此石堕落之乡，投胎之处……家庭闺阁琐事，以及闲情诗词倒还全备……"我们在《红楼梦》中看到的一切，都在这块石头上面，神话故事在此转成了来自人间的内容。我想这是东方小说一个非常奇特的部分，《西游记》里花果山的猴子也有自己的前缘，《水浒传》里的好汉也各有前缘，都是先追溯到神话，再来谈人间的一切，将我们这一生无法了解的因果归结为前缘。这里面有一种宽容，我们这一世的爱恨或许是讲不清楚的，你大概只会称最爱的那个人为"冤家"，因为他就是来"折磨"你的，或者说来让你牵挂的。林黛玉来这一遭就是要把眼泪还掉，所以《红楼梦》是没有大团圆结局的。高鹗的续书虽然被很多人批评，可是也获得了一些肯定，他毕竟没有让林黛玉和贾宝玉一定要成婚。续书中的《林黛玉焚稿断痴情，薛宝钗出闺成大礼》比较感人，一边是林黛玉把所有写给贾宝玉的诗稿拿出来烧掉，随即亡故，一边是薛宝钗在热热闹闹地出阁，一个悲剧就此结束。绛珠草要回归自己的身份，要回到天上去了，它和神瑛侍者的缘分本来也只是受过他的灌溉，所以用泪来报还；还完了，就没有缘分了，还要各自去修炼自己的生命。再好的感情也不是永恒的，终究要回到空空、渺渺、茫茫的关系，这当中其实有一种悲情。

曹雪芹一方面用道家、佛家的内容来勘悟情的眷恋，可是另一方面他又认为在眷恋存在的时刻，要把它当成真实的东西来看待。这也是为什么我们要花时间来讲《红楼梦》的神话部分，因为那其实是一个总纲，在整个故事中常常出现。贾宝玉出生的时候,口中就含了一块玉,这块玉在书中经常出现,如果不见了,宝玉就会发疯。王国维认为这块玉象征的是叔本华讲的"意志",即人的理性,玉不见了,就是理性不见了,就是贾宝玉的精神本质不见了。因为不满意别人口中的"金玉良缘",贾宝玉几次要砸毁这块玉,可是这块玉是打不碎的,并且有很多象征意义。他的名字叫作宝玉,可是事实上他又是顽石,有自己的顽固和石头本质上的素朴。

也是这个神话引出了甄士隐和贾雨村。这两个人物是从神话过渡到历史,从洪荒进入人世的关键。甄士隐是"真事隐去",更多一点儿神话的渊源;贾雨村则是"假语村言",更多进入红尘的牵连。贾雨村是贾府的亲戚,由他开始进入贾家的历史。《红楼梦》里一直在讲假的事情,大家都知道假事是对真事的"包装",可是猜了两三百年,第一流的学者纷纷进行考证,还是没能将它完全猜透,可见它隐藏的本领之高。

文学和艺术很重要的部分,就是上面提到的"包装",我对它的解释是一种包容。比如我们看到一个好朋友的故事,觉得写成小说真是太棒了,可是如果小说写出来很伤害自己的朋友,我就会不写;如果非写不可,也会尽量把真人抽掉,只写那件事,使大家能够有一种领悟,而不是直接去刺某个人。好的小说很难出来,小说最大的对立面就是"八卦",它其实是一种很委婉的担待。

对于《红楼梦》,最后能不能考证出背后的"真事",我觉得倒不是那么重要,重要的是作者所观照的生命现象。《红楼梦》最动人的部分,在于最后你会发现其中所有的人物都在你自己身上。什么叫作"真事"?所谓的"真事"是贾瑞也在我们身上,薛蟠也在我们身上,林黛玉、薛宝钗都是我们自己而已。我觉得这是文学最大的价值,让人在里面恍然看到自己一刹那之间的精神状态。

"假作真时真亦假",真与假是互换的过程,我们自己也常常把生命中真的事情当成假的去处理。曹雪芹在做真与假的游戏,所有"假"家的故事都是"真"家的故事。所以,他也讲到在南方有个甄家,有个甄宝玉。两个宝玉,一南一北。

"青春"是《红楼梦》的美学基础

神话结束以后,就进入了对人世间的叙述。贾宝玉第一次出场是林黛玉进贾府的时候。林黛玉的母亲名叫贾敏,是贾政的妹妹,嫁给了林如海,又随他去了苏州。林黛玉是在姑苏长大的,十二三岁的时候,因母亲去世,遂到贾府投靠外祖母(贾母),进府后就见到了她的表兄贾宝玉。宝玉和她是姑表兄妹,宝钗和宝玉是姨表姐弟,宝玉曾对林黛玉说姑表要比姨表亲,强调和她更要好。林黛玉进了贾府,第一次见到贾宝玉,经过几世几劫后,原来的那块石头和那棵草以人的形象见面了。这段描述呼应了神话的渊源。

"黛玉一见,便吃一大惊,心下想道:'好生奇怪,倒像在那里见过一般,何等眼熟到如此!'只见这宝玉向贾母请了安,贾母便命:'去见你娘来。'宝玉即转身去了。"过去这种大家族礼貌非常严格,早上起来先向祖母请安,再向父母请安,所以林黛玉还在思量是在哪里见过贾宝玉的时候,宝玉已经离开了。这个时候,贾宝玉没有被直写出来,过会儿再来时,我们得知这是一个十三岁的男孩子。我们或许已经不太记得自己在这个年龄时那种恍惚的情思了。我一直在强调年龄,是因为我们今天很难想象《红楼梦》里的人年龄这么小(薛宝钗大一点儿,也只有十四岁),怎么会给人那么成熟的感觉。我们现在演《红楼梦》的电影、电视剧,永远演得不对,因为不可能找那个年龄的小孩子去演,总是找一些大很多的人。而《红楼梦》里的主人公是青少年的状态，又像大人，又像小孩；这才是《红楼梦》整个美学的基础：青春。

宝玉向母亲请安之后又回来了，再来时"已换了冠带"，穿上了讲究的衣服。这是书中第一次描述宝玉的样子："头上周围一转的短发，都结成小辫，红丝结束，共攒至顶中胎发，总编一根大辫，黑亮如漆，从顶至梢，一串四颗大珠，用金八宝坠角；身上穿着银红撒花半旧大祆，仍旧带着项圈、宝玉、寄名锁、护身符等物；下面半露松花撒花绫裤腿，锦边弹墨袜，厚底大红鞋。"这里全部是对宝玉出场时穿戴的描写，在讲他那种世家子弟的华贵、漂亮和装饰上的美。他那块玉就被镶在项圈上面。我们今天要理解《红楼梦》中对人的描述，进入那种状况，是需要花一番工夫的，因为现在我们几乎没有那样的基础了，即便是大户人家或官宦之家，也不会在小孩子身上讲究到这种程度。

接下来讲宝玉样貌的美："面如敷粉，唇若施脂；转盼多情，语言常笑。天然一段风骚，全在眉梢；平生万种情思，悉堆眼角。看其外貌最是极好，却难知其底细。后人有《西江月》二词，批宝玉极恰……"一首道："无故寻愁觅恨，有时似傻如狂。纵然生得好皮囊，腹内原来草莽……"注意后两句，完全是张岱提过的意思：外表看起来漂漂亮亮的，其实肚子里没什么东西。这是曹雪芹自己写自己，他介绍贾宝玉出场的时候，是用自责的"忏悔录"的形式来写的，就像我们提到过的那些好的晚明文学。"……潦倒不通世务，愚顽怕读文章。行为偏僻性乖张，那管世人诽谤！"这里面明显有徐渭、张岱的精神，一方面是对世人的批判并不在乎，任人评说；一方面又觉得自己一生一事无成，有忏悔录的感觉。另一首道："富贵不知乐业，贫穷难耐凄凉。可怜辜负好韶光，于国于家无望。　天下无能第一，古今不肖无双。寄言纨绔与膏粱：莫效此儿形状！"这里面有劝谏的意思，告诫所有好人家的孩子，千万不要学这个人。可是既然

第六讲 《红楼梦》：青春王国　171

不希望大家学，为什么又写了这么大一部书呢？忏悔录的意义就在这里，曹雪芹写的并不是所谓的完美，而正是不完美。

我一直强调一点，好的文学其实是在写生命不完美的状态。完美可能是作假的，可能是做给别人看的，而在自己诚实地面对自己的时候，会看到许许多多的不完美，那时忏悔的意义会在美学中体现出来。我想我们可以把《红楼梦》和晚明文学中从负面去描述人的价值的作品一起进行探讨。

行文本来是林黛玉的视角，可是两首《西江月》出来的时候，你会发现又转回了自己写自己的角度，这就是文学叙事中的"全知"。虽然不是每个人都有组织小说架构的经验，但我想大家多多少少都读过一些小说。我们在读小说的时候，不容易注意到小说的叙事观点，所谓"全知"就是叙事者有时候是"我"，有时候是"你"，有时候是"他"，或者是更多的人，这是小说写作中非常难用的一种手法。比如写怡红院，我们一度没有见过贾宝玉的卧房，因为客人来的时候，薛宝钗也好，林黛玉也好，都是在怡红院的书房、客厅里面坐一坐，谈谈话。我们第一次见到贾宝玉的卧房，也就是他最隐秘的世界是什么样子的，竟然是通过刘姥姥。刘姥姥在贾府用饭之后要泻肚子，找不到厕所，就四处乱跑，跑到一面大镜子跟前，一碰，镜子就转开了，后面正是贾宝玉的卧房。她进去一看，吓了一跳，说这是不是神仙住的地方。倒在床上睡着后，她放了个屁，弄得一屋子都是臭的。这是非常有趣的一个视角，有意颠覆了贾宝玉卧房应有的样子。贾宝玉是有点儿洁癖的人，卧房是一般人根本无法进入的隐私世界，结果被刘姥姥闯进去，还搞得乱七八糟。《红楼梦》叙事的角度、观点经常在转换，作者好像是个"精神分裂"的人，一下子变成刘姥姥，一下子变成贾宝玉，一下子又变成林黛玉。

明明是林黛玉在看贾宝玉，可是到了"无故寻愁觅恨"这里，忽然变成贾宝玉自己在讲自己了，通过全知观点转换了视角。这其实是《红楼梦》里面最特殊的部分，我们今天喜欢写作的人，大概最叹为观止的也是这个部分。譬如各位要变成我小说里的人物，我会想要不要从自己的观点去讲这个人怎么样，那个人怎么样，或是设想你是什么样的状况；我在写你的时候，根本就是变成了你，这时我就不见了。曹雪芹就是这样一个"不见"的状态，或者说他幻化成了所有的个体，然后在书里多重出现。

我特别希望能带着大家把我自己觉得每一回可能要注意的东西了解一下。《红楼梦》基本上是由许多短篇小说构成的长篇小说，这一点我在前面也提过，中国小说的最大特征在于它看起来是长篇小说，其实是由短篇小说组合而成的，因为每一回有非常高的独立性，并不见得一定是连贯的。比如武松打虎的故事，从《水浒传》里抽离出来也可以单独存在，不看前面，也不看后面，都没有影响。如果作者写到第八十回时去世，其他人是不是接着写，也不太重要。有人说还没有写完，可是对于这样的小说来讲，所谓"写完"的意义和西方长篇小说并不完全一样。《红楼梦》的结局到底应该在哪里，人们并不清楚，它的每一回都可能有一个暂时的结局。

如果有一首诗，写出了生命的结局

下面我想和大家一起读一读《红楼梦》里面最重要的一回，很多书里都提过，即第五回。第五回是《红楼梦》的总纲。这一回中，贾宝玉在宁国府秦可卿家里。大家知道《红楼梦》里有荣国府和宁国府，分别由贾家第一代两个有功业的人传下来。贾宝玉是荣国府一边的，而贾蓉、秦可卿是宁国府一边的。贾宝玉当时十三岁，到宁国府做客，大家给他喝了一点酒，他就醉了。醉了以后人就有些混混沌沌，讲话也乱七八糟的。大家看贾宝玉一个男孩子第一次醉酒，就把他带到一个书房去休息，但他进去以后说"快出去！快出去！"——他很拗，觉得那个地方很道学，连"世事洞明皆学问，人情练达即文章"的对联都很无聊，就是要鼓励你读书做官的。

按辈分，贾蓉的夫人秦可卿是贾宝玉的侄媳妇，要叫宝玉叔叔的，可是她的年龄比宝玉大。秦可卿长得非常漂亮，而且聪明能干，是同辈中最受宠的女孩子。她见宝玉不愿意在这个书房里休息，没有办法，就把他带到了自己的卧房。贾宝玉喝醉了酒，觉得秦可卿的卧房美得不得了，就开始描述所见，然后睡在了那里。之前有嬷嬷说："那里有个叔叔住侄儿房里睡觉的理？"因为古代男女之间很严，尤其他们又是亲戚，以辈分伦理来讲，这是不伦的。但秦可卿就笑道："他能多大呢，就忌讳这些个！"意思是说，他还是一个小孩子，又不是大男人，在我的卧房睡一下有什么关系。其实宝玉的年龄说大不大，说小不小。他是小孩子，可是他已经发育了。接下来我们看到了贾宝玉第一次关于性的经验，他的第一个性幻想对象就是秦可卿。

秦可卿后来忽然死掉了，对此脂砚斋的评语非常微妙。脂砚斋说作者是厚道之人，将这一段隐去，称秦可卿是得重病而死。而很多人根据找到的资料，认为秦可卿是被公公逼奸后自杀的，这个家族里面有很多不能张扬的丑事，它后来之所以败落，也是由于很多类似原因的累积。

贾宝玉因为喝醉了酒，看到的东西都变了。《红楼梦》中最耐人寻味的一段，就在第五回，是青少年期宝玉的第一次性幻想。"一时宝玉倦怠，欲睡中觉"，便到了侄媳妇秦可卿的卧房，"刚至房门，便有一股细细的甜香袭人而来"。这是嗅觉描写。"宝玉觉得眼饧骨软，连说'好香！'"——"眼饧骨软"这四个字，是不是很像情色小说里的语言？他的全部感官突然放开了。人在理性的世界里是与感官对抗的，可是这个"眼饧骨软"完全在讲感官，非常香艳的用字，先是甜香袭来，然后讲身体上的感觉。"入房向壁上看时，有唐伯虎画的《海棠春睡图》"，这些都在引导一个青少年进入他自己的感官世界，而这些在正统的道学文化里是根本不敢谈论的。"两边有宋学士秦太虚写的一副对联，其联云：'嫩寒锁梦因春冷，芳气袭人是酒香。'"秦太虚就是秦观，写"自在飞花轻似梦，无边丝雨细如愁"的秦观，从曹雪芹的喜好也可以看出，他是非常感性的一个作者。这副对联的用字也非常具有感官色彩。整个第五回都在描写一个青春期男孩子的性幻想，而在接下来的第六回，这种幻想被付诸实践，即"贾宝玉初试云雨情"。

直到这里，贾宝玉都还在理性思维的现实之中，但是诗画与感官上的香气，已使他进入超现实的感官世界。紧接着的一段便完全是历史与神话的错综写法。他通过醉眼看到秦可卿的房间："案上设着武则天当日镜室中设的宝镜，一边摆着飞燕立着舞过的金盘，盘内盛着安禄山掷过伤了太真乳的木瓜。"——武则天是唐朝人，可是贾宝玉看到了她的镜子；赵飞燕是汉朝人，可是贾宝玉看到了她起舞的金盘；杨太真也是唐朝人，可是贾宝玉看到了曾经掷中她的木瓜。这里时间完全错乱了，我们大概只有在喝醉酒或者其他非理性的状况里，才会有这样脱离逻辑的情形。这里完全是超现实的写法，这个小孩已经醉了，他"看到"的东西根本就是幻觉。可是每次看到这里我都要叹为观止，这就是大家笔法，你会发现他完全变成了喝醉酒的贾宝玉，才会看到这么奇怪的景象。"上面设着寿阳公主于含章殿下卧的榻，悬的是同昌公主制的联珠帐。"到这里，神话与历史已经被全部纠缠在一起。

贾宝玉随后开始做梦，进入了太虚幻境。他看到一个大大的牌坊，上面有"假作真时真亦假，无为有处有还无"的对联。接着他遇到了警幻仙姑——注意，"太虚""警幻"，当然都有作者的寓意。警幻仙姑觉得宝玉颇有灵性，希望能够"警幻"，能够早一点儿提醒他、惊动他，告诉他生命中将要碰到的事情，于是故意带他到了内室。宝玉打开有自己家乡封条的橱柜，取出里面的册子，册子上有诗。第五回的要点在这里，每一首诗都是小说里一个女子的结局。比如，"玉带林中挂"，"玉带林"就是林黛玉；"金簪雪里埋"，这是在讲薛宝钗，"金簪"就是"宝钗"，用雪来代表"薛"，书中其他地方也常常用雪来代表薛家。《红楼梦》里充满这种隐喻性的文字，虽然作者早早将结局告诉了我们，但其实我们并不知道——我的意思是说，如果今天也有一首诗写出了我们生命的结局，在事情没有发生的时候，我们是无知无觉的。

这部分非常非常重要。按照以往的经验，我的学生读《红楼梦》的话，大概停下来的地方都在第五回，因为第五回有很多诗，对于现在比较年轻的朋友来讲阅读比较困难；可是读过去的人大概就会将整部书读完。我有一个建议，如果真的觉得第五回那么难，不妨先将第五回跳过，读完其他章节再来补上，因为第五回其实是结局。这会是一个很有趣的体验，你想想看，在生命的终点看到结局，和在十几岁时就了知结局是两种不同的感觉。十几岁时，如果有人告诉你生命的结局大概是什么样，你是将信将疑的，感受也和一步一步一直走到最后的结局不同，前者是一个领悟的过程。直到《红楼梦》的故事讲完，贾宝玉都在回想自己十三岁梦中那些橱柜里的句子，发现每个人的结局和册子上说的完全一样，都走在自己的路上。

"宝玉听说，再看下首二厨上，果然写着'金陵十二钗副册'……"，"金陵十二钗"就是十二个女孩子，他们的名字在宝玉先前见到的"金陵十二钗正册"上，都是家里的小姐，包括王熙凤、贾元春、贾探春、史湘云、林黛玉、薛宝钗等人。"副册"记的是丫头，然后还有"又副册"。

不同阶层的人在不同的柜子,有贵贱之分,有上品、中品、下品之别。但这种分类与人自身的价值无关。"宝玉便伸手先将'又副册'厨开了,拿出一本册来,揭开一看,只见这首页上画着一幅画,又非人物,也无山水,不过是水墨滃染的满纸乌云浊雾而已。后有几行字迹,写的是:'霁月难逢,彩云易散。心比天高,身为下贱。风流灵巧招人怨。寿夭多因毁谤生,多情公子空牵念。'"这是在讲晴雯,一个非常要强的姑娘,可命里是在贾家做丫头的,最后凄惨地死去。"多情公子"当然是贾宝玉,正册、副册上所有的女子都与贾宝玉有关,她们围绕着他发生了不同的感情,但所有感情到最后都归于空幻。

宝玉看了之后,似懂非懂,他不知道册子里写的是谁,也不知道在写什么东西,因为事情还没有发生。接着,他"又见后面画着一簇鲜花,一床破席,也有几句言词,写道是:'枉自温柔和顺,空云似桂如兰。堪羡优伶有福,谁知公子无缘。'"读过《红楼梦》的朋友大概记得,贾宝玉有个很重要的丫头名叫花袭人,这里的鲜花、席子很明显是在讲袭人。袭人是最温柔的,又像桂花,又像兰花,尽心地照顾宝玉,和顺得不得了;有人吵架,她永远是妥协的那一个。贾母很早就说要让她做宝玉的妾,认为她可以照顾宝玉一生。但没有想到,她和宝玉这位公子无缘,最后嫁给了一位优伶,即蒋玉菡。我第一次读《红楼梦》的时候,到这里一头雾水,因为还不知道袭人最后的结局是嫁给唱戏的蒋玉菡,贾宝玉也一样想不到。这有点儿像到庙里求签,我们其实不懂抽到的签文是什么寓意,因为事情还没有发生,它只是一个吸引你去揣测的谜语。《红楼梦》第五回的精彩就在这个地方。

我们下面再举一些"正册"中的例子。读过《红楼梦》的人,大概一眼就能看出每首判词写的是谁,可是即便你看出来了,对结局的真实性也未必有把握,因为曹雪芹并没有将这部书写完。

每一册中的文字和画面是配合在一起的。比如这一页，画的是"几缕飞云，一湾逝水"，我们明显感到史湘云出现了。史湘云是"金陵十二钗"中的一位，是贾母史太君家族的一个女孩。她虽生于富贵之家，可是生下来没多久父母就都去世了，所以判词说"富贵又何为？襁褓之间父母违"。判词接下来又说："展眼吊斜晖，湘江水逝楚云飞。""斜晖"是夕阳的光辉，史湘云后来嫁得非常不好，婚姻很不快乐。但是，在宝钗、宝玉的"金玉良缘"和黛玉、宝玉的"木石前盟"之外，书中也有关于史湘云和贾宝玉情感的暗示。两人各有一个金麒麟，第三十一回的回目里有"因麒麟伏白首双星"的说法，表明史湘云也是贾宝玉爱情故事当中一个非常重要的角色。可是史湘云的性格大大咧咧的，有点儿像男孩子，人家在那里钩心斗角，她永远都看不出来。她的哥哥嫂嫂后来把她嫁到一个很不好的家庭，落得"湘江水逝楚云飞"的结局——这句里有"湘云"两个字。贾宝玉十三岁梦中打开的橱柜里，藏满了天机，史湘云这首判词是其中讲得非常清楚的，一看就知道是谁的故事。下面妙玉这首也是。

妙玉是《红楼梦》中被着力描写的一个人物。林语堂曾经讲过，《红楼梦》里他最讨厌的就是妙玉，这当然不排除有他自己的偏见，也看出曹雪芹和林语堂的不同。我认为曹雪芹并不讨厌妙玉，而是对她怀有很大的同情。妙玉出身官宦人家，幼年因体弱多病而皈依佛门，带发修行。后来到了贾家，她就住在栊翠庵。妙玉很讲究喝茶，冬天将梅花蕊上沾到梅花香味的雪扫下来，放在一个瓮里，在地底下埋好几年，然后用这个水来烹茶。当然她的茶也不随便给人喝，林黛玉、贾宝玉都是她很看得起的人，才肯给他们喝这个茶。而且她喝茶的杯子也都是古董，非常讲究。妙玉有很重的洁癖。有一天，刘姥姥来了，拿起茶便喝，后来妙玉就要把刘姥姥用过的杯子丢掉。那么好、那么贵重的古董，因为嫌脏，她就要丢掉。

妙玉不仅洁癖吓人，脾气也古怪，和一般人根本不来往。下雪的时候，大家看到栊翠庵里的红梅开得很漂亮，可是谁都不敢去要，因为都知道妙玉脾气很怪，常常会遭她白眼。于是大家就让宝玉去，这里面暗示着妙玉喜欢宝玉，所以宝玉去要，大概没有要不到的。宝玉傻傻地跑去，就擎了一大枝红梅花回来。妙玉就是参禅、谈空，可是"欲洁何曾洁，云空未必空"——你想要干净，想要空，但你真的干净了吗？真的空了吗？判词所配图画为"一块美玉，落在泥垢之中"，也在暗示妙玉"可怜金玉质，终陷淖泥中"的凄惨结局。

林语堂讨厌道学，所以他觉得妙玉在故意假装——你喜欢就喜欢，干吗要遮遮掩掩？但我觉得，妙玉本身是不得已出家的，她所有人世的情爱其实无法表达，于是变成了一种扭曲的状态。她是"金陵十二钗"中非常值得同情的一个角色，从幼年出家，到寄人篱下，再到后来爱情上的空幻，直至"落在泥垢之中"，她一直要自己的东西是最精致、最美的，比如那些古董茶杯，因为被刘姥姥用了，就嫌脏要扔掉，但自身最终却落入最肮脏、最粗暴的境地。人世间的事情真的无法用所谓常理去推测，这么要求洁净、追求空灵的一个人，命运却这么悲惨。

我们读到"可怜金玉质，终陷淖泥中"的时候，会为妙玉感叹，可是十三岁的宝玉看到这个，当然不会知道所指，而且那时妙玉还没有到贾府，未在故事中出现，又遑论结局。我觉得作者这里的写法非常奇特，早早将生命的结局点出来。这有点儿像民间的抓周，通过小孩子选中的物品来预判他今后的前途。贾宝玉抓周时，面前"世上所有之物摆了无数"，他偏偏抓了女人用的胭脂，好像是宿命一般。贾政此时已经对自己这个儿子非常不满，后来得知他和戏子混在一起，差点儿把他打死，幸亏有贾母来救。

第六讲 《红楼梦》：青春王国

《红楼梦》里有很多这样的"预言"。史湘云和妙玉的部分,我们都比较容易读懂。白先勇先生写过一篇文章,谈及《红楼梦》里面四个用"玉"做名字的人,除了妙玉、黛玉、宝玉,还有一个蒋玉菡,就是后来娶到袭人的优伶。他讲到,有人认为"玉"实际是指欲望的"欲",妙玉、黛玉和蒋玉菡是和宝玉关系最大的人。这个解释当然是一种可以讨论的观点。另外,"玉"这个字在书里也不是可以随便使用的。有个丫头原名红玉,非常好强的一个人,但因为这个"玉"字冲撞了宝玉和黛玉,所以大家都只叫她小红或红儿,意思就是不是每个人都可以用"玉"当名字的。书中名字里真正有"玉"的只有四个人:黛玉和宝玉有"木石前盟",是有仙缘的;妙玉是宝玉佛缘的部分;蒋玉菡则是宝玉的尘缘,他是个唱旦角的男子,有一段时间相当于是宝玉的情人,宝玉就是因为他挨打。从这里我们可以看到四个"玉"错综复杂的关系。蒋玉菡后来又娶了第一个和贾宝玉发生性关系的丫头——袭人。

很多人一直在解读《红楼梦》,挖掘其中的隐喻、象征,可是我已经读过二十几遍《红楼梦》,仍有一些东西解不通。有些内容其实是谜,因为曹雪芹没有把这本书写完,所以最后大家无法确知某个人的结局应该是什么样,比如王熙凤。

"后面便是一片冰山,上面有一只雌凤。其判云:'凡鸟偏从末世来,都知爱慕此生才。一从二令三人木,哭向金陵事更哀。'"这一段无论从画面来看,还是从判词来看,都很明显是在讲王熙凤。王熙凤是"金陵十二钗"中非常重要的一位,也是大家公认在文学上塑造得很成功的一个角色。狠辣、漂亮、妩媚、迷人、能干……多重特质都融合在她一个人身上。如果你看到电视剧或者电影里把王熙凤拍成一个大家都很讨厌的女人,那绝对是错的;在小说里,她是大家非常喜欢的女人。贾母那么疼她,觉得她是孙媳妇当中最能干的,她只有十七岁,却管着有数百口人的荣宁二府，所有事情清清楚楚、有条有理。以现代管理学的眼光来看，王熙凤是一个非常出色的人才，比她那整天想着如何勾引女仆或者纳个妾回来的丈夫贾琏能干多了。很多人认为荣宁二府如果没有王熙凤，大概更早就败掉了，她很懂得怎么去处理家庭内务，但这难免会得罪一些人。

我们说说她狠毒的部分。在《红楼梦》第六十四回到第六十九回，出现了尤二姐这个人物。贾琏喜欢尤二姐，但是他很怕王熙凤，于是在外面租了一个房子，悄悄地把尤二姐养起来。这件事后来被王熙凤知晓，她假装通融，让尤二姐住到家里来，转头就利用贾琏的另一个妾秋桐去斗尤二姐，最后逼得尤二姐自杀身亡。你会觉得王熙凤很阴险、很毒辣，可是从她事实上的处境来讲，她也没有其他选择。在那么复杂的关系里，也谈不上什么爱情，有的大概只是对于位置的争夺。王熙凤是一个非常理性的人，从她的角度来讲，就是在争取自己的权力，站稳自己的位置，保证在两府绝对的影响力。

我们看到了王熙凤的争强好胜、心高气傲，但她最后的悲哀其实我们是不知道的。胡适考证过所谓的"一从二令三人木"，但直到现在我们也不是很清楚这句话是什么意思。我认为，"一从二令三人木"一定是在讲某一个影响了王熙凤，并且与王熙凤最后的死亡相关的人，但是我们解读不出来。另外一首判词则获得了比较统一的认识："根并荷花一茎香，平生遭际实堪伤。自从两地生孤木，致使香魂返故乡。"它讲的是香菱，就是喜欢学写诗的那个香菱，也是被卖到贾家做下女的一个女孩。胡适考证出"自从两地生孤木"是个"桂"字，指夏金桂，就是这个人把香菱害死了。可是"一从二令三人木"指谁，仍然是个未解开的谜。

曹雪芹玩了一个文字游戏，在每个人背后都设置了很多隐喻空间。在第五回当中，大家可以看看曹雪芹怎样安排书中女子的命运的，但不必太拘泥于要将每一首判词都完全解读出来。有时候，两个人是合在一首判词里的，比如我们刚才提到的"玉带林中挂，金簪雪里埋"，就是在写林黛玉和薛宝钗，书中最重要的两个女子，一起出现。我不知道大家能不能理解，对于贾宝玉来讲，这两个女子好像是一个生命的两面：薛宝钗永远是乐观的、积极的，努力争取生命里最好的部分；林黛玉永远是看到生命中的悲哀与委屈——两人一个是春天，一个是秋天。我们常常会听到有人说自己喜欢薛宝钗或者林黛玉，但事实上我们会发现这两个生命如果能合在一起，大概才是完美的状态。

今天我们再来解读《红楼梦》，每个人的看法或许会完全不同。林语堂不喜欢妙玉，但其他人转换角度之后就不一定。我有个朋友在美国教《红楼梦》，期末时做了个调查，让学生写出最喜欢的女子，结果第一名是王熙凤，最后一名是林黛玉。他吓了一跳，写信给我。我想这是因为对于女性的观点在改变，很多人不喜欢一直在哭的女孩，而王熙凤对自己命运的把握和追求都非常主动，如果生活在今天，绝对是一个女强人。

虽然我们对"一从二令三人木"的意思不甚明了，但"哭向金陵事更哀"却指出了王熙凤的悲剧结局。贾府被查抄时，王熙凤是一个关键人物，因为贾府的租税、高利贷等都由她掌管，而这些事情是贾府被查抄的重要原因。她唯一的女儿巧姐也非常惨，后来被卖到妓院去了。救出巧姐的是谁？是刘姥姥。这里面的因缘很有趣——王熙凤接济过刘姥姥，自己的女儿又在巧合之下获得了刘姥姥的救助。

巧姐被刘姥姥从妓院救出后，嫁给了刘姥姥的孙子板儿，从前富贵人家的掌上明珠，成为了一名农妇。俞平伯等人考证出《红楼梦》真正的结局其实是八十回中没有写到的。有人说曹雪芹去世了，没有写完；也有人说他根本就不忍心写下去了，那些人的结局绝不仅仅是死掉而已，而是受到过很严重的侮辱，早早死掉的（比如林黛玉）都可以算是幸福了。

"势败休云贵，家亡莫论亲。偶因济刘氏，巧得遇恩人。"这是巧姐的判词。家势已经败落，就不要再讲富贵了；家已经亡了，已经被抄了，也不要再讲什么亲戚。巧姐的兄长、舅舅都不救她，反而将她卖到妓院里去，而她家曾经帮助过的乡下妇人刘姥姥，却在巧合之下成为解救她的恩人。这里在讲另外一种因果。王熙凤一生那么厉害、那么毒辣，可是真正使她的后代获益的，却是对刘姥姥的一点儿帮助。《红楼梦》里还有很多类似的伏笔。作为一个作者，千丝万缕，每一条都不能错，要记得再把它们写回来。有的小说写着写着都不知道跑哪里去了，可是曹雪芹的思维细密到惊人的地步，因果相续，环环相扣。而第五回是全书总纲，我希望大家可以认真地读一读。

《红楼梦》第五回中的判词，有与人物完全相合的（如史湘云和妙玉的判词），也有王熙凤令人费解的"一从二令三人木"，而秦可卿判词中的结局则与真正书写出来的相反。秦可卿出场没多久，就突然病死了。我们前面讲过，她是贾宝玉第一个性幻想对象，她的长相和警幻仙姑完全一样。秦可卿就是警幻，就是那个警告贾宝玉对于情感不要太执着的人。虽然在故事的一开始就死掉了，但是她的影响力贯穿了整部作品。

"情天情海幻情身"，这里当然是在讲"情"。秦可卿有个弟弟名叫秦钟，是贾宝玉最早的同性伴侣。"秦"和"情"谐音，我们看到这两姐弟都脱不开一个"情"字，其实两个命都不好。秦可卿死后不久，秦钟也病死了。"情既相逢必主淫"，《红楼梦》有一个基本观点："情"是一个美好的字眼，可是发展到过分的时候，就成了淫滥。下面两句非常有趣："漫言不肖皆荣出，造衅开端实在宁。"贾宝玉出场的时候，就被冠以"天下不肖无双"，但不要说不像样的人都出自荣国府，一切祸乱、灾难的开端其实在宁国府。秦可卿和她的丈夫贾蓉就是宁国府这一支的，她被自己的公公逼奸，被迫悬梁自尽。曹雪芹后来把她的结局改成病死，所以脂砚斋称其为厚道之人，没有把家族的丑事讲出来。通过判词和图画，你可以看到他本来是要讲真事的，但后来写写改改，大概还是觉得很不忍，就将秦可卿写成了病死的。

看完秦可卿的判词，"宝玉还欲看时，那仙姑知他天分高明，性情颖慧，恐把仙机泄漏，遂掩了卷册，笑向宝玉道：'且随我去游玩奇景，何必在此打这闷葫芦！'"看到秦可卿他就没再看下去，秦可卿的判词等于是对"金陵十二钗"的总结，而秦可卿本身就是警幻仙姑，是来点醒宝玉的。大家把第五回的判词读一读，大概就可以初步掌握《红楼梦》最重要的内容。

大观园：写实与象征之间的世界

《红楼梦》的有趣和精彩绝不仅仅是在文学上，它的内涵实在太丰富了，我们随便抽取其中一些片段，就可以看出这一点。

譬如第十七回的"元妃省亲"一段。贾元春是贾府的一个孙女，生在一月一日，因而得名"元春"。接下来的几个女孩跟着用春字辈，依次为迎春、探春和惜春，连起来就是"原应叹惜"。这是贾家四个主要的女孩，从这里我们也可以看到作者对女性所受委屈的哀叹，感受到旧时代女性的命运其实也就是这样：元春最后病死宫中；迎春被丈夫虐待而死；探春精明能干，但身份是庶出，远嫁南方的蛮荒之地；惜春本就喜欢和妙玉亲近，后来出家做了尼姑。林语堂最喜欢探春，觉得她是最明理、最大方的人，处理自己的命运也最有自主性。

好好的四个女儿，下场却是"原应叹惜"，这里面有对女性很大的悲悯与疼惜。我们刚刚提到的元春，大概十四五岁就被选入宫，非常得宠，封为贵妃。后来，她要回家省亲，贾府就专门为她盖了一座"省亲别墅"，也就是后来的大观园。这座别墅盖了很久，在第十七回里终于盖好了。园子刚刚盖好，所有屋子的匾额、对联都还没有，贾政就想考考宝玉，于是有了"大观园试才题对额"。

"说着，进入石洞来。只见佳木茏葱，奇花熌灼，一带清流，从花木深处曲折泻于石隙之下。再进数步，渐向北边，平坦宽豁，两边飞楼插空，雕甍绣槛，皆隐于山坳树杪之间。俯而视之，则清溪泻雪，石磴穿云，白石为栏，环抱池沼，石桥三港，兽面衔吐。桥上有亭。贾政与诸人上了亭子，倚栏坐了，因问：'诸公以何题此？'"给风景以文学性的题名，这就是一种考试。我们现在也有这个习惯，但因为典故太少了，所以每个学校都是醉梦、幻梦之类的，我记得东海政大就有醉梦溪。贾政要考一个十三岁的男孩子读书读到什么程度，选择的方法不是在学校搞期末考，而是走进一个园林，让他即兴应景"题对额"。宝玉很少获得父亲的称赞，但这次是个例外。他为沁芳亭拟了一副对联："绕堤柳借三篙翠，隔岸花分一脉香。"此联对仗工整，颇显才情，"贾政听了，点头微笑"。这样的考试不是在书房里，不是只有文字，而是要融入现实风景，实际上非常难。

对联的学习，大概是整个传统文化当中对于一个孩子最严格的训练方法。我们前面不是也提到过，张岱小时候，陈继儒曾以"太白骑鲸，采石江边捞夜月"为上联，要他对下联。对联其实就是在考你对于文字、词性的掌握能力。从《诗经》《楚辞》一路下来，到《红楼梦》，其实是整个中国古典文学的期末考。

第十七回是把一个孩子的学习放到大自然当中，表达对空间、对建筑、对方方面面的感觉。十三岁的贾宝玉走过这处新盖好的园林的时候，开始把文学的东西一步一步放进去。又如下面这段："一面走，一面说，倏尔青山斜阻。转过山怀中，隐隐露出一带黄泥筑就矮墙，墙头皆用稻茎掩护。有几百株杏花,如喷火蒸霞一般。里面数楹茅屋。外面却是桑、榆、槿、柘,各色树稚新条,随其曲折,编就两溜青篱。篱外山坡之下,有一土井,旁有桔槔辘轳之属。下面分畦列亩,佳蔬菜花,漫然无际。"看了这番描述,大家便知是稻香村了。其实贾宝玉不大喜欢稻香村,他觉得在贵族园林里故意弄一个田园景象,"分明见得人力穿凿扭捏而成",气得贾政要人将他"又出去"。

在中国的传统文化里,有着对民间的爱好和向往,喜欢隐士、渔樵之类,所以要在堂皇华丽的大观园里弄一个稻香村。但贾宝玉觉得何必做这个假,这就冒犯了他的父亲。后来住在稻香村的是李纨,即贾珠的夫人;贾珠是宝玉的哥哥,很早就亡故了,李纨从出场就在守寡。李纨的儿子名叫贾兰,在高鹗的续书里,他后来考取了状元,使贾家获得了复兴。

我们回到稻香村。"说毕,方欲进篱门去,忽见路旁有一石碣,亦为留题之备。众人笑道:'更妙,更妙!此处若悬匾待题,则田舍家风一洗尽矣。'"注意,又在强调这里是农民的田舍,所以不要用匾,应该在石头上题名。这里完全在讲景观设计。有人提议叫"杏花村",但贾政说"犯了正名",众人正在思忖,宝玉却等不了,也不等贾政发话,就说:"旧诗有云:'红杏梢头挂酒旗。'如今莫若'杏帘在望'四字。"大家都说好。宝玉又道:"又有古人诗云:'柴门临水稻花香。'何不就用'稻香村'的妙?"众人听了,哄声拍手称"妙"。贾政却"一声断喝":"无知的业障!你能知道几个古人,能记得几首熟诗,也敢在老先生前卖弄!"贾府养着不少清客,永远在拍马屁,贾宝玉最讨厌这种人。如果我们说书中曹雪芹所不太包容的,大概也只有这种人。

第十七回大部分在讲建筑,比如假山怎么摆,怎么引水,水这一岸和那一岸之间的关系是什么样的,都是非常珍贵的建筑史资料。比如稻香村,因模仿江南农家风景而得名,名字后来题在路旁石碣之上,"若悬匾待题，则田舍家风一洗尽矣"，建筑空间与文学空间就这样结合起来。如果大家有机会去苏州园林，或者到日本黄檗山万福寺，可以看到很多对联。一个好的东方古典建筑里面，文字非常重要，它的内容，它被放在什么位置，完全在点醒人和空间的互动关联。

古典文学的教育不止是在学校里，大部分其实是在生活当中。一个父亲带着孩子去游园，彼此出上联、对下联的时候，学习到的可能不仅是文学，还有建筑空间。我自己在苏州走了那么多园林之后，感觉到很多文学并不是坐在家里从书上读到的。比如网师园的"风风雨雨寒寒暖暖处处寻寻觅觅，莺莺燕燕花花叶叶卿卿暮暮朝朝"，情境与文字相融合，感受会更为真切。

之前我们开过一个座谈会，有人想按照第十七回的描述将大观园建造出来，但我觉得提议很难实现，因为大观园是一个介于写实和梦幻之间的空间。你知道有稻香村，有潇湘馆，有怡红院，有蘅芜苑，有很多区域，这些是写实的。可是各区域之间的关系是错乱的，把整本书读完以后，你会发现从潇湘馆走到怡红院，有时候远，有时候近，有时候要经过蘅芜苑，有时候又不经过蘅芜苑，此时你会发现大观园的布局其实是一个梦想世界中的虚幻布局。这也是《红楼梦》最有趣的地方——介于写实与象征之间的世界。世上可能真的曾有"大观园"，可是作者没有呆板地写这处建筑在北边，那处在南边，它的位置和空间方向其实是不定的。那次座谈会上，一个建筑界的朋友，读过很多遍《红楼梦》，将所有和空间有关的内容一条一条摘出来，然后做了一个大模型。可是我问他反正的时候，他完全没有办法回答，因为他找到的其实是定位，可是《红楼梦》里面有很多是心理空间。

元春回到贾府，就住在大观园，这也是这个园子最繁华的时期。元春非常疼爱弟弟宝玉，她入宫之前，曾亲自教宝玉读书。但因为她是贵妃，在皇宫里面根本没有办法再照顾到家里,所以那次家族见面是非常凄楚的情形。贵妃端坐在上,贾母(元春的祖母)、贾政(元春的父亲)、王夫人(元春的母亲)等人跪在底下磕头,因为家里的这个孩子身份变了,已经是贵妃了。元春当然要大家免礼,将祖母、父亲、母亲扶起来,大家哭成一团,然后说道:"当日既送我到那不得见人的去处,好容易今日回家娘儿们一会,不说说笑笑,反倒哭起来。"她心里其实有很大的哀伤,身为贵妃,虽然回到家里,也还是在主位上,祖母、父亲、母亲却都在臣子的位置。

本来,元春回宫后,大观园就要封起来,不准他人居住,但元春却破例让自己的平辈住了进去,让他们可以好好地读书、玩耍。除了前面提到的稻香村,还有林黛玉住的潇湘馆,里面种了很多湘妃竹,湘妃竹上的斑点传说是舜的两个妻子——娥皇、女英的泪痕形成,和黛玉整天哭的形象很契合;怡红院成了贾宝玉的住处,"红"是很强烈、鲜艳的颜色,一直与宝玉密切相关;蘅芜苑则归薛宝钗居住,等等。

一个被剥夺了青春的姐姐,给了弟弟妹妹们一个特权,大观园也因此变成了"青春王国",十三岁的宝玉、十二岁半的黛玉、十四岁的宝钗在里面玩得不亦乐乎。在这样一个家族当中,青春是很容易被压抑的,但大观园却提供了一种保护,可以说是元春留给这些孩子的一个礼物,衍生出后来的种种故事。我希望通过这一部分,帮助大家了解大观园,了解《红楼梦》真正要写的其实是"青春"。

宝玉是一个最善良的人

下面我要讲讲《红楼梦》里我自己非常喜欢的部分,反复读过很多次,出自第十九回《情切切良宵花解语,意绵绵静日玉生香》。

元春回宫后，大家也放松下来。贾珍请宝玉看戏，看着看着，宝玉觉得挺无聊，就不想看了，起身走开。接下来一段我觉得非常有趣："宝玉见一个人没有，因想：这里素日有个小书房，内曾挂着一轴美人，极画的得神。今日这般热闹，想那里自然无人，那美人也自然是寂寞的，须得我去望慰他一回。"这完全是宝玉那种呆想法。一个十三岁的男孩子，刚刚开始有一些"情"，喜欢那些美丽的少女，戏房里那样热闹，书房里却是无人，他记挂里面的美人图，觉得那美人好寂寞，想去陪她。这种文字，如果不是像曹雪芹那样"痴呆"，大概写不出来，可是我觉得这一段写得非常精彩，把一个十三岁男孩那种傻傻的、痴情的感觉，写到了最好。

宝玉"想着，便往书房里来。刚到窗前，闻得房内有呻吟之韵。宝玉倒唬了一跳：敢是美人活了不成？乃乍着胆子，舔破窗纸，向内一看——那轴美人却不曾活，却是茗烟按着一个女孩子，也干那警幻所训之事。宝玉禁不住大叫：'了不得！'一脚踹进门去，将那两个唬开了，抖衣而颤"。宝玉带书童茗烟到人家做客看戏，书童竟然和人家的丫头搞起来了，这时他就要骂自己的仆人了。"茗烟见是宝玉，忙跪求不迭。"因为他的行为在古代很严重，是可以打死的。宝玉就说："青天白日，这是怎么说？珍大爷知道，你是死是活？"边骂边看那丫头，"虽不标致，倒还白净，些微亦有动人处，羞的面红耳赤，低首无言"。一个女孩子，被人家抓到这种事情，低着头不敢讲话。"宝玉跺脚道：'还不快跑！'"从这里你可以看到宝玉真是一个最善良的人，他骂归骂，其实是在帮这两个人，要是被别人抓到，就真是不得了了。"一语提醒了那丫头，飞也似去了。宝玉又赶出去，叫道：'你别怕，我是不告诉人的。'"这完全是贾宝玉的个性——一个十三岁的男孩子，很善良，作为主人，觉得要教训下人，可是对着一个已经羞得脸红耳赤的女孩子，又觉得不忍。"急的茗烟在后叫：'祖宗，这是分明告诉人了！'"贾宝玉善良，可是又傻，从这里你会看到他的仆人之所以不怕他，是因为他很厚道。把人物的个性写活并不容易，必须要有事件来牵引。

上面的事件描写，我觉得是《红楼梦》中的绝笔。它与故事主线其实无关，只是一个小插曲，可是却能看到贾宝玉的个性，也透露出贾家将要败落的信息——上面贾政管家那么严，一直在讲礼教，讲道学，可是底下已经一塌糊涂了。宝玉本身又是一个宽柔的人，不会管这些。

《红楼梦》中还有很多类似的伏笔，如果大家要读这部书，我认为一定要用很仔细的读法。我会在家里存一部贵价买来的善本《红楼梦》，很珍惜地读；也会带一个袖珍本在路上，旅行的时候拆成一页一页的看，在任何一个车站，我都可以读其中的片段。《红楼梦》的精彩不是一定要连在一起读才能体会，你可以把它变成自己生活里的一部分。有一次，我在学校里给学生讲《红楼梦》，有学生指着班上的一个同学说"他就是这样子，他就是这样子"。我当然没有追问他们到底发生了什么事，但是你会知道同学里也有和书中人物个性相近的人。他们会有不对老师讲的事情，却在书里找到了自己生活的影子。

我希望通过这样的方法，让大家慢慢知道怎样去读《红楼梦》，怎样去读其中的细节，能够更深入地理解这部文学上集大成的名作。

生命中爆发的力量

从《诗经》开始，我都是选取某一个时代最具代表性的、最重要的作品来介绍，希望大家能够具体而微地看到当时文学的某一种特征。文学和其他艺术形式一样，能够将一个时代当中大家所渴望的，或者关心的最特殊的事物表达出来。但是，并不是每个时代都会有精华之作流传下来。清朝数百年间，文人在不断地通过文字进行表达，或许每个人都认为自己在做最重要的一些书写，可是事实上真的能够碰触到时代精神的反而很少。今天我们如果要挑一部最重要的作品出来，好像只有《红楼梦》。

在曹雪芹创作《红楼梦》那段时间前后，"扬州画派"出了一个重要的画家——郑板桥，后者也在民间产生了很大影响。曹雪芹和郑板桥都是通过比较另类的方式出现的——我们从《诗经》一路看下来，会发现能够将时代的心声表达出来的人，其实常常是一些另类的文字使用者，而不是那些正统的人。

文字通常会有两个走向。一是成为统治者的一种工具，自古以来所谓的教科书大概都与统治有关，当中会表达政策上的意见。我们为什么要选这些书、这些文字给下一代看？谁在选择？在什么样的观念之下选择？其实都是非常有趣的问题。当然有一部分原因是我们认为这些是"最好的书"，可是什么叫作"最好的书"？我们从这个角度向所谓的正统文学的教科书系统反问的时候，会觉得非常有趣。文学有一部分最后会和执政、统治这些东西混在一起，法国哲学家福柯说过"知识即权力"，你掌握知识本身也就掌握了某种权力，而掌握权力的人也会试图使知识变成他所需要的知识。

可是，我们也不要忘记前面讲到的"另类"。"另类"是在文字的正统性之外去开发文字真正的可能性。唐诗也好，宋词也好，元曲也好，一代一代的文学都具有各自的风范。到了明清，由于正统的道学系统太严格，大量知识分子把最好的生命、最好的心血都拿来读政府要他读的书，准备应试做官，所谓自我的性情已经完全没有了。这个时候，往往会出现特别另类的人，比如明朝的徐渭、张岱，或者清朝的曹雪芹、郑板桥。郑板桥是走过正统路途的。他经过苦读，考取进士，到地方上做官。待他发现整个政治的腐败，辞官跑到扬州卖画为生的时候，就把自我重新救回来了。

我们在郑板桥的诗句里看到他对当时的读书人进行了非常直接的批判。他称对方为"小儒",即不是真正的大学者。他说:"小儒之文何所长?"这些每天准备考试做官的小小的读书人,他们的文章有什么长处呢?不能说一点儿"长处"都没有,"抄经摘史饾饤强"。"抄经摘史"就是把"四书五经"和史书抄来抄去、东拼西凑;"饾饤强"是说那些人只剩拼凑的能力,写文章已经不是生命力的原创。比较而言,《红楼梦》是一部原创作品,却是由没有经历过考试做官这个所谓正统系统的曹雪芹创作的。我们可以看到《红楼梦》碰触了各种不同的文学形式,题对联、写匾额,甚至是猜灯谜,将文学的传统使用得非常充分。那些住在大观园里的十几岁的小孩子,聚在一起,以菊花作题目来写诗,每个人都在写自己的心情。林黛玉写的是"孤标傲世偕谁隐,一样花开为底迟?",菊花不在春、夏开花,不和其他花朵一起开放,它有自己的个性,林黛玉用"孤"和"傲"来形容它的个性。"孤标傲世偕谁隐",菊花像一个隐士一样,这里面其实也在讲林黛玉自己——她不屑于和别人争什么东西,她觉得自己的生命中自有一份孤傲。"一样花开为底迟?",其他的花开放的时候,我们称之为"争春",可是菊花到了秋凉之后才孤独开放。说是林黛玉写诗,其实当然是曹雪芹借林黛玉的形象,以林黛玉的个性去写的。林黛玉、薛宝钗、史湘云这些人的个性都不一样,所写的东西也大不相同,从中可以看到一个伟大的文学创作者在精神上的多重面貌。读《红楼梦》绝不仅仅是在看小说,我们可以看到它对古典文学的精华做了一次完整的集合。

郑板桥又讲:我们为什么要读书?为什么要读历史?其实可以不用读的。这是很大胆的讲法,我们今天哪里敢对学生说"那些书你可以不要读"?你要有更好的替代的理由,才能说这个话。郑板桥的理由是什么呢？作为一个从正统出来的文人，郑板桥已经对正统的文化产生了巨大的排斥性和叛逆性，他要背叛正统文化，所以他说"英雄何必读书史"。这里讲的"英雄"刚好是和"小儒"对立的——如果你想成为一个小儒，你就去"抄经摘史"，没有创造力，也没有生命力；可是如果你是一个有生命力的人，是一个热爱生活的人，是一个"英雄"的话，何必还要浪费时间去读那些所谓的正统的道学文章？你应该"直摅血性为文章"，真正抓到自己生命中热情的部分，凭本性来写文章，这样的文章才是好文章。这刚好就是后来"文学革命"的主张，就是胡适之先生后来讲的"八不主义"——不要用典故，不要押韵，不要再注重形式了，你要真正讲你心里面要讲的话。

好的文学、好的艺术，一定具有直接从生命里面所爆发出来的力量，能让我们感觉到生命活泼的部分。"直摅血性为文章"后面就是"不仙不佛不贤圣"。郑板桥否定了三个文化传统，即道家文化传统、佛教文化传统和儒家文化传统。他觉得这些文化传统已经太老旧了，大家就想着成仙、成佛、做圣人，可是却碰不到生命的本质。徐渭和张岱也是"不仙不佛不贤圣"的，他们说自己一事无成，说自己不是完美的人，学什么都不成。这些人不想变成假想的仙佛或贤圣——这个"贤圣"，就是我们刚才提到的被政治所利用、经由正统塑造出来的框架，可并不具有真正感人的生命力。"不仙不佛不贤圣，笔墨之外有主张。"一个真正的创作者关心的是笔墨之外的东西。明末清初的石涛说："纵使笔不笔，墨不墨，画不画，自有我在。""我"才是最重要的，生命的本质要被提炼出来，而不是执着于小小的形式技巧。《红楼梦》当然是形式技巧了不起的一部书，《葬花辞》写得那么美，里面的对联、谜语都那么典雅，可是它真正重要的东西并不是文学的技巧与形式，而是创造出了人的生命力。

刘姥姥的"颠覆"

《红楼梦》很有趣,曹雪芹营造了那么完美、优雅的贵族文化家庭,但是又特意让刘姥姥这样的人跑进去"搞破坏",而刘姥姥很可能是帮助优雅的文化回到生命本质的那个人。民间那些听水浒、听三国的人,反而没有受到"文化污染",还有活泼的创造力。《红楼梦》第四十一回题为"贾宝玉品茶栊翠庵,刘姥姥醉卧怡红院",贾宝玉的房间就连和他最要好的林黛玉、薛宝钗都没进去过,但是刘姥姥闯进去了。起先,宝玉一行人到栊翠庵品茶,刘姥姥用了妙玉的茶杯,妙玉便要扔掉,后经宝玉劝说,送给了刘姥姥。但接下来事情更严重了——刘姥姥跑进了怡红院。这里完全变成了对阶级的颠覆,真正有生命力的文化当然是不怕颠覆的,它应该经得起这样的挑战。

"那刘姥姥因喝了些酒,他脾气不与黄酒相宜,且吃了许多油腻饮食,发渴多喝了几碗茶,不免通泻起来,蹲了半日方完。即出厕来,酒被风禁,且年迈之人,蹲了半天,忽一起身,只觉得眼花头眩,辨不出路径。四顾一望,皆是树木山石楼台房舍,却不知那一处是往那里去的了,只得认着一条石子路慢慢的走来。及至到了房舍跟前,又找不着门,再找了半日,忽见一带竹篱,刘姥姥心中自忖道:'这里也有扁豆架子。'"大观园会弄一带竹篱,是为了优雅,而刘姥姥是乡下人,看到篱笆就想到要种扁豆,这里曹雪芹完全是以刘姥姥的眼光在看大观园。"一面想,一面顺着花障走了来,得了一个月洞门进去,只见迎面忽有一带水池,只有七八尺宽,石头砌案,里面碧浏清水流往那边去了,上面有一块白石横架在上面,刘姥姥便度石过去,顺着石子甬路走去,转了两个弯子,只见有一房门。于是进了房门,只见迎面一个女孩儿,满面含笑迎了出来。刘姥姥忙笑道:'姑娘们把我丢下来了,要我碰头碰到这里来。'说了,只觉那女孩儿不答。刘姥姥便赶来拉他的手,'咕咚'一声,便撞到板壁上,把头碰的生疼。细瞧了一瞧,原来是一幅画儿。刘姥姥自忖道:'原来画儿有这样活凸出来的。'一面想,一面看,一面又用手摸去,却是一色平的,点头叹了两声。"可见贾家当时已经有西洋画(即油画)了。西方绘画讲究透视法,画的人物看起来就像真的,在一个乡下老太太看来,这就是活人走出来了,于是她伸手去摸她,一摸才发现是平的。有人考证过,《红楼梦》里讲到很多西洋的贡品,比如"自来钟",比如鼻烟壶上画有黄发赤身长肉翅的女子(即西方的天使)。"一转身方得了一个小门,门上挂着葱绿撒花软帘。刘姥姥掀帘进去,抬头一看,只见四面墙壁玲珑剔透,琴剑瓶炉皆贴在墙上,锦笼纱罩,金彩珠光,连地下踩的砖,皆是碧绿凿花,竟越发把眼花了,找门出去,那里有门?左一架书,右一架屏。"刘姥姥本来已经头晕晕的,进入贾宝玉的房间后觉得眼更花了。作者特意通过一个完全没有体验过贵族生活的乡下老太太的眼睛去看贵族的生活,使这种生活在显得令人惊讶的同时,又格外真实。

"刚从屏后得了一门转去,只见他亲家母也从外面迎了进来。刘姥姥诧异,忙问道:'你想是见我这几日没家去,亏你找我来。那一位姑娘带你进来的?'他亲家只是笑,不还言。刘姥姥笑道:'你好没见世面,见这园里的花好,你就没死活戴了一头。'他亲家也不答。便心下忽然想起:'常听大富贵人家有一种穿衣镜,这别是我在镜子里头呢罢。'说毕伸手一摸,再细一看,可不是,四面雕空紫檀板壁将镜子嵌在中间。"前面遇见的是画里的姑娘,现在刘姥姥看到的是大镜子。她头晕晕的,以为镜子里的"人"是自己的亲家母,觉得很奇怪;又看到这个"亲家母"带着满头的花,就笑话对方没见过世面。当然,她看到的是自己,讲的其实也是自己。如果不是安排刘姥姥进了怡红院,对于里面的摆设,其实我们是无法知道的,因为作者不会刻意去描写。可是现在我们已经知道贾宝玉的房间里有一面大镜子，镜子转过去才是他的卧房，这个信息是通过刘姥姥那活泼有趣的举动透露出来的。"因说：'这已经拦住，如何走出去呢？'一面说，一面只管用手摸。这镜子原是西洋机括，可以开合。"贾府有很多舶来品，这里又出现了西洋机关。"不意刘姥姥乱摸之间，其力巧合，便撞开消息，掩过镜子，露出门来。刘姥姥又惊又喜，迈步出来，忽见有一副最精致的床帐。他此时又带了七八分醉，又走乏了，便一屁股坐在床上，只说歇歇，不承望身不由己，前仰后合的，朦胧着两眼，一歪身就睡熟在床上。"这便是贾宝玉的卧房了。他的床旁人是不敢上去的，唯一例外的就是醉酒的刘姥姥。作者有意用这样一种另类的方式把贾宝玉精致、唯美的世界完全颠覆，这在文学上是最难的。张岱在《自为墓志铭》里面讲贵贱贫富都是可以打破的——在一般人眼里，刘姥姥是贱，贾宝玉是贵，刘姥姥是贫，贾宝玉是富，可是在她一屁股坐到宝玉的床上睡着的时候，全部都被打破了。

"且说众人等他不见，板儿见没了他姥姥，急的哭了。众人都笑道：'别是掉在茅厕里了？快叫人去瞧瞧。'因命两个婆子去找，回来说没有。众人各处搜寻不见。袭人毣其道路：'是他醉了迷了路，顺着这一条路往我们后院子里去了。若进了花障子到后房门进去，虽然碰头，还有小丫头们知道；若不进花障子再往西南上去，若绕出去还好，若绕不出去，可够他绕回子好的。我且瞧瞧去。'一面想，一面回来，进了怡红院便叫人，谁知那几个房子里小丫头已偷空顽去了。"众人发现刘姥姥久去不回，便要寻她，袭人一路就来到了怡红院。

"袭人一直进了房门，转过集锦槅子……"袭人的身份在这里就显示出来了，她是伺候贾宝玉的丫头，所以她知道那是集锦槅子；可是刘姥姥根本不知道那是什么东西，只会用自己的语言表达，说是"左一架书"。"……就听的鼾齁如雷。忙进来，只闻见酒屁臭气。满屋一瞧，只见刘姥姥扎手舞脚的仰卧在床上。"我们看袭人和刘姥姥的反应:"袭人这一惊不小,慌忙赶上来将他没死活的推醒。那刘姥姥惊醒,睁眼见了袭人,连忙爬起来道:'姑娘,我失错了!并没弄脏了床帐。'一面说,一面用手去掸。"袭人吓了一大跳,刘姥姥也知道自己闯了大祸。曹雪芹这里是有意在颠覆贫富之间的阶级性,是写得极好的地方。"袭人恐惊动了人,被宝玉知道了,只向他摇手,不叫他说话。忙将鼎内贮了三四把百合香,仍用罩子罩上。些须收拾收拾,所喜不曾呕吐,忙悄悄的笑道:'不相干,有我呢。你随我出来。'"我们前面讲过,袭人是最柔顺的,什么事情都能包容、能担待,这里她就担待了刘姥姥。刘姥姥"跟了袭人,出至小丫头们房中,命他坐了,向他说道:'你就说醉倒在山子石上打了个盹儿。'"袭人当然是在保护她。这里也透露出阶级的严格,今天你就是再讨厌一个人,他到你房间里睡个觉,也不至于到这种程度。"刘姥姥答应知道。又与他两碗茶吃,方觉酒醒了,因问道:'这是那个小姐的绣房,这样精致?我就象到了天宫里的一样。'袭人微微笑道:'这个么,是宝二爷的卧室。'那刘姥姥吓的不敢作声。袭人带他从前面出去,见了众人,只说他在草地下睡着了,带了他来的。众人都不理会,也就罢了。"众人并不关心刘姥姥做过什么,都不过问,因此也就没人知道她曾到怡红院走了一遭。

大家或许可以感受到,这部分其实相当于一个小小的短篇小说。全然不同的两个生命——一个在这么富贵的人家长大的公子,一个永远在做粗活的乡下老太太,他们在偶然的机缘之下发生关联,而且是在这个富家公子的私人空间之中。这种错位给人的感受要比空洞地谈阶级更直接。如果是一个不好的作者,大概就会说,你看刘姥姥多么穷,贾宝玉多么有钱;可是好的作者会安排一个场景,让二者发生碰撞,一直到刘姥姥从宝玉卧房出来,她都不知道自己到了哪里,还以为是哪一个小姐的绣房。文学描绘很重要的地方就在这里。

晚清小说的社会意识

曹雪芹从自己生长的富贵当中,从自己后来的人生当中,感受到人与人有这么大的不同,却并没有说谁对谁错。可是在接下来晚清的文学作品里,你就会看到作家们对社会变革问题的关注,希望批判某一种独占性的贵族权力阶层,认为在这样腐败的政治当中,某些人应该对老百姓生活的苦楚负一些责任。我们在谈论《红楼梦》之后的小说时,常常提到社会意识的萌芽和觉醒,其中比较有代表性的作品包括《老残游记》《二十年目睹之怪现状》等。

中国和西方的接触很早就开始了,但西方科技通常只是被当作"机巧之术",并没有得到足够的重视。清朝的康熙皇帝吸收了非常多的西方文化,他的大臣当中也不乏洋人。大概从乾隆朝开始,中国文化的自大感越来越强,但是当时的西方却正进行着"启蒙运动"。道光年间,鸦片被倾销到中国,以煤炭作为能源的外国蒸汽轮船出现在中国的海岸线上。清朝政治的腐败性日益显露出来,人们觉得中国的社会、文化都需要进行改革了。

从文学的立场来说,虽然《老残游记》中有很好的片段(譬如"明湖居听书"那一段),但是从整个架构来讲,其实称不上是伟大的小说。为什么呢?因为它主题的意识太强了——作者急着告诉读者这个国家已经不行了,如果再不改革的话,立刻就要完蛋。我们认为内容很重要,但是内容被这么直接地叫出来,我们又觉得它"不是"文学了,因为文学毕竟不是政治议论。你读一部小说,作者突然开始讲这个国家已经如何腐败,要你赶快救国,你大概会觉得它不像小说了。除了这类以救国思想作为贯穿的作品,民间还出现或整理了一批传奇故事,如《施公案》《彭公案》等,全是破冤狱的故事,将战胜腐败官僚系统、救治生民苦痛的希望寄托在"青天"身上。有人写过这方面的论文，说凡是政治不好的时代，大众对法律失去了信心，社会中就会出现"青天"思想，渴望有一个代表正义的人出现。在西方没有这种文学，比如你在法国就找不到类似包公、施公的角色，这是我们文化里很奇特的一个现象。这些故事往往文字粗糙，有一点一点拼凑而成的感觉，算不得好的文学作品。

严格讲起来，我觉得晚清小说除了提出比较强的社会意识之外，在文学上的贡献其实不大。基本上，《施公案》《彭公案》《二十年目睹之怪现状》只能作为社会意识觉醒的表现，但这个社会意识很空洞、很抽象。到底什么叫作社会意识？其实非常不容易界定清楚。一个社会由很多不同的分子构成了它的全体，当少部分人以独占的方法垄断了它的资源和利益的时候，占大多数的人意识到自己有权力去反抗、去争取，大概就是所谓的"社会意识"。女性是大量的受压迫者，所以女性的意识觉醒是其中一部分，另外还包括一般的劳动者，比如农民、工人等。刘姥姥如果生活在晚清，她大概就是一个革命的人，不会再满头戴着花去玩。《红楼梦》有没有社会意识？我觉得有，因为曹雪芹安排了刘姥姥这个人物，而且对她在贾府这个大家族中的状况有一种悲悯。不过，我们也能够看到刘姥姥的社会意识并不强烈，王熙凤的女儿落难时，她还可以救她，还可以报恩。可是到晚清的时候，鸦片战争败了，太平天国等民变风起云涌，八国联军也来了，民族矛盾、阶级对立都越发尖锐。晚清小说在这样的背景下诞生，其中一些已经"预见"了日后会发生的革命。

晚清还有一部吴语小说叫作"海上花列传"，写的是上海妓女的故事。张爱玲觉得这部小说极好，把它翻译成国语版本，后来侯孝贤又把它拍成电影。作者韩子云要替上海这一批妓女立传，我们现在大概会很不解：

第六讲 《红楼梦》：青春王国

妓女不是社会里最糟糕的一群人吗？怎么会为她们立传？张爱玲却认为，如果是真正了解上海文化的人就会发现，在当时的上海，接受新思想最快的就是妓女。

所谓风尘中人，身上有一点儿江湖气，反而能够突破礼教加诸身上的束缚。你哪里能够要求杜丽娘去革命，当然是不可能的事情，林黛玉也不会去革命。反而是这种身份的人，有机会接触社会，穿西方来的服装，开始学洋文。侯孝贤电影《海上花》中李嘉欣演的那个角色，她的房间摆设就是西洋式的。按照清朝的法律，官员可以纳妾无数，其实他们没有所谓的性的问题。《海上花》电影里从头到尾没有性的场面，这些男子到风月场所去，寻求的其实是心灵上的慰藉。他想找一个知己，这个知己不见得和他有性的关系，而是可以满足他在文化部分的需求。这些上海名妓在当时是非常复杂的角色，和我们今天所理解的妓女不太一样，她们其实是有文化品位的一群人，从小要学弹唱、书法，玩赏古物、书画。对她们的书写也是晚清文学中很重要的一个系列，《海上花列传》即是属于"鸳鸯蝴蝶派"系统的小说。一般的文学史对"鸳鸯蝴蝶派"的评价非常低，尤其是在五四运动以后，因为人们认为文学应该肩负起比较大的社会使命，但"鸳鸯蝴蝶派"只是描述男女之间的情爱关系。不过，现在也有人替这个系统辩护。大家知道，张爱玲是"鸳鸯蝴蝶派"作家，张恨水也是，他们就是描写情爱。这类小说产生于近代意义上的城市（例如上海）之中，是在商业大繁荣的背景下发展起来的，商业城市中人的生活与农村是非常不一样的。当时，中国已经有了报纸、期刊，很多小说最开始就是在这类出版物上连载的，对读者来说主要是休闲的作用。比如报纸上刊登小说的部分叫作"副刊"，是读者看完国家大事之后的消遣。上海是一个非常特殊的城市，当时上海有租界，有所谓"十里洋场"，现在大家到外滩去，还能看到很多西式的楼房，有意大利式的，有法国式的，有西班牙式的，原先是外国人的商业机构之类。当时上海引进了很多外洋的东西，外洋文化在这里发展起来，促使旧的文化发生了最大的质变。靠稿费生活的职业小说家，也在近代化的背景下出现了。

第七讲

民国文学

重逢"海上花"

我曾一再提到，像张爱玲这样一个女性作家，并且是"海派"作家的代表，她会认为在那个时代能够写出《海上花列传》这样的小说的地方真的只有上海。因为上海可以保护一种比较自由的思想，在正统文化比较占优势的地方，大家会觉得这样的文学是不入流的，或者说不够正统的，会批判它。张爱玲出身的家族本是很显赫的文化世家，但后来没落了。大家如果看过张爱玲晚年自己编的家族旧照以及相关讲述，会感到非常奇特。她的家族很有钱，但家里的男性坐吃山空，抽鸦片，提个鸟笼荡来荡去，根本不事生产，这使得家里的女性变得特别强。张爱玲的母亲和她的姑姑很要好，两个人觉得家里的男人太没用了，也没有办法挽回，这个家就让它败下去吧，于是一起出走，到英国留学，那年张爱玲四岁。张爱玲的母亲后来又去了印度，做过尼赫鲁姐姐的秘书。她还到工厂当女工，要抛掉自己的阶级，要抛掉贵族出身，就是这样一个让人觉得她的一生非常奇特、非常精彩的人。

那时还是民国初年，张爱玲的母亲是缠过小脚的女人，可是我们今天能看到当时她穿了雪鞋在瑞士滑雪的照片——那是第一代解放自己的女性。张爱玲在这样的环境里成长，后来她其实是以自己的母亲、姑姑作为典范。她不是在中国内地读的大学，而是在香港接受英式教育。我

们在这里可以看到上海代表性的文化受外洋冲击很大，而且在这个过程中某一种女性觉醒的东西出来了。张爱玲后来解释自己为什么要翻译《海上花列传》，她说如果从另外一个角度看，书中的女性吸收了西洋文化，是最早一批传播西洋文化的人，并且以这些文化影响了到长三书寓来找她们的清朝官吏。长三书寓的这些妓女会告诉官吏们最近在流行什么，也会身穿男装、头上戴着高高的帽子、拿着拐杖出去玩儿，完全是西洋装扮。张爱玲重新解读了《海上花列传》，透视了其中的生命现象，也将其所描述的种种情况作为社会变革的一个范例。

晚清到民国这段时间，文学大体会走两条路。一条是强烈意识到要救国的。从鸦片战争开始，列强一次一次欺凌中国，使得"救亡图存"变成了文学最大的主题，我们可以说这是一个"男性主题"。另外一条路出现在比较商业化的大城市中，比如广州、上海，或者后来的天津。后者是一种休闲文学，像《孽海花》《海上花列传》，从侧面去描写一个时代的变革。今天我们也许应该用比较合理的方式把这两类文学结合在一起讨论，不然接下来我们会很难确定主线。当然，一九四九年以后，台湾与这个文学传统基本上切断了。我小时候，很多书是我们根本不可能读到的，张爱玲的作品我也是在大学时才读到。那个时候刚刚开禁，皇冠出版社出版了张爱玲的《流言》，我才读到她的书，才知道有这个作家。大陆地区的情况也差不多，一直到二十世纪八十年代以后，人们才"记起"了张爱玲，现在又有很多人在读她的作品。之所以会有这个中断时期，是因为两岸一度都在用政治解释文学。

"呐喊"与"彷徨"

我读大学的时候，从台大图书馆借到一本鲁迅的《呐喊》，那时没有复印机，同学们便连夜手抄。《阿Q正传》我是完整抄出来的，《药》也有手抄本。从这里我们也可以看到因为政治化解读的缘故，文学的主流曾经一度被切断。在今天已经开禁的情况下，我希望大家可以抛却政治化的眼光来看待这一时期的文学，因为它不仅情况非常复杂，而且离我们很近。

民国时期最好的一批作品在当时属于实验文学，像鲁迅、沈从文、朱自清、徐志摩等人的作品。其中朱自清和徐志摩算是在台湾没有被中断的两个作家，但朱自清一些较为激烈的作品也被删掉了。可是事实上我们看到在五四运动之后，作家往往有一种社会觉醒的意识，认为文学必须要负担改革的责任。

鲁迅本来是学医的，忽然不读了，跑回国开始写小说。为什么他会有这么大的改变？鲁迅曾写过一篇《藤野先生》，主人公是他在日本时的一位老师，里面透露出了一些信息。有时候由于我们对那个时代的整体背景不够了解，所以就不明白当时文人所感受到的巨大的压抑、苦闷以及内心蕴藏的反传统的力量。

大概从清末开始，这种情绪就在一批人身上体现了出来，比如林觉民，比如秋瑾。他们大概是最早一批留日的学生，在留日的过程中受到巨大的西方潮流的影响，回头发现自己的祖国千疮百孔、腐败横生，从而决心投身革命的洪流。同时，革命的热情也变成了文字，当时的文学里寄托了迫切而强烈的救世主张。我们的矛盾在于，我们并不认为文学一定要寄托这么大的主张才是好的文学。从《诗经》以下，我们一直认为文学是很宽阔的，对生命的描绘也是多样的，不应该只着重于一点。可是当一个时代生了重病的时候，文学往往会直接切入这个弊病。鲁迅只有两本短篇小说集，一本叫"呐喊"，一本叫"彷徨"，从这两个名字就能很明显地感觉到他书写的就是他所处的时代："彷徨"是一种迷失，

前路茫茫，不知道到底要往哪里去；"呐喊"是在苦闷中要叫喊出来。这两个短篇小说集中的作品创作于二十世纪二十年代前后——我必须说，在新文学运动当中，鲁迅的创作力是最强的。这个"最强"和他就读日本仙台医专的经验有很大关系。他最初要做医生，是因为父亲死得非常惨。他的散文《父亲的病》全在写自己的父亲。鲁迅父亲的病拖了两年，可是当时的中医总是要他找一些奇怪的药引，要找到药引整个药方才有用。有一次，医生竟然叫鲁迅去找"蟋蟀一对"，而且注明要"原配"——连昆虫都要讲贞节，好像不是原配就连做药都没有资格了。鲁迅后来不止一次讽刺中医，觉得简直是荒谬到了极点。那些药引一个也没找到，父亲临死的时候，鲁迅感到很痛苦，觉得好像是自己害死了父亲，因为两年来他就请了绍兴的这个"名医"，而这个"名医"却是这样的一个庸医。于是，他决定渡海到日本学医。他在仙台医专的时候，其中一位授课教师就是藤野先生。在藤野先生教导他的过程中，他逐渐体悟到：如果一个人的心灵已经死亡，救活肉体的意义又在哪里？其实他思考的是整个国家——如果国家的"心灵"已经死亡，精神已经死亡，那么只把"肉体"救回来的意义何在？于是，他决定放弃从医，转而去做一个文学家改革当时的社会。说到这里，大家或许可以明白晚清到民国的文学里真正的主题思想，可以感受到当时那些人投身文学的真正意图与价值何在。

在近代的白话文作品里，我一直是最佩服鲁迅的文字的。他的文章从一开始就很特别，比如《藤野先生》的首句"东京也无非是这样"，你觉得前面应该还有内容，可这就是起始句。

> 东京也无非是这样。上野的樱花烂熳的时节，望去确也像绯红的轻云，但花下也缺不了成群结队的"清国留学生"的速成班，头顶上盘着大辫子，顶得学生制帽的顶上高高耸起，形成一座富士山。

也有解散辫子,盘得平的,除下帽来,油光可鉴,宛如小姑娘的发髻一般,还要将脖子扭几扭。实在标致极了。

鲁迅在这里讽刺了当时的清朝留学生。各国都在改革,服装也好,头发也好,力求简化、俭朴,可是清朝留学生却仍然留着奇怪的辫子。

中国留学生会馆的门房里有几本书卖,有时还值得去转一转;倘在上午,里面的几间洋房里倒也还可以坐坐的。但到傍晚,有一间的地板便常不免要咚咚咚地响得震天,兼以满房烟尘斗乱;问问精通时事的人,答道,"那是在学跳舞。"

日本当时已经很受洋风影响,人们会跳一些外国舞蹈,清朝的留学生留着辫子、穿着长袍,也跟着一起学。鲁迅其实是在描写一个很荒谬的景象——要学西洋,可是又不知道到底该学什么,于是就以一个很怪异的方式组合起来,认为这就是洋化了。这种只学得了表面皮毛的洋化,本质上是极其腐败的传统的另一种反映。

到别的地方去看看,如何呢?
我就往仙台的医学专门学校去。从东京出发,不久便到一处驿站,写道:日暮里。不知怎地,我到现在还记得这名目。其次却只记得水户了,这是明的遗民朱舜水先生客死的地方。仙台是一个市镇,并不大;冬天冷得厉害;还没有中国的学生。

鲁迅本来要到东京留学的,在东京看到这些"清国留学生"之后,倒尽了胃口,决定寻找其他出路。仙台是日本比较偏远的地方,日本人

也很崇拜鲁迅，现在仙台博物馆那里还有一座鲁迅纪念像。

  大概是物以稀为贵罢。北京的白菜运往浙江，便用红头绳系住菜根，倒挂在水果店头，尊为"胶菜"；福建野生着的芦荟，一到北京就请进温室，且美其名曰"龙舌兰"。我到仙台也颇受了这样的优待，不但学校不收学费，几个职员还为我的食宿操心。我先是住在监狱旁边一个客店里的，初冬已经颇冷，蚊子却还多，后来用被盖了全身，用衣服包了头脸，只留两个鼻孔出气。在这呼吸不息的地方，蚊子竟无从插嘴，居然睡安稳了。饭食也不坏。但一位先生却以为这客店也包办囚人的饭食，我住在那里不相宜，几次三番，几次三番地说。我虽然觉得客店兼办囚人的饭食和我不相干，然而好意难却，也只得别寻相宜的住处了。于是搬到别一家，离监狱也很远，可惜每天总要喝难以下咽的芋梗汤。

因为之前没有清朝的留学生来，所以大家都很优待鲁迅。他住的地方刚好在监狱旁边，帮他做饭的人也帮监狱做饭，有人觉得不太好，就力劝他搬家，他自己虽然觉得无所谓，最后还是依了。"芋梗汤"就是用芋头的梗做的汤，其实是日本人常吃的。

  从此就看见许多陌生的先生，听到许多新鲜的讲义。解剖学是两个教授分任的。最初是骨学。其时进来的是一个黑瘦的先生，八字须，戴着眼镜，挟着一叠大大小小的书。一将书放在讲台上，便用了缓慢而很有顿挫的声调，向学生介绍自己道：
  "我就是叫作藤野严九郎的……"

这就是藤野先生的出场。

后面有几个人笑起来了。他接着便讲述解剖学在日本发达的历史,那些大大小小的书,便是从最初到现今关于这一门学问的著作。起初有几本是线装的;还有翻刻中国译本的,他们的翻译和研究新的医学,并不比中国早。

可见中国很早就翻译了西方的解剖学著作,可是后来中断了,日本却赶上去了,所以鲁迅在这里其实是有感慨的。不仅是解剖学,其实在明代的时候,中国就开始接受西洋的科学,比如徐光启、利玛窦合力翻译的《几何原本》前六卷。

那坐在后面发笑的是上学年不及格的留级学生,在校已经一年,掌故颇为熟悉的了。他们便给新生讲演每个教授的历史。这藤野先生,据说是穿衣服太模胡了,有时竟会忘记带领结;冬天是一件旧外套,寒颤颤的,有一回上火车去,致使管车的疑心他是扒手,叫车里的客人大家小心些。

藤野先生是一位大学教授,可是非常不讲究穿着,在日本那种很讲究穿着的社会里,很容易被别人误会。但就是这样一个经常穿得乱七八糟的人,对鲁迅的一生产生了很大影响。

他们的话大概是真的,我就亲见他有一次上讲堂没有带领结。

日本大学堂里面对服装非常讲究,但是鲁迅在这里又强调了一次藤野先生的不同。

过了一星期,大约是星期六,他使助手来叫我了。到得研究室,见他坐在人骨和许多单独的头骨中间,——他其时正在研究着头骨,后来有一篇论文在本校的杂志上发表出来。
"我的讲义,你能抄下来么？"他问。
"可以抄一点。"
"拿来我看！"

藤野先生担心一个中国来的学生日文还不够好,因此要检查鲁迅的笔记。

我交出所抄的讲义去,他收下了,第二三天便还我,并且说,此后每一星期要送给他看一次。我拿下来打开看时,很吃了一惊,同时也感到一种不安和感激。原来我的讲义已经从头到末,都用红笔添改过了,不但增加了许多脱漏的地方,连文法的错误,也都一一订正。这样一直继续到教完了他所担任的功课：骨学、血管学、神经学。

鲁迅一共跟藤野先生学了三门学科。这里可以看到藤野先生对鲁迅的关心和注意。他是教解剖学的,改解剖学的内容在情理之中,可是连学生的日文文法错误也关照到了。

可惜我那时太不用功,有时也很任性。还记得有一回藤野先生将我叫到他的研究室里去,翻出我那讲义上的一个图来,是下臂的血管，指着，向我和蔼的说道：

"你看，你将这条血管移了一点位置了。——自然，这样一移，的确比较的好看些，然而解剖图不是美术，实物是那么样的，我们没法改换它。现在我给你改好了，以后你要全照着黑板上那样的画。"

鲁迅其实是有些艺术家个性的，因为觉得比较好看，就改动了血管的位置。可是藤野先生告诉他，你不能为了好看，就移动它的位置，而是要真实。这其实是学生与老师之间一个很有趣的对话。

但是我还不服气，口头答应着，心里却想道：
"图还是我画的不错；至于实在的情形，我心里自然记得的。"

鲁迅知道血管应该是怎样的，可是要画图的时候，还是希望能够把它画得好看一点儿。

学年试验完毕之后，我便到东京玩了一夏天，秋初再回学校，成绩早已发表了，同学一百余人之中，我在中间，不过是没有落第。这回藤野先生所担任的功课，是解剖实习和局部解剖学。

解剖实习了大概一星期，他又叫我去了，很高兴地，仍用了极有抑扬的声调对我说道：
"我因为听说中国人是很敬重鬼的，所以很担心，怕你不肯解剖尸体。现在总算放心了，没有这回事。"

在解剖实习的过程中，藤野先生担心鲁迅因为习俗而不肯解剖尸体，这时才放下心来。

但他也偶有使我很为难的时候。他听说中国的女人是裹脚的，但不知道详细，所以要问我怎么裹法，足骨变成怎样的畸形，还叹息道，"总要看一看才知道。究竟是怎么一回事呢？"

藤野先生是研究解剖学的，为了求知，为了求真，想了解裹脚的详情。可是对于鲁迅来讲，这是他文化里的伤痛。

我想，文学和美术最后所面临的问题其实是一样的，我们借由文字或者图像去碰触生命里本质的内容。我在大学里接触鲁迅的作品以后，直到现在都在反复读这篇《藤野先生》。我想它不仅是一篇散文，更使我看到清末民初的文化问题，看到一个人的艰难。

有一天，本级的学生会干事到我寓里来了，要借我的讲义看。我检出来交给他们，却只翻检了一通，并没有带走。但他们一走，邮差就送到一封很厚的信，拆开看时，第一句是：

"你改悔罢！"

这是《新约》上的句子罢，但经托尔斯泰新近引用过的。其时正值日俄战争，托老先生便写了一封给俄国和日本的皇帝的信，开首便是这一句。日本报纸上很斥责他的不逊，爱国青年也愤然，然而暗地里却早受了他的影响了。其次的话，大略是说上年解剖学试验的题目，是藤野先生在讲义上做了记号，我预先知道的，所以能有这样的成绩。末尾是匿名。

日本学生不相信鲁迅的考试成绩是靠自己取得的，因为藤野先生曾把鲁迅的讲义一个字一个字地改，所以他们认为老师在这个过程中透露了题目。我读到这里的时候，读出了很大的心酸，清末民初的知识分子可能都面临着这样的问题——你又爱又恨的那个文化是你的出身，你不得不背负着它，以及外人对它的种种成见。

我这才回忆到前几天的一件事。因为要开同级会，干事便在黑板上写广告，末一句是"请全数到会勿漏为要"，而且在"漏"字旁边加了一个圈。我当时虽然觉到圈得可笑，但是毫不介意，这回才悟出那字也在讥刺我了，犹言我得了教员漏泄出来的题目。

我便将这事告知了藤野先生；有几个和我熟识的同学也很不平，一同去诘责干事托辞检查的无礼，并且要求他们将检查的结果，发表出来。终于这流言消灭了，干事却又竭力运动，要收回那一封匿名信去。结末是我便将这托尔斯泰式的信退还了他们。

接下来便是鲁迅的感慨：

中国是弱国，所以中国人当然是低能儿，分数在六十分以上，便不是自己的能力了：也无怪他们疑惑。

这大概是鲁迅感到最沉重的地方，你的国家不够强大，人们就认为你没有文化的创造力，走到哪里都被人看不起。但接下来发生了更让他难堪的事：

但我接着便有参观枪毙中国人的命运了。第二年添教霉菌学，细菌的形状是全用电影来显示的，一段落已完而还没有到下课的时候，便影几片时事的片子，自然都是日本战胜俄国的情形。但偏有中国人夹在里边：给俄国人做侦探，被日本军捕获，要枪毙了，围着看的也是一群中国人；在讲堂里的还有一个我。

课程之外还播放了新闻片，以日本的胜利来激发本国学生的爱国情操，但鲁迅是一个中国人，影像内外的情景都是对他深深的刺激和伤害。

"万岁！"他们都拍掌欢呼起来。

这种欢呼，是每看一片都有的，但在我，这一声却特别听得刺耳。此后回到中国来，我看见那些闲看枪毙犯人的人们，他们也何尝不酒醉似的喝彩，——呜呼，无法可想！但在那时那地，我的意见却变化了。

当时中国处决犯人时，会有很多人围观。在鲁迅看来，这是很可怕的事情——对于死亡如此开心，还要鼓掌，说明这个民族的心已经死了，根本就没有感觉了。

到第二学年的终结，我便去寻藤野先生，告诉他我将不学医学，并且离开这仙台。他的脸色仿佛有些悲哀，似乎想说话，但竟没有说。

"我想去学生物学，先生教给我的学问，也还有用的。"其实我并没有决意要学生物学，因为看得他有些凄然，便说了一个慰安他的谎话。

"为医学而教的解剖学之类，怕于生物学也没有什么大帮助。"他叹息说。

鲁迅认为中国人需要拯救的不是肉体，而是灵魂。但他对藤野先生有很深的情感，想安慰自己的老师，就说自己要改学生物，以示"先生教给我的学问，也还是有用的"。但藤野先生也很聪明，于是说了"没有什么大帮助"这样的话。

将走的前几天，他叫我到他家里去，交给我一张照相，后面写着两个字道："惜别"，还说希望将我的也送他。但我这时适值没有照相了；他便叮嘱我将来照了寄给他，并且时时通信告诉他此后的状况。

我离开仙台之后，就多年没有照过相，又因为状况也无聊，说起来无非使他失望，便连信也怕敢写了。经过的年月一多，话更无从说起，所以虽然有时想写信，却又难以下笔，这样的一直到现在，竟没有寄过一封信和一张照片。从他那一面看起来，是一去之后，杳无消息了。

但不知怎地，我总还时时记起他，在我所认为我师的之中，他是最使我感激，给我鼓励的一个。有时我常常想：他的对于我的热心的希望，不倦的教诲，小而言之，是为中国，就是希望中国有新的医学；大而言之，是为学术，就是希望新的医学传到中国去。他的性格，在我的眼里和心里是伟大的，虽然他的姓名并不为许多人所知道。

他所改正的讲义，我曾经订成三厚本，收藏着的，将作为永久的纪念。不幸七年前迁居的时候，中途毁坏了一口书箱，失去半箱书，恰巧这讲义也遗失在内了。责成运送局去找寻，寂无回信。只有他的照相至今还挂在我北京寓居的东墙上，书桌对面。每当夜间疲倦，正想偷懒时，仰面在灯光中瞥见他黑瘦的面貌，似乎正要说出抑扬顿挫的话来，便使我忽又良心发现，而且增加勇气了，于是点上一枝烟，再继续写些为"正人君子"之流所深恶痛疾的文字。

鲁迅的文字非常具有批判性，得罪了很多人，那些人就攻击他。他称那些人为"正人君子"——这正是他要讽刺的人。

鲁迅回国后没有从医，而是开始写小说，希望能够用文学唤醒大家社会改革的意识。《阿Q正传》《药》等都是他著名的作品。因为鲁迅学过医，所以他常常用医学的概念来作为某种象征或暗示，比如《药》。

《药》的故事围绕着华家和夏家展开，其中夏瑜的原型为秋瑾。绍兴现在有一个秋瑾烈士纪念广场，广场上有纪念碑，是当年秋瑾被砍头的地方。《药》的故事就与秋瑾被处决有关。

华家有个孩子叫小栓，得了痨病（肺结核），这在那个年代可算是一种绝症，咳嗽咯血，家里人想尽办法，也没有起色。后来，有人告诉他们一个偏方：蘸了人血的馒头可以治痨病。这真是民间最愚昧的迷信。华家也没有其他着数了，就决定试试这个方法，借了很多钱交给刽子手，讨一个蘸了刚被处决的犯人的鲜血的馒头。夏瑜参加了革命，被抓住了，华小栓吃的人血馒头，蘸的就是他的血。

药本来是治病的，可是当"药"变成了迷信之后，就丧失了这个作用。夏家的孩子夏瑜被砍头，一个青春的生命就这样死掉了。华小栓吃人血馒头的时候，不知道那是什么东西，吃完又是一阵咳，最后还是死掉了。结尾的地方，华家的华大妈和夏家的夏四奶奶各自去给孩子上坟——一个是因痨病而死的，一个是因革命而死的，革命者的血曾被拿去救治患了痨病的孩子，其实也救不活。

鲁迅身上有一种很大的悲剧感：已经有这么多人为了革命死掉，但是哪里有任何用处？社会还是一样的腐败衰弱。《药》可以说体现了晚清文学到民国文学最沉重的一个调子。医学是知识，是一种科学，如果你不尊重科学，到最后反映出来的就是人民的愚昧。当看到中国人围观自己的同胞被杀，还要鼓掌、喊"万岁"的时候，鲁迅觉得这才是他真正要医治的东西。

《阿Q正传》主人公"阿Q"的名字已经成为汉语系统中的专有名词，就连没读过这部小说的人也会用。其实阿Q名字的发音是"阿Quei"，但"Quei"究竟写作什么呢？不知道，于是就用"Q"来代表。有人认为Q是在讽刺当时那些拖着辫子的人，把乡下最无知的民众的形象写出来了。有意思的是，小说发表后，好多人跳出来说"鲁迅是在骂我"，可见《阿Q正传》写出了民族个性中的某种共性。阿Q不事生产，根本是个无赖，经常被人抓过来打。每当这时，他就在心里说"儿子打老子"，痛也不觉得痛了，是为"精神胜利法"。这非常明显是在讲当时中国人不愿面对现实的心态。

阿Q是一个被欺负的人，可是他又会去欺负别人，比如一个落单的尼姑。他去摸那个尼姑的头，说和尚摸得，为什么我摸不得。那些最坏的共性全部体现在了阿Q身上：卑下、懦弱、不敢面对、不敢反抗强势的、压迫自己的力量，可是又会欺负比自己更弱的。

后来，阿Q糊里糊涂地卷入了一个造反的案件，就要被枪毙了，人家要他画花押，他不会写字，就画了一个圈。阿Q"立志要画得圆，但这可恶的笔不但很沉重，并且不听话，刚刚一抖一抖的几乎要合缝，却又向外一耸，画成瓜子模样了"。他觉得很羞愧，可旁人并不在乎，又把他推回了牢房。

教育没有普及到底层民众当中去，造成了长期而广泛的无知，最后产生了文化性格上的荒谬和愚昧。这种民族的愚昧性，是五四运动到二十世纪三十年代大部分作家最直接书写的内容。

大家再看一下老舍的《骆驼祥子》。故事主人公是北平拉洋车的车夫——祥子，他没有读过书，可是很善良，但是在整个社会的压迫下最后落得贫病交迫。从晚清到民国，社会意识越发觉醒，小说经常在描写社会中对自己命运完全无法自主的人。《骆驼祥子》是老舍非常好的一部小说，大家如果有兴趣可以找书来看，或者看看改编的电影版本，先了解一下故事的大纲，看看祥子作为一个拉洋车的车夫是如何生活的。其实老舍的东西有一点儿杂，他曾到英国执教，后来就用文学作品来表现社会生活。那一代知识分子，身上有个很明显的特征：鲁迅从日本回来，老舍从英国回来，巴金从法国回来，各自带着不同的经验，试图要进行改革。

巴金最有名的作品是《家》《春》《秋》，即"激流三部曲"。他的法文非常好，现在台湾坊间售卖的纪德的书大都还是巴金翻译的版本。当时，巴金在政治上受到"无政府主义"的影响。"无政府主义"在俄国有两个重要的代表人物，一是巴枯宁，一是克鲁泡特金。于是，巴金就把巴枯宁的"巴"和克鲁泡特金的"金"合在一起变成"巴金"，当作自己的笔名。《家》《春》《秋》以传统知识分子家庭为背景——可以算是世家，但是面临着巨大的苦闷。家族里的年轻人已经接受了新式教育，可是封建宗法的压力非常大，不是每个人都敢于冲破这个牢笼。

如果我们把五四运动前后到二十世纪三十年代重要的文学作品（尤其是小说）摊开来看，就会发现其中关怀社会的意识非常明显。我必须说，我个人觉得整体水准最整齐的还是鲁迅，虽然他只有两个短篇小说集，没有长篇小说，可是到现在为止，其质量仍然是其他作家很难达到的水平。除了前面提到的《阿Q正传》《药》，我也非常欣赏他的《祝福》。《祝福》讲的是主人公祥林嫂一生的悲剧。她死了丈夫，因为穷得活不下去，被婆家卖给了山里的贺老六。贺老六老实本分，两人还生了个儿子，本来生活也还好。但没过多久，贺老六伤寒发作，死掉了；后来，儿子阿毛也被狼叼走。有人跟她说："你将来到阴司去，那两个死鬼的男人还要争，你给了谁好呢？阎罗大王只好把你锯开来，分给他们。"祥林嫂很害怕，后来就一直做苦工，赚到钱后到庙里捐了一条门槛，任千人跨万人踏，赎自己的"罪"。鲁迅在讲民间最迷信、最无知的一种情形。祥林嫂是社会里面最底层、最劳苦的人，没有文化知识，也无力掌控自己的命运，别人一用迷信吓她，她就很害怕，担心死后会被锯成两段，于是拼命攒钱捐门槛。《祝福》也被改编成了电影，大家有机会可以看一下。

　　一个民族的正统文化经过上千年的发展，已经充斥了虚假，老百姓完全处于愚昧无知的状态。鲁迅看得比其他作家都深，他不是同情个别人物——比如阿Q、夏瑜，或者祥林嫂，而是具有一种"冷酷"：个人遭受痛苦、面临死亡固然是不幸的，但如果一个民族没有巨大的觉醒，那这苦是要世世代代受下去的，这是更大的悲哀。一位女性不单在这一世受苦，还要捐门槛做自己的替身让人家踏，如果这叫作"道德"，那此时不颠覆它，还要等到什么时候？

　　鲁迅的作品中饱含着对社会的控诉，讨论的都是非常尖锐的问题。他写的更多的是杂文，直接批判当时的政治。进步青年白莽、柔石等被国民党当局抓去枪毙，他愤而写就一篇文章——《为了忘却的纪念》。

　　通过前面的介绍，我们可以看到，从晚清到民国，所谓"社会意识"变成了很多作家心中一直牵念的事情，鲁迅也好，巴金、老舍也好，都有很强很强的社会意识。

"边城"来的人

　　我们前面提到过，这个时期的很多创作者有出国留学的经验，回国后参考先进国家的文化，进行自己文学创作上的改革。可是沈从文是在偏远的湘西凤凰长大的，没有受过很多教育。我们在《从文自传》里看到，二十岁以前，他几乎都是在民间晃荡，特别是十五岁从军后，就跟着军队到处跑。我们今天很少有作家有这样的经历，可是也很少有作家能够像沈从文一样写出那么精彩的作品，因为他经历了太多事情。

我们在书房里满架子去翻书，不见得能够进行创作，可是你走出去，看看外面真实的人生，却可能是创作的来源。其实张爱玲也讲过类似的话。有人问张爱玲怎样变成一个好的小说家，张爱玲说你不要担心自己是不是好的小说家，你走出去好好生活，如果你能把这生活记录下来，就会是好的作品。这些都说明文学的真正本质是鲜活生命的状态，所以受教育很少的沈从文写出了非常动人的作品。

他的作品中，大家最熟悉的可能是《边城》，他都在写民间这种淡淡的故事。湖南有很多河流，他的故事也常常围绕水边人们的生活展开，比如《丈夫》就是这样，切面非常特别。清末民初，当地江边有很多小船，上面载的其实是做"生意"的妓女，是日子穷得过不下去的乡下妇人，用自己的身体赚一点儿钱养家。有时候，乡下的丈夫进城来看望太太，两人正聊着家里的情形，客人就来了，丈夫只得躲到后舱。接下来，作者用大量笔墨对一对过着如此生活的夫妻进行了特写。沈从文在讲述故事的时候，完全不动声色，但读者内心是被惊动了的。历史书里大概不会这样写那个时代的老百姓在过什么样的日子，可是小说里面写出来了。

我的意思是说，文学在写历史，可是历史却不会写到这样一个故事，故事里面有让你读不下去的东西。我常常对朋友说，鲁迅的作品会让人感到愤怒，可是沈从文的东西读到最后，你会感到苍凉，感到无力，但这些都是沈从文在生命当中真正看到的。我个人觉得沈从文最好的东西不一定是他的小说，而是他的自传。他当兵的时候，到处奔波，看到所有最残酷、最愚昧的事情，但老百姓好像并不觉得这样的生活有什么问题。后来，他受到五四运动后新书报的影响，带着向往来到北京。他并没有入读北大,但旁听了很多课程;一个二十出头的年轻人来到繁华的大都市,"便开始进到一个使我永远无从毕业的学校,来学那课永远学不尽的人生了"。又过了差不多十年,他受邀完成了回顾早年生活的《从文自传》。

我一直觉得《从文自传》是民国文学中最动人的一部作品,因为它保留了我们历史上难以被看到、被记录的断面。我们说起辛亥革命,想到的往往是历史书里讲的那些,可是沈从文那时候年纪很小,他看到的就是河滩上一片人头。他带着作家的眼睛去回望自己所看见的、所经历的,记录下当时人民生活的状况。

当时,沈从文的爸爸问他:"小东西,怕不怕人头,不怕就同我出去。"我们很少见到一个爸爸会讲这种话。沈从文回答"不,我想看看人头",便跟着父亲去了,于是他"就在道尹衙门口平地上看到了一大堆肮脏血污人头。还有衙门口鹿角上,辕门上,也无处不是人头"。他童年时对辛亥革命的第一印象,就是人头。

从城边取回的几架云梯,全用新竹子做成(就是把这新从山中砍来的竹子,横横的贯了许多木棍)。云梯木棍上也悬挂许多人头,看到这些东西我实在希奇,我不明白为什么要杀那么多人,我不明白这些人因什么事就被把头割下。我随后又发现了那一串耳朵,那么一串东西,一生真再也不容易见到过的古怪东西!叔父问我:"小东西,你怕不怕?"我回答得极好,我说"不怕"。我听了多少杀仗的故事,总说是"人头如山,血流成河",看戏时也总据说是"千军万马分个胜败",却除了从戏台上间或演秦琼哭头时可看到一个木人头放在朱红盘子里,此外就不曾看到过一次真的杀仗砍下什么人头。现在却有那么一大堆血淋淋的从人颈脖上砍下的东西。我并不怕,可不明白为什么这些人就让兵士砍他们，有点疑心，以为这一定有了错误。

我们从中看到的是一个在生活里长大的孩子，开始记录自己的生活。所以我们说文学并不是开始于判断，而是开始于观察。他不知道这是什么，只觉得很怪，于是开始描述。《从文自传》我读了多少次，可每次读还是很感动，他并没有做判断，只是将自己看到的"革命"讲出来——对于一个孩子来讲，就是看到一直在杀人，一串串的耳朵，一个一个的人头。

为什么他们被砍，砍他们的人又为什么？心中许多疑问，回到家中时问爸爸，爸爸只说这是"造反"，也不能给我一个满意的答复。我当时以为爸爸那么伟大的人，天上地下知道不知多少事，居然也不明白这件事，倒真觉得奇怪。到现在我才明白这事永远在世界上不缺少，可是谁也不能够给小孩子一个最得体的回答。

沈从文长大以后，也觉得这样的事情到处都在发生，古代、今天、未来都会发生，可是"为什么人要杀人"这件事，谁也无法向小孩子解释清楚。

这革命原是城中绅士早已知道，用来对付两个衙门，同那些外路商人，攻城以前先就约好了的。但临时却因军队方面谈的条件不妥误了大事。

革命算已失败了，杀戮还只是刚在开始。城防军把防务布置周密妥当后，就分头派兵下乡去捉人，捉来的人只问问一句两句话，就牵出城外去砍掉，平常杀人照例应当在西门外，现在造反的人既

第七讲　民国文学　223

从北门来,因此应杀的人也就放在北门河滩上杀戮。

这场杀戮已经变得很诡异:原来说有人造反,所以官方要抓造反的人来杀,可是到最后也不晓得谁在造反,就乱抓了。下面这一段真的非常惊人:

> 当初每天必杀一百左右,每次杀五十个人时,行刑兵士还只是二十,看热闹的也不过三十左右。有时衣也不剥,绳子也不捆缚。就那么跟着赶去的。常常听说有被杀的站得稍远一点,兵士以为是看热闹的人就忘掉走去。

在那个没有法律、没有制度、没有任何规矩的战乱年代,连兵士杀人也是乱来的,他并不知道自己要杀谁,站得远一点的就以为是看热闹的,就把他"忘掉"了。

> 被杀的差不多全从乡下捉来,糊糊涂涂不知道是些什么事。因此还有一直到了河滩被人吼着跪下时,方明白将有什么新事,方大声哭喊惊惶乱跑,刽子手随即赶上前去那么一阵乱刀砍翻的。

事实上,这些人不是造反的人,但因为上面指定说一天要杀多少,下面要交差,就跑到乡下乱抓了无辜、无知的农民来杀掉。别人叫他们到城里去,他们就跟着到城里去,也不知道怎么回事。这里完全在讲农民那种无知的状态。

我常常向朋友推荐这些部分,但我最初读沈从文的时候,却总是读不下去。我自己大学时读的历史系,但我突然发现我读的历史里面从来没有告诉我这些事情。可是这些事情是被一个作家真正看到的,于是他就告诉我们他所接触到的"革命",告诉我们在清末民初的时候,老百姓在一个多么荒谬的处境中——完全混乱,没有制度,也没有法律。

> 这愚蠢的杀戮继续了约一个月,方渐渐减少下来。或者因为天气既很严冷,不必担心到它的腐烂,埋不及时就不埋,或者又因为还另外有一种示众意思,河滩的尸首总常常躺下四五百。

沈从文童年时,小孩子就在这样的地方玩。他前面有一段写得也非常可怕,讲自己上学路上发现人犯被处决后的尸身,就过去看,用小石头或木棍探一探,看还会不会动。这个经验你大概从来没有想象过,它也不是被幻想出来的,而是在生活里真实发生的。沈从文经历了并且记录了,那些留学生作家可能反而看不到。

下面有一段,我觉得是最可怕的:

> 到后人太多了,仿佛凡是西北苗乡捉来的人皆得杀头。衙门方面把文书禀告到抚台时,大致说的就是苗人造反,因此照规矩还得剿平这一片地面上的人民。捉来的人一多,被杀的头脑简单异常,无法自脱,但杀人那一方面却似乎有点寒了心。几个本地有力的绅士,也就是暗地里同城外人讲通却不为官方知道的人,便一同向宪台请求有一个限制,经过一番选择,该杀的杀,该放的放。每天捉来的人既有一百两百,差不多全是无辜的农民,既不能全部开释,也不忍全部杀头,因此选择的手续,便委托了本地人民所敬信的天王,把犯人牵到天王庙大殿前,在神前掷竹筊,一仰一覆的顺筊,开释,双仰的阳筊,开释,双覆的阴筊,杀头。生死取决于一掷,

应死的自己向左走去，该活的自己向右走去。一个人在一分赌博上既占去便宜三分之二，因此应死的谁也不说话，就低下头走去。

我觉得这一段是沈从文最惊人的地方，完全不动声色，可是你会突然感觉到政治怎么会可怕到这种程度，这竟然是抚台大人做的事。被杀的没有感觉，可是杀人的人却越杀越怕，因为越杀越多，于是就想出个"办法"，将决定权交给"神明"。我们很少看到一个作家这么安静，我常常想如果自己看到这样的景象，要写成小说，大概会很激动。可是沈从文冷静到完全没有表情，因为他看惯了这样的事情，最后只是冷冷地在叙述。可是这样的文学的力量特别大，我们一次一次地读，就会发现从晚清到民国的文学主题其实在于如何去教育民众。如果民众没有得到教育，所有的政治改革都是假的，因为它没有真正使人民对自己的命运清清楚楚，没有使他们可以决定自己的命运，而是处于被决定的状态。

我那时已经可以自由出门，一有机会就常常到城头上去看对河杀头，每当人已杀过赶不及看那一砍时，便与其他小孩比赛眼力，一二三四屈指计数那一片死尸的数目，或者又跟随了犯人，到天王庙看他们掷筊。

很难想象一个儿童长大过程中的游戏是这样的。

看那些乡下人，如何闭了眼睛把手中一付竹筊用力抛去，有些人到已应当开释时还不敢睁开眼睛。又看着些虽应死去还想念到家中小孩与小牛猪羊的，那分颓丧那分对神埋怨的神情，真使我永远忘不了。

沈从文后来很多小说里有类似的情景，一个人到了这种时候，好像对自己的命运也失去了感觉，只是把该做的事、该叮咛的事叮咛完。

我们可以讲，鲁迅和沈从文大概是整个民国文学最重要的两条骨干，一个用非常愤怒的呐喊去叫出内心的压抑，一个用淡淡的不着痕迹的白描写出当时整个社会的状况。两个力量都非常强，但当时大部分人可以看到鲁迅的力量，却看不到沈从文的。为什么？因为改革时代、改革社会的心太迫切了。你读完鲁迅的东西，会觉得自己可以立刻去革命了；可是读完沈从文，会感到非常沉重，讲不出话来，压抑得不知该怎么办。

一九四九年以后，沈从文在中国大陆地区一度遭到严重批判。他被下放到最穷困的地方，养猪、改造、住牛棚，被称为"粉红色作家"——所谓"粉红色"是说他总在写一种温柔的东西，而没有写出激昂的呐喊。可是我觉得沈从文轻描淡写的力量绝不下于鲁迅。

沈从文被下放的时候，给他的侄子黄永玉写信，其实那时候他被斗得比别人都厉害，可是在信里他会说"最近小猪养得很好"这类事。他真的就变成一个农民，然后讲实在的生活，不谈任何自己被打击、被侮辱，或者被斗争的事情。前几年我们到北京，都会去他的墓地凭吊，去看望他的太太。

沈从文的语言很特殊，表面看起来无情，可是具有一种收敛的力量，背后汹涌的热情是不下于鲁迅的。"文革"以后，他受邀到哥伦比亚大学演讲，讲稿后来被报纸转载。在演讲中，他再次提到自己早年在北京的见闻。辜鸿铭拖一根辫子，穿着长袍马褂去北大上课，学生挤了满满一堂。他进入教室后，学生们一直笑，其实有一点儿在故意闹他，觉得他是一个老顽固、老古董。可辜鸿铭站在那儿不动，也不讲话，学生停下来以后，他说："我可以讲了。诸君大概是在笑我的辫子，这个辫子要剪掉也很容易，可是诸君身上有一个剪不掉的文化或者精神的辫子，恐怕那个才比较麻烦。"

沈从文讲的这个故事很有意思，五四运动已经过去了那么多年，可是整个文化里的"辫子"仍然没有剪掉，保守的、愚昧的、腐败的东西还是存在。好的文学创作者其实一直在点醒文化中哪些是优美的东西，哪些是败坏的东西，可是文化、文学的改革很不容易，因为它纠缠了太多复杂的层面。如果要我推荐民国文学改革过程中的作家，我认为最重要的就是鲁迅和沈从文。鲁迅的文字很重，我曾经说过他像韩愈，有很强烈的使命感和正义感。沈从文的东西则是表面非常淡，很像柳宗元的散文小品那种不着意的感觉，可是力量隐藏在后面。这点以《边城》最为明显，你阅读起来就会发现，表面是淡墨山水，但内在有很深的力量。

《边城》的女主角翠翠，长得很漂亮，是河边摆渡船家的女孩子，从小和老祖父相依为命，家里还有一条黄狗。整个故事都在写乡村中人的生活与情感，没有什么多余的东西。沈从文这一类作家并没有以高高在上的姿态描写农民，因为他自己就是从这个文化里出来的，所以他在写这样一个故事的时候，有一种更亲切、更直接的感觉。

按住时代脉搏的文学

如果大家把这一代作家一起来看，可能会对他们有比较全面的了解，比如巴金主要是写当时的世家文化，茅盾写小市民文化。茅盾的《林家铺子》讲到当时怎样放高利贷，讲到小乡镇的标会，讲到整个经济体制一层一层剥削的问题。他也讲江南地区的农民花了很多时间养蚕，卖到上海纱厂时价格已经翻了多少倍，可是他们卖掉整年收获的丝之后，却连日子都过不下去。从中我们可以看到作家强烈的社会意识。二十世纪三十年代，"左派"文学的力量非常大，不少人对经济垄断的问题进行了批判。

比较特殊的是张爱玲。在抗日战争中，上海一度成为"孤岛"，一些人躲进了上海的租界区，张爱玲也在其中。这使得他们有机会进行自己的文学创作。张爱玲和前面几个男性作家最大的不同，是她继承了"鸳鸯蝴蝶派"的传统。她从来不在自己的作品里讲救国救民这类内容，只是讲一个人在自己的文化中怎样生长。她有一个中篇小说名叫"金锁记"（后来改写成《怨女》），主人公曹七巧是麻油店老板的女儿，长得很漂亮，可是嫁给了大户姜家的残疾儿子，后来还生了女儿长安和儿子长白。曹七巧嫁到姜家以后，非常受欺负，因为她不是这种家世出身的。她恨这个家族的所有人，和家里每个人斗，甚至去勾搭丈夫的弟弟；自己抽鸦片，也让儿子、女儿抽，破坏他们的生活，无恶不作。张爱玲自己就是出身于这种家族的，前面我们讲过张爱玲的母亲和姑姑之所以离开张家，是因为家族中的男性已经腐败不堪。所以张爱玲笔下曹七巧的故事是有所本的，她相当于在写自己的家族，而这个家族的腐败，也象征了当时整个上层文化巨大的腐败。能够触及这一层，我们再说她完全是"鸳鸯蝴蝶派"，我觉得有失公平，她其实是在从侧面书写文化里面发生的巨大而严重的问题。

　　民国的时候，白话文终于成为了文学的主流。之前的语体文、平话小说、《水浒传》等，都不属于正统文学，可是五四运动以后，白话文成为了正统文学，这在历史上当然是一件重要的事情。白话文得以成为主流文学，明显受到了外来文化的影响。很多作家直接移植了西方的语言系统，文法有些不伦不类，或者说不中不西，所以当时也有人在检讨这方面的问题，批评他们没有纵向的继承，只有横向的移植。

　　文学创作其实和整个社会的脉搏是连在一起的。作品能够感动人，是因为它和社会之间存在对话关系。从《诗经》《楚辞》一路下来，能够留存的作品大多曾经按住它产生的那个时代的脉搏。而且有些文学作品写出了人性共通的部分，或者人类的通感，经过数千年仍有其影响力：《诗经》里的一些句子，今天我们还在用；《红楼梦》也是能够长久流传的作品。我们当前的文学能不能接受这样的挑战？能不能构成一个大传统？比如说英国文学的传统，其实已经扩展到整个英语世界的文学传统；莎士比亚当然不仅属于英国文学，他只是用英语书写了世界文学而已。这样大家或许可以理解，我们在提到"中国文学"的时候，其实讲的是文化上的系统、文化上的渊源。

第八讲

台湾文学

书写最熟悉的地方

一九四九年以后,在台湾其实是接触不到鲁迅、老舍、巴金、沈从文这些人的,能接触到的主要是朱自清、徐志摩、胡适等人的作品。朱自清的文字非常干净,比如《背影》《荷塘月色》等。朱自清也曾留学外国,而且有着扎实的传统语言文字基础,作品中有一种很素朴的精神。徐志摩则刚好相反,他受欧洲浪漫主义的影响比较大,诗里面每隔两三句就会有一个"啊!",情绪经常在起伏。不仅是诗,他整个生命的情调都是浪漫的,就像一部歌剧一样。他大概不是那种走很平实的路的人。严格讲起来,胡适主要不是一个文学创作者,而是一个学者,他的创作很"难看"。我所谓的"难看"是说,因为他太理性了,常常会把意见直接讲出来,你读他的作品,会觉得他的思维很理性,很有逻辑,但是没什么韵味。不过,我还是推荐大家读一读胡适的《四十自述》,文字很干净,绝对不用多余的形容词。这是他的好处,和徐志摩刚好是两个极端。

徐志摩的句子里一定要加很多形容词,不断刺激你的感官,如果他讲云多么美,他就要一直堆砌。胡适则尽量把形容词拿掉,只剩下事实,常常是以考证、逻辑作为自己文学的主体,有一分证据说一分话。可是文学作品应该可以容纳幻想甚至是神话的内容(比如《红楼梦》),胡适的世界没有这个部分以后,创作其实受到很大的局限。一九四九年以后,在台湾，胡适、朱自清和徐志摩三者间形成了一种调适、一种均衡，但是我们对鲁迅、沈从文等文学贡献非常大的创作者几乎一无所知。

后来，林海音在《纯文学》月刊上面第一次刊登了《边城》，可是杂志出来以后，"警总调查局"全面调查整个"纯文学"系统，搞得很惨，后来就没有人再敢碰沈从文。大概一直到二十世纪八十年代后期，联合文学出版社才出了他的自传，其实已经非常晚了。现代文学的成就被慢慢地重新整理起来，进入台湾普通读者的视线。

民国时期的"白话文运动"一起来，很多作品明显受到了外来文化的影响，当时就有人在检讨这个问题。不少作家的行文直接横向移植西方的语言系统，缺少对传统文化的纵向继承，显得不伦不类，或者说不中不西。直到二十世纪五十年代，台湾的《文星》杂志上还有关于"横向""纵向"问题的辩论。

但是，如果我们回顾一下历史，就会发现文学的纵向继承和横向移植其实并不冲突。东汉的时候，佛经传入中国，最初和我们的关系是横向移植，可是后来又变成纵向继承，并不是说纵向继承就不能有横向移植。我们今天讲"观世音菩萨"，"菩萨"两个字就是从印度传入中国的外来语。佛经里面的"般若""阿难""袈裟""刹那"等，都是梵语音译，可我们感到一点儿也不陌生。所以我想，"横向""纵向"并不是很重要的问题。

今天台湾的语言系统受到很大的外来冲击，但我们不要忘记，一八九五年以后，台湾曾有五十年的所谓"日治时期"。台湾的老一辈作家，比如说我很尊敬的叶石涛先生，早年是用日文写作的，杨逵是用日文写作的，赖和是用日文写作的，吴浊流的《亚细亚孤儿》也是用日文写的。文学和语言系统之间的关系有时候是矛盾且复杂的，我们不能忽略某个地方语言系统相对独特的渊源。如果因为叶石涛、杨逵、赖和、吴浊流等人是用日文写作，就不能把他们放进台湾文学史讨论，我第一个不赞成——拿掉他们之后,那一时期的台湾文学就剩不下什么东西了。所以,今天我们谈到台湾文学,我认为大家更应该重视的是文学系统本身,而不是纠结于使用的语言。历史上台湾吸收外来语(荷兰文、法文等)的例子非常多,有日常用品,也有地名,这些词语后来也融入了汉语。此外,台湾当地少数民族各族群(卑南人、布农人、排湾人等)的语言系统也很复杂,我有学生在做相关的记录、整理工作。我们希望在这样的环境当中,文学创作能够实现最开阔的状况,使不同语言系统产生正向的互动。

台湾文学所吸收的经验是非常特殊的。汉字并不等于汉语,闽南话和客家话也不一样,将来客家的语言系统有没有可能发展出自己独特的文学,我们目前都不知道。但是我必须提出来,在台湾的文学史上,客家人占了非常重要的位置,刚才我们讲到的吴浊流、叶石涛,以及钟肇政先生,都是客家人,他们对自己的文化传统有一种强烈的固执。美浓出了一个非常重要的作家——钟理和,大家读一下他的作品,全部在写笠山农场,写美浓,他也是客家人。

一九七六年,我刚刚回到台湾,到东海大学任教。杨逵就住在学校对面,但我以前不知道这位作家。日本人在的时候,他被抓去坐牢;国民党来了之后,他又坐了十二年牢,我很佩服他。他有一篇小说叫"送报夫",描述主人公在日本留学时做送报工人的故事,非常感人,也是当时在日本得奖的作品,先用日文写成,后来翻译成汉语。我去看望杨逵的时候,他正经营着"东海花园",靠种花养活自己。他不会所谓的"国语",当时正向他的孙女杨翠学习,重新认识汉字。从这里我们也可以看到台湾文学非常特殊的地方。

有一段时间,我自己很大的兴趣在于台湾文学和我们所最熟悉的环境的关系。台湾文学当然和传统的中国文学有关,可是千万不要忘记它有一部分可能是独立发展的，因为台湾有一段时间被荷兰占据，有一段时间被日本统治，它的文化形态是比较特殊的。我读书的时候，真的是什么都看不到——鲁迅看不到，沈从文看不到，巴金、茅盾看不到，《亚细亚的孤儿》也看不到。后来到一些老先生家里去拜访，才知道有吴浊流这样的作家，才读到《亚细亚的孤儿》这样的书，感到非常震撼。

《亚细亚的孤儿》的主角叫胡太明，内容其实相当于吴浊流的自述。主人公生活在"日治时期"的台湾，因为书读得好，拿到奖学金去日本留学。可是坐船到日本之后，虽然讲的日语和日本人没有差别，拿的护照也和日本人没有差别，可是没有人把他当成一国人，因为他是台湾来的，被称为"高砂种"。主人公心理上受了很大创伤，他意识到自己不是日本人，很自然地就转向认同中国，千里迢迢跑到福建去。当时中日正在交战，他到了福建之后，因为拿的是日本护照，讲的也是日语，就被当成汉奸抓了起来。最后，主人公问道："我是谁？我是哪里人？"这部小说刻画了当时台湾不知道自己属于哪里的"孤儿"状态。我第一次听说这样的书的时候，吓了一大跳，因为在我们的成长过程中没有机会讨论吴浊流那一代作家所面临的意识上的问题。

钟理和先生也有类似的经历。他曾和太太钟平妹一起经由日本到朝鲜去做司机，然后去北京，最后回到美浓。他有一部小说叫作"原乡人"，他一直在寻找自己的"原乡"，说原乡的血要不断地流回原乡，可是到最后却没有确定的答案。今天如果我们到美浓，能很清楚地看到他在小说《笠山农场》中讲到的像斗笠一样的"笠山"（即美浓尖山），在那里读他的小说，感觉是非常不一样的。我和一些朋友曾经很积极地试图将台湾的文学前辈做一个梳理，钟理和纪念馆也是在这样的背景下促成的。他的作品是我们身边的作品，和《诗经》《楚辞》一样，都是大文学史的重要组成部分，因此我们要将他的手稿保留下来。我几次去美浓，都对当地负责教育、文化的朋友讲："你们为什么不在中学、小学里引导学生阅读钟理和先生的作品？这是没有道理的事情。他是美浓的作家，他的小说里写的全部是美浓。读这样的文学作品，能够帮助当地人体会自己和土地的深切关系。"

在面对我们的文学史的时候，我会感到很大的困惑，因为汉文学的渊源太深、传统太长了。我们当然要谈《诗经》《楚辞》，谈汉乐府，谈唐诗、宋词、元曲，继承这个传统，并为它遗留在我们身上的影响感到骄傲。可是在另一方面，如果我们不能开发出文学创作的新天地的话，一切都是白搭。我们的重点应该落在自己的生活空间里，思考如何去描述它。比如在前面我们讲到的"日治时期"，赖和写彰化，杨逵、吴浊流、钟理和等优秀作家陆续出现，其中最年轻的大概就是叶石涛先生了。叶先生的作品常常以高雄为背景，比如《葫芦巷春梦》。这些作品将会是印证我们所经历的生活的重要资料。

一九四九年以后，两岸文学其实都因为政治原因发生了断裂。台湾文学自杨逵那一代之后，直到六十年代，才重新有一代作家出来，包括陈映真、黄春明、王祯和、陈若曦、白先勇等，当时都是二三十岁，继续书写自己熟悉的故事。陈若曦写辛庄，写辛庄的歌仔戏；陈映真写莺歌，写他在莺歌镇长大的经验；王祯和总是在写花莲；黄春明常常写到兰阳平原，比如《看海的日子》。我就是因为被黄春明的小说感动，才第一次跑去兰阳平原。

文学使人靠近

文学可以帮助你认识一个地方，了解一个地方，这也将是台湾文学在未来的文学史中值得书写的成就。白先勇的《台北人》呈现了二十世纪五十年代的台北风貌，虽然有人批评他写得有一点儿窄，但是我觉得不应该这样看。文学作品的责任不同于历史记录，白先勇的家庭就是那样的家庭，他所书写的没落贵族的生活正是他所感受到的"真实"台北。

杨逵等作家此时却遇到了尴尬，他们的小说突然失去了读者。这些作家受的是日文教育，但是总不能把写台湾的小说拿到日本出版——日本人不会关心你写的内容，可台湾又没有几个人能读得懂日文。这不是个人对错的问题，是历史的悲剧给创作者的生命造成了很大的伤害。杨逵二十几岁就写出了《送报夫》这么好的小说，你不能想象后来他的创作生涯几乎停止了。如果将来整理台湾文学史，会不会讲到"中断"？这个问题在陈映真那一代也是存在的。

陈映真是我高中时的英文老师，我们那个时候也读他的小说。一直到现在，我都觉得他是台湾非常优秀的作家，可是他也"中断"了——我大三的时候，他忽然被判坐牢，一坐就坐了七年，出来后要再去适应新的写作，非常辛苦。我们看到对文学伤害最大的其实就是政治，如果有一个自由的环境，创作是可以非常丰富的。

二十世纪末，伴随着台湾社会的转型，七等生、陈映真、黄春明等作家相继推出新作。可是台湾的转型实在太快了，快到让人觉得作家很容易被丢掉。网络文学一出来，读者马上就看到一批当时二十几岁的作家，像纪大伟、陈雪等。他们描述的是另外一个青年世界的特殊经验，让我觉得非常压抑，但是我很愿意去了解，就跟在后面跑——在变得很快的台湾，简直是气都喘不过来了。

我特别要讲的是，台湾的文学系统比较复杂，因为它受到很多冲击。我很希望大家多去接触一些台湾文学，包括当代的作品。《亚细亚的孤儿》大家应该看一看，至少知道有一个作家曾经以这样的心情去写台湾。住在南部的话，怎么可以不知道钟理和？怎么可以不知道叶石涛？他们都是好作家，刻画了自己熟悉的环境、人物，以及他们的真实情感。

　　托尔斯泰说过："文学使人靠近。"个人和个人之间，族群和族群之间，国家和国家之间，都会因为文学而相互理解，相互靠近。我们读《罗密欧与朱丽叶》的时候，不会计较主人公是哪里人，只会共同感受到青春与悲哀；同样，即便在英国，《红楼梦》也是可以被感同身受的作品。战争会使人隔离，使人对立，而文学却能够将人拉近，这是我们坚持文学和美的原因。文学让我们看到生命和生命靠近的一种可能性，我也希望大家能够真正感受到文学内在的力量。

图书在版编目（CIP）数据

蒋勋说文学：从唐代散文到现代文学/蒋勋著．—北京：中信出版社，2014.6
ISBN 978-7-5086-4555-1

Ⅰ.①蒋…　Ⅱ.①蒋…　Ⅲ.①中国文学－文学史－研究－唐宋时期～民国
Ⅳ.①I209

中国版本图书馆CIP数据核字（2014）第080030号

本著作物由作者蒋勋授权，在中国大陆出版、发行中文简体字版本。

蒋勋说文学：从唐代散文到现代文学

著　　者：蒋　勋
策划推广：中信出版社（China CITIC Press）
出版发行：中信出版集团股份有限公司
　　　　　（北京市朝阳区惠新东街甲4号富盛大厦2座　邮编　100029）
　　　　　（CITIC Publishing Group）

承 印 者：固安兰星球彩色印刷有限公司

开　　本：710mm×1000mm　1/16	印　张：15.5	字　数：190千字
版　　次：2014年6月第1版	印　次：2024年3月第34次印刷	

书　　号：ISBN 978-7-5086-4555-1/I·511
定　　价：39.80元

版权所有·侵权必究
凡购本社图书，如有缺页、倒页、脱页，由发行公司负责退换。
服务热线：010-84849555　　　　服务传真：010-84849000
投稿邮箱：author@citicpub.com